千歳《ちとせ》くんはラムネ瓶のなか 4

Chitose kun ha ramune bin no naka.4

裕夢 [hiromu]
イラスト／raemz

ダブルデート？

「でもまぁ――
あんたになら、いいか」

ハートに火を点けて

F
藤志高

contents

山崎健太

【やまざき・けんた】

千歳朔 [ちとせ・さく]
学内トップカーストに君臨するリア充。
元野球部。

柊夕湖 [ひいらぎ・ゆうこ]
天然姫オーラのリア充美少女。
テニス部所属。

内田優空 [うちだ・ゆあ]
努力型の後天的リア充。吹奏楽部所属。

青海陽 [あおみ・はる]
小柄な元気少女。バスケ部所属。

七瀬悠月 [ななせ・ゆづき]
夕湖と男子人気を二分する美少女。
バスケ部所属。

西野明日風 [にしの・あすか]
言動の読めない不思議な先輩。
本好き。

浅野海人 [あさの・かいと]
体育会系リア充。
男子バスケ部のエース。

水篠和希 [みずしの・かずき]
理知的なイケメン。
サッカー部の司令塔。

山崎健太 [やまざき・けんた]
元・引きこもりのオタク少年。

上村亜十夢 [うえむら・あとむ]
マウント型リア充。中学時代は
野球部のエースピッチャー。

綾瀬なずな [あやせ・なずな]
あけすけな物言いのギャル。
亜十夢とよくつるんでいる。

東堂舞 [とうどう・まい]
芦葉高校女子バスケ部のエース。

岩波蔵之介 [いわなみ・くらのすけ]
朔たちの担任教師。適当&放任主義。

プロローグ　探した夜空

走っても、走っても、追いつけなかった。

跳んでも、飛んでも、届かなかった。


昔から負けることには慣れている。

劣等感とは友達だ。

何度壁にぶち当たっても、へこたれず、前のめりに、真《ま》っ直《す》ぐ進んでいけば、きっと未来を摑《つか》めると信じてきた。


――太陽からもらった名前に、ふさわしい自分でいたいと思う。


だけどやっぱりときどきは、ひとりぼっちに怯《おび》えてしまう夜がある。

私の進もうとしている先に、私みたいな子はいないから。

がむしゃらになって、あがいても、もがいても、どうにもならないことが世の中にはあるのかもしれない。

もしかしたらずっと空回りを続けているだけなんじゃないか、って。

……ううん、違うなそれだけじゃない。

なにより一番恐れているのは、いつかちょっとしたきっかけで、自分のなかにある真っ赤な炎が消えてしまうこと。

もうここまでだって、薄っぺらい笑顔貼《は》りつけて足を止めちゃうことだ。

ねえ教えてよ放課後の体育館。

私は、十年後も、二十年後も、後悔しない今を駆け抜けている？

いつか振り返ったときに、胸張れるような全力の今を。

ねえ教えてよ汗まみれのリストバンド。

私の陽射しは、大切な誰かのハートに届いてる？

この小さな身体《からだ》で証明したいんだ。

熱くなることは、泥臭く頑張ることは、格好悪いことなんかじゃないって。

だから、間違わないように、見失わないように、自分を諦《あきら》めてしまわないように。

私はこの胸の情熱を全部受け止めてくれる、

——大きな月を探してた。

一章　放課後プールに裸足のポニーテール

夏の入り口には目印が転がっている。

放課後の第一体育館でふと、そんなことを考えた。

きっとランドセルを背負った子どもたちがいち早く気づき、スーツを着た大人には見つけにくくなる、ちっぽけな世界の秘密みたいなもの。

たとえばそれは、ちりりと耳をかすめる風鈴の音色やすれ違う子どもたちから漂うつんとしたプールの匂い、遠くアスファルトに揺らめく逃げ水、真新しい冷やし中華の貼《は》り紙、あるいは、蚊に刺されて爪《つめ》でばってんをつけた自分の腕やふくらはぎ。

まるで、

――ここから、夏。

そう教えてくれるように。

いつだって季節の変わり目にはきざしみたいなものがあるけれど、この時期はそれがとびきりたくさんあるように感じるのはどうしてだろう。

もしかしたら俺たちは、一年でいちばん長い休みを指折り数えて待ちわびていたあの頃からずっと、夏に囚《とら》われているのかもしれない。

どんな出会いが、冒険が、不思議が待ち受けているのか――。

そうやって心の隅っこがうずうずしているから、「もう夏だ」「ほら夏だ」なんて、日常の些《さ》細《さい》な一幕までなんでもかんでも目印にして拾ってきてしまうのだ。


キュッと、小気味のいいバッシュのスキール音が俺の思考を遮《さえぎ》った。


そう。

たとえばそれは、いま、この瞬間。


――今年の夏は、サイダーの泡みたいにはじける女の子の汗が連れてきた。

＊

七月一日。

じめじめ続いていた北陸らしい曇天はすっかりなりを潜め、このところはまるで鬱屈《うっくつ》とした心をじゃぶじゃぶ洗濯してくれるような青空が続いている。

例年より一週間早かった期末テストも無事に終わり、久しぶりに屋上で小説でも読んで帰ろうかと思っていた放課後、俺は青海陽《あおみはる》に呼び止められた。

なんでも今日は普段より軽めに練習を切り上げるので、そのあと近くの公園でキャッチボールをしようってことらしい。

屋上にいるから終わったら連絡をくれと伝えたら、隣にいた七瀬悠月《ななせゆづき》にどうせなら練習を見ていかないかと誘われた。顧問の美咲《みさき》先生と顔を合わせるのはなんとなく気まずかったが、かといってそれを理由に固辞するほどでもない。

そんなこんなで結局はふたりに引きずられるかたちで体育館を訪れ、二階のキャットウォークから見学することになった。

いったん自販機で冷たいサイダーを買ってから戻ると、眼下ではだぼっとしたTシャツとハーフパンツ姿の女の子たちが縦横無尽に走り回っている。コート上の半数がナンバー入りの青いビブスをつけているところから察するに、試合形式の練習でもしているようだ。

キッ、キュキュッ、ダダンッ。

　バスケ部らしい音がリズミカルに続く。

「セン、ナナ《悠月》チェック。遅いっ!!」

　ビブスを着けていないチームの中心らしい陽が味方に向かって叫ぶ。

　指示を出された女の子は慌てて七瀬のシュートブロックに入るも、高い打点からワンハンドで放たれたスリーポイントはあっさりとリングをくぐった。

「すぐ切り替える。ソッコー!!」

　味方のスローインを受け取った陽は、ぐぐっと脚に力を込め、弾丸のように走り出す。

　やや前傾気味の低い姿勢で敵陣のど真ん中に突っ込んでいくが、思ったより相手のディフェンスが厚かったのか鋭くブレーキをかけてぎゅっと止まる。

　仕切り直しとばかりにふっと力を抜いて上半身を起こし——、

「外ッ!!」

　七瀬がそう叫んだときにはもう、身体《からだ》の後ろを通したノールックパスが左サイドを走る仲間に向かって伸びていた。

「ウミ《陽》フリーにしないっ!」

　立て続けに七瀬は指示を飛ばす。

　しかし陽は一瞬の隙《すき》を突いてディフェンスをかいくぐり、その進行方向に仲間が戻してきたパスを受け取る。追いついてきたひとりをククンッと小刻みに身体《からだ》を振りながらかわすと、滑走路をすべるようにゴールへと助走を始め、左脚で大きく踏み切った。

ポニーテールがぶんと揺れ、

——パチパチ。

まるでサイダーの泡みたいに爽《さわ》やかな汗がはじけてコートに散る。

——ああ、夏が始まった。

その瞬間、なぜだか俺は強くそう思った。

両チーム内でもとりわけ長身のセンターが間髪入れずに跳び、行く手を遮《さえぎ》るようにぐうんと手を伸ばす。

しかし陽《はる》は空中で相手に背を向けるようにくるりと身体を捻《ひね》ると、そのまま後方にぽおんとボールを放《ほう》り投げた。

なかばやけくそのようにも見えるそのシュートはしゅるしゅるとゆっくりセンターの指先を

越え、やがてほとんど真上からぱすんとゴールネットをくぐる。

ビビーッと、デジタルタイマーが試合終了を告げた。

スコアボードを見ると、どうやら勝ったのは七瀬《ななせ》側のチームらしい。

コート上のメンバーたちは、ほとんどがひざに手をついたり大きく天を仰いだりしながらぜえぜえと肩で息をしている。

そんななか、陽が味方のひとりにずいずいと歩み寄っていった。あれはたしか、七瀬のマークについていた女の子だ。

「センっ!!」

ぴりっと強い声を上げる。

ウミやナナと同じコートネームなのだろう。呼ばれたほうは小さく肩を震わせておずおずと顔を上げた。

「ナナのチェック甘すぎ！　手の内知ってる相手にあんなんじゃ本番で通用しないよ。そのあとの切り替えも遅いっ！　また泣きたいの？」

「……ごめん、ウミ」

セン、というどこか気弱そうなショートカットの女の子がしょぼんとうつむく。

最後の言葉が指すのは、おそらく先月行われたインターハイ予選のことだ。

藤志《ふじ》高女子バスケットボール部は怒濤《どとう》の快進撃で県のベスト4に名を連ねたが、準決勝でインターハイ常連の芦葉《あしば》高校に惜しくも敗れてしまった。

三年生は引退し、新キャプテンに就任したのが陽《はる》だ。

そんなふたりのもとに、長身のセンターが近づいてなにかを話しかける。ここからではよく聞こえないが、雰囲気から察するに「まあまあ、新チームになって日も浅いし……」みたいな内容だろう。

「ヨウも！」

陽の声が響く。

「最後のブロック、なんとなく跳んでるだけでプレッシャーゼロだし、コースも塞《ふさ》げてない。私の身長じゃなかったら普通のジャンプシュートでも決められてる」

頬《ほお》を伝う汗をTシャツの袖《そで》でぐいと拭《ぬぐ》って続ける。

「いきなり実力以上のプレーを見せろって言ってるんじゃないからね。できなくてもいいけど、やろうとはしようよって話。じゃないと、ただでさえ他校より練習時間少ないのにインハイなんて夢のまた夢だよ」

バスケ部にかぎった話ではないが、どれだけ文武両道を謳《うた》っていても藤志《ふじ》高校はあくまで進学校。授業は七限目までみっちりと詰まっているし、十九時以降の練習も認められていない。テスト前になれば基本的に全部活が休みとなる。

より部活動に重きを置いたインターハイや甲子園常連の強豪校と比べたら、どうしたって練習にあてられる時間は短くなりがちだ。

結局のところ、そういう相手たちと対等に渡り合いたいのならば、陽が言うように質を高めていくしかない。

就任して間もないはずなのにしっかりキャプテンやってるんだな、と微笑《ほほえ》ましくなる。

「はいはーい」

ぱんぱんっ、と陽たちから少し離れた位置に立っていた七瀬《ななせ》が手を叩《たた》いた。

先ほどまではスポーツタオルを首にかけてクールにポカリスエットを飲んでいたが、その顔にはいたずらっぽい色が浮かんでいる。

ちなみに副キャプテンは七瀬だ。

「反省会はまたゆっくりするとして……」

にやりと笑って、短パンのポケットから紐《ひも》つきのホイッスルを取り出す。

「負け組のみなさんは行ってらっしゃーい♪」

ピルルー。

まるで条件反射のように、その音を聞いた陽チームのメンバーたちがエンドライン目指していっせいに走り出した。

ピルッ。

七瀬《ななせ》がもう一度短くホイッスルを鳴らすと、素早く切り返し反対側のエンドラインに向かってダッシュする。どうやらこれが負けたチームの罰ゲームみたいだ。

ピルッ。

ピルッ。

ピッピピッピッピ。

もはや切り返しダッシュというよりも反復横跳びみたいな間隔で、七瀬は楽しそうにリズムを刻む。

ピルルー。

かと思えば今度はエンドラインからエンドラインまでのロングダッシュ。

「あんたに人の心はないのかぁーッ!!」

全力で走りながら陽《はる》が叫ぶ。


ピッピッピッピッピー。


七瀬はそれに軽快なホイッスルで応える。

先ほど叱《しか》られていたセンという女の子も、陽といっしょに悪態をつきながら走っていた。

「ちょっとナナ、手加減ーっ！」

一方でヨウという女の子のほうは意趣返しと言わんばかりに、

「キャプテン足上がってないよ！　男連れ込んでふぬけてるんじゃないのー!?」

けらけら笑っている。

「連れ込んだのはナナだい！　んにゃろーっ、みんな声出して行くよー!!」

「「「ッシャー!!」」」

ああ、やっぱりいいな。

体育館に満ちた熱気を肌で感じながら、思う。

生まれ育ちも能力も、性格だって違う同世代の仲間たちが同じ方向をむいて走る。

ほとんどの人間にとっては直接将来に繋《つな》がるわけでもない、限られた瞬間の限られた情熱、限られた煌《きら》めき、限られた汗、涙。

こんなにも本気でなにかに打ち込むことが、この先の人生でまたあるのだろうか。

ホイッスル、かけ声、足音……まるで輪唱のように重なっていく。

そういうものから少しだけ目をそむけるように、俺は背後の窓を開ける。

生ぬるい風が、グラウンドのほうから懐かしいフリーバッティングの音を運んできた。

＊

「ずいぶんさまになってきたな、陽《はる》」

「へへん、当然」

女バスの練習が終わり、俺たちは学校近くの東公園に来ていた。

陽とこうしてキャッチボールをするのもなんだかんだで五回目ぐらいになるが、実際のところちょっと驚くほどに呑《の》み込みが早い。

きっと基本的な身体《からだ》の扱い方がうまいんだろう。

たとえばボールを投げるとき、「もっと指先に引っかけたほうがいいかな」とか、「腕をしならせるようにしたほうがいいかな」とか、そういうふわっとした感覚を摑《つか》んで動きを修正できるやつは、だいたいどんなスポーツをやってもすぐに上達する。

それが一般的に運動神経と呼ばれるものなのかもしれないし、実際のところ天性のセンスによる部分がゼロだとは言わない。けれど個人的には、自分の身体と真剣に向き合ってきた時間のほうが遥《はる》かに重要だと思う。

理想どおりのプレーができないとき、才能なんて曖昧《あいまい》なもののせいにしないで、いろんなフォームを試してみたり、走り込みや筋トレで基礎体力を向上させたり、ストレッチで可動域を広げたり……。

今日やったことの成果がいつ出るのかもわからない根比べのなかで、ある日ふと、自分が少しだけうまくなっていることに気づく。それを地道に繰り返していくうちに、いつしか頭でイメージした動きを自然と身体で再現できるようになるのだ。

陽のさりげない一挙手一投足にそういう時間の積み重ねみたいなものを感じて、なぜだか俺はうれしくなった。

スンッ、パシン。

クンッ、ズバン。

「陽、低いボールでも簡単にグローブひっくり返さないほうがいい。可能な限り、グローブは立てたまま。ひざを曲げて捕るように」

「把握」

「逆にこういうゴロやショートバウンドはグローブを返す」

言いながら、俺は軽めのゴロを投げた。

陽《はる》はアドバイスどおりにグローブを返すが、身体《からだ》の前でイレギュラーに跳ねたボールをファンブルしてしまう。

「んあーっ！」

「惜しいおしい。ゴロの場合は球の跳ね際か、逆に落ちてくるところを狙うと捕りやすいぞ」

「もういっちょ！」

言いながら、高いフライを投げ返してくる。

俺はその落下地点を見極めて、背中側に回したグローブでキャッチした。

「なにそれかっこいい！」

無邪気にはしゃぐ陽を見て、ちょっとだけ照れくさくなる。

「全国の野球少年が一度は挑戦する背面キャッチな。ちなみに失敗すると死ぬほど恥ずかしいうえに、試合でやろうもんなら十中八九監督がぶち切れる禁断の技だ」

「私もやってみていい？」

「硬球で失敗すると危ないからもうちょっと上手《うま》くなってからにしなさい」

「ちぇーっ」

そんなふうにじゃれていると、コンビニに行ってた七瀬《ななせ》が戻ってきた。

「千歳《ちとせ》はともかく、陽はあんだけ走り回ったあとによくやるよね。ちょっと休憩しようよ」

そう言って、右手のビニール袋を掲げてみせる。

「お、私の肉まん買ってきてくれた？」

陽がぴゅうとそちらに駆け寄っていくと、七瀬が呆《あき》れたように笑う。

「この暑さで正気か？　そもそも時期的に置いてないってば」

そう言って、袋から取り出した包みをぽおんと放った。

陽はグローブでそれをキャッチして、うれしそうに頬《ほお》へ押し当てる。

「パピコ～♪　さっすが悠月《ゆづき》、わかってるぅ」

そのままふたりは、ふたつ並んだベンチにそれぞれひとりずつ腰掛けた。

三人で座るには少しばかり窮屈で、ふたりだと距離の取り方にちょっと悩む、そういうサイズのベンチ。

俺はあまり深く考えず七瀬の隣、拳《こぶし》三つ分ぐらい空けた場所に座った。結果として隣のベンチに陽、こちらのベンチに七瀬、俺という並びになる。

「ちと――」

「ほい、千歳」

なにか言いかけた陽の声に七瀬の声が被《かぶ》った。

そちらを見ると、半分に割ったパピコが差し出されている。

「お、さんきゅ」

俺はそれを受け取り、先っぽの輪に指を引っかけぶちとちぎって口に含んだ。中身を押し出すために軽く噛《か》むと、しゃりっと涼しげな音が響き、薄いミルクコーヒーのような懐かしい味が舌の上で溶けてじんわり広がる。

すぐ隣でビニール袋の口を広げてくれたので、空になったその部分をぽいと放《ほう》り込んだ。

同様に切り離した先っぽを咥《くわ》えていた七瀬《なせ》も、さらりと垂れそうになるセミロングの黒髪を耳のあたりで押さえながら小さく舌を出して、んべっとそれを袋の中に落とした。あんまりお行儀いいとは言えない仕草が、妙に子どもっぽくてかわいらしい。

視線に気づいたのか、上目遣いでそろりとこちらの表情を窺《うかが》い、照れたように頬《ほお》をかく。

「あのー、おふたりさん?」

七瀬の向こう側で陽《はる》が言った。

見ると、それぞれに先っぽを外したパピコを両手に持っている。

「なんだ、一気食いすると腹壊すぞ」

俺が言うと、陽が片頬をぶすっと膨らませた。

「じゃなくて!　悠月《ゆづき》は千歳《ちとせ》と半分こで私がまるっとひと袋なのはどういう了見だい」

「どうって……」

七瀬がくすくすと笑う。

「千歳は甘いものそんなに量食べないし、陽は半分じゃ足りないでしょ」

「花も恥じらう乙女に向かって失礼な！」

「交互にパピコ絞り出す姿を恥じて花が目を逸《そ》らすって意味か？」

俺がつっこむと、ふたりが示し合わせたようにぷっと吹き出す。

その小さな幸せをご近所にお裾《すそ》分《わ》けするように、しゅらしゅらと風が流れた。太いスプリングの上にイルカやパンダを乗せた遊具が気持ちよさそうに揺れる。

時刻は十八時をまわっているが、夕暮れと表現するには明るく、気温もまだまだ高い。パピコを握った左手がひんやりと心地よく感じられる。

俺はグローブに収めていたボールを右手に取り、指先でなんとなくもてあそびながらふと、口を開いた。

「……インハイの予選、残念だったな」

ふたりに直接そう伝えるのは初めてだ。試合に負けた選手に外野が慰めの言葉をかけるには、これぐらいの期間を空ける必要があると思うから。

準決勝の芦葉《あしば》高校、通称芦高《あしこう》戦は俺も応援に行った。

いつかの練習試合のように陽と七瀬が中心となって猛攻をしかけていたが、いかんせんチームの地力に差がありすぎたという印象だ。

とくにディフェンスの弱さは素人目にも顕著で、ふたりが目を見張るようなプレーでなんとかゴールをもぎとっても、数十秒であっさり取り返される。

後半は控えの薄さもかなり響いていたように思う。

芦高が主力選手をローテーションで休ませながら余裕をもった試合運びをしていたのに対して、藤志高《ふじ》は可能な限りスターティングメンバーのままで戦おうとしていたし、実際、交代で入る選手の実力は明らかに見劣りしていた。

とはいえ単純な総合力の差だけなら、陽《はる》と七瀬《ななせ》のプレーで流れを摑《つか》めばゲームをひっくり返せる可能性は充分にあったはずだ。

極めつけは相手チームのエース。

シューティングガードを担っていたその選手は、一七五センチはあろうかという長身を躍動させながら、まるで陽のように鋭くインサイドへ切り込み、七瀬のようにアウトサイドからゴールを射貫いていた。

なにより、ここにいるふたりと同じく華がある。

陽や七瀬のプレーで勢いに乗りたいときに鮮やかなお返しを決めてくるので、藤志高は最後まで自分たちのリズムを作れなかったように見えた。

プレイヤーとしての実力は同等か、もしかすると、

「――東堂舞《とうどうまい》」

まるでこちらの考えていることを読み取ったように、陽がぽつりとつぶやく。

「すごかったでしょ、あの子。ミニバス時代から公式戦で一度も勝てたことないんだ」

その言葉が指すのは、おそらくいま俺が思い描いていた芦高のエースだろう。

すぐ隣で七瀬が「私も」と続く。

体育会系ってのは専門が違っていてもなんとなく繋《つな》がりや仲間意識をもっているので、小学校の頃からいまに至るまでたびたび知り合いを応援する機会があった。

バスケに限らずソフト、バレー、陸上……女子の試合もそれなりに観てきたけれど、やはり陽と七瀬は際立っている。身内のひいき目抜きにしても、明らかに突出している選手というのはプレーや立ち振る舞いですぐにわかるものだ。

だからこそ陽の言葉は意外であると同時に、すとんと納得してしまう自分もいた。

このふたりがかすんでしまうほどに、東堂舞という選手の残した印象は強烈だったのだ。

反応に困っていることを察したのだろう。

陽はどこか弱々しい笑みを浮かべて続ける。

「小学校のときにはもう一六〇センチ超えててね。私、昔っから『デカいだけのやつには絶対に負けない』ってのが口癖だったんだけど、東堂はあの身長で速くて、強くて、上手《うま》いんだ」

言うまでもなく、バスケやバレーほど身長がものを言うスポーツはない。一六〇センチ以上はあるだろう七瀬でさえ、強豪チームと比べればおそらく平均かそれ以下だ。

まして陽《はる》はせいぜいが一五二センチ。

この身長で戦っていくために、尋常じゃない努力が必要だったことは想像に難くない。

本来ならチームのエースとして活躍しているだけでも並大抵のことじゃないが、それどころか、いまの陽ならほとんどの相手とは互角以上に渡り合えるはずだ。

だけど、そんな気休めを口にしたらぶっ飛ばされるだろうな、と思う。

ハンデがあるわりにすごい、なんて本気で上目指して頑張ってる人間には侮辱でしかない。

自分と同じぐらいに運動能力が高くて同じぐらいに努力している、自分よりも身長の高いやつにどうやって勝つのか。

こいつならきっと、そんなふうに考えているはずだから。

「道理で、今日の練習は気合い入ってたわけだ」

俺が言うと、陽は吹っ切れたようにすかっと笑う。

「おうよ！　次こそ絶対に叩《たた》き潰《つぶ》す。来年は打倒芦高、目指せインターハイ。そのためには徹底的に鍛え直すし、キャプテンとして私にできることはしなくちゃ」

それを黙って聞いていた七瀬《ななせ》が不意に口を開いた。

「あのさ……」

「んー？」

陽がのんびり相づちをうつと、呼びかけたほうは少しの逡巡《しゅんじゅん》を見せてから小さく首を振る。

「ううん、なんでも」

　珍しく、どこか煮え切らない様子だったが、七瀬は七瀬で敗戦を引きずっているのかもしれない。そのままふっと短く息を吐いて、いたずらっぽく口角を吊《つ》り上げた。

「そんなことより、次は私のスリーを攻撃の軸にしたほうがいいんじゃない？」

「どういう意味かな副キャプテン？」

「やっぱりエースの二十センチ差は致命て」

「──だぁー、うっさいうっさい！」

　俺も七瀬に便乗して軽口を叩く。

「落ち着け陽、態度のデカさなら負けてない」

「あんたが態度のデカさを語るな！」

　空になったパピコを叩きつけるように袋に捨てて陽が続ける。

「だいたい、そういう悠月《ゆづき》だってスリー決めた本数負けてたでしょうが」

「ふん、成功率では勝ってたし」

「そりゃ確率の高い場面でしか狙わないからじゃなーい？」

「闇雲《やみくも》に突っ込んでぽんぽんカウンター食らうよりはましだと思うけど？」

　陽の口角がひくひくと引きつる。

「悠月はそういう性格だから、ボーナスステージで男のハートひとつ撃ち抜けないんだゾ♪」

今度は七瀬《ななせ》の眉間《みけん》にぴくぴくとしわがよる。

「ンン？　それってどういう意味かな～？」

「べっつにー。これで当分あんたのターンは回ってこないんじゃないかってハ・ナ・シ♡」

「ちょーっと褒《ほ》められた服をうきうきで買ってうれしそうに電話してくるお子ちゃまに男語られても、ねぇ？」

……えっと、うん。

僕この流れ知ってるよ。

「はーん！　ほーん！　言ったな言っちゃいけないこと言ったな今日という今日こそは白黒つけてやる1on1で勝負だナナ《悠月》ごらぁッ!!」

「上等、バスケも女子力もとっくに格付け終わってるって事実を叩《たた》きこんであげるよウミ《陽》」

「いや、あのー……キャッチボールの続きは……」

「「千歳《ちとせ》は審判ッ!!」」

「はぃいッ!!」

そのまま俺は日が暮れるまで地面に延々と正の字を書き続けていた。

ぐすん。

*

翌日の七限目。

全校生徒が第一体育館に集まっていた。

今日はインターハイ出場が決定したいくつかの部活と、これから全国高等学校野球選手権地方大会、かみ砕いて言えば夏の甲子園予選を控えた野球部の壮行会だ。

同様の会はインハイの予選前にも行われたが、陽《はる》たちの女バスをはじめ負けてしまったところも多いため、規模はかなり小さくなっている。

ステージ上にユニフォームを着て並んでいるのは男子テニス部、弓道部、水泳部、山岳部、そして野球部。

どうやらインターハイ出場を勝ち取れたのはすべて個人種目のようだ。

唯一これから大会に臨む野球部だけが、ベンチ入りメンバー十一人でずらっと並んでいる。

「なんかさ」

校長先生の長いあいさつをぼんやり聞いていると、隣に座っていた陽がそう言って顔を近づけてきた。

「こういうのって前に立つ側も見てる側もむずがゆくない？」

ひそひそと生温かい吐息が耳にかかり、少しくすぐったい。

「わかるよ。いつもは自分たちで粛々と部活やってるだけなのに、急に学校の代表みたいに担ぎ上げられて落ち着かないというか」

いまでこそこちら側だが、去年は俺もあちら側にいた。

中学のときにも壮行会はあったし、そのたび似たような気分になっていたものだ。

「そうそう。制服着た子たちのあいだをユニフォームで入場するのも、なんか恥ずいんだよね。座って見てるほうはどんな気持ちなんだろうとか考えちゃって」

こういうときにふと実感するが、部活と学校生活というのはすぐ隣にあるように見えて意外と明確に切り離されている。

たとえば中学の頃なんかは、チームメイトと同じクラスになったとしても、そいつは「野球部の仲間」であって「学校の友達」という感覚はなかった。

部の活動が本格的であればあるほど放課後も休日もいっしょに過ごす時間が長くなり、ときには合宿や遠征で文字どおり同じ釜の飯を食う。

よく学園祭を超えるとクラスの団結力が高まると言うけれど、部活は年中みんなでそういうイベントをこなしているようなものだ。

必然的にただの友達というよりも家族に近い関係になってくるし、実際のところ、本気で上を目指している部なら高校三年間は親兄弟よりも長い時間をともにするだろう。

だからこういう行事で覚える気恥ずかしさは、家族といるところを学校の友達に見られたときに、少しだけ似ているのかもしれない。

そこまで考えて、ずくん、と鈍く胸が痛んだ。

自分を騙《だま》すようにとりあえず口を開く。

「それで、見てる側の感想はどうだ？」

たわいのない話題を選んだつもりだったが、返ってきたのは思っていたよりもしょんぼりと寂しげな声色だった。

「やっぱりちょっと、しんどいね。負けちゃったんだなーって実感して」

「……ああ、わかるよ」

考えなしだったと反省するよりも早く、ぽつんとそうつぶやく。

陽《はる》はちらりとこちらを見てから、ぶっきらぼうに告げた。

「負けてないでしょ、あんたはまだ」

「負けたんだよもう、去年の夏に」

気づけば個人でインターハイに出場する選手たちの決意表明が終わり、マイクは野球部の代表に渡っていた。

それを握っているのは、かつてチームメイトだった江崎祐介《えざきゆうすけ》だ。

そうか、キャプテンになったんだな、と思う。

藤志高《ふじ》の野球部はお世辞にも強豪とは言えない。というか、去年俺が入部した段階では存続すらも危ぶまれるほどのわかりやすい弱小だった。

当時は三年生が十人、二年生はゼロ。

試合をするのに最低でも九人が必要となる野球において、この人数はかなりぎりぎりだ。

もし新入生が九人以下だったなら、三年が抜けたあとは公式戦に出ることすらできなかっただろう。

しかし幸運なことに、去年は十人が入部した。

三年が引退し、俺が辞めたあともなんとか活動を存続できている。

ステージ上の顔ぶれを見るに、知らない二人はおそらく今年の新入生だ。

「ねえ」

あれこれと思いを巡らせていたら、陽《はる》が肘《ひじ》をこつん、と俺の腕にぶつけてきた。

「本当にしんどくなったときは、胸ぐらい貸してあげるから」

なにかを悟られてしまったような気がして、誤魔化《ごまか》すように軽口を叩《たた》く。

「……あいにく、枕はふかふかしてるほうが好みなんだ」

「千歳《ちとせ》ってぇ♡　ぱっくり割れたスイカとぐしゃっと潰《つぶ》れたトマトどっちがお好みぃ？」

「謝るから語尾にハートつけながら不穏なこと言うのやめてくれません？」

ばかなやりとりのおかげで、ときどき音割れする古いスピーカーから流れてくる内容はほとんど頭に入ってこなかった。

「――僕たち全員で、この夏を戦っていきたいと思います」

祐介《ゆうすけ》はそう締めくくり、他の部員とともに深々と礼をする。

顔を上げたとき、ふと目が合ったように感じたが、たぶん気のせいだろう。

＊

その日の放課後、蔵《くら》センに頼まれた教材運びの手伝いを終えて教室に戻ると、綾瀬《あやせ》なずなが窓際の席に座ってぼんやりとグラウンドを眺めていた。

帰りのホームルームが終わってからもう一時間ほど経っているため、他の連中はとっくに下校したか部活に向かったようだ。

なずならしからぬ、と言ったらちょっと失礼かもしれないが、いつもとは違うどこかアンニュイな横顔になんとなく話しかけるタイミングを逸してしまう。

外では野球部やサッカー部、テニス部なんかが威勢のいいかけ声をあげていた。それに混じって、演劇部の「あ、え、い、う、え、お、あ、お」という発声練習が妙にぱっきりと主張するように響いている。

ぼうっと耳を澄ましていたら、開け放った窓から吹き込む風が、コテでやわらかく巻かれたなずなの後《おく》れ毛をちらちらと揺らした。

古ぼけた学校机のそれなりに傷んだ天板で頬杖《ほおづえ》をつく彼女と、窓越しの青空にどかんと浮かぶ入道雲。まるで青春の一ページとして切り取っておきたくなるような瞬間だと、不意にそんなことを思う。

ぱらぱらと、誰かの机の上で置き去りにされていたノートがめくれる。

ぱちぱちと、ゆっくり大きくまばたきをしながらなずなが振り向いた。

「あーっ、千歳《ちとせ》くんだー」

直前までまとっていた空気がまるで夏の日の蜃気楼《しんきろう》だったかのように、軽い声でぶいぶいと手を振ってくる。

その調子に合わせて俺も口を開いた。

「どうした、宿題忘れて居残りか？」

なにがそんなにおかしいのか、なずなは顔をくしゃっと崩してけたけたと笑う。

「小学生じゃないし！　てか、こう見えて私そこそこ成績いいもん」

「……おぉ」

「いやなにそのめっちゃ意外そうな顔ひどくない?!」

まるで音楽みたいにころころと変わる口調に苦笑しながら俺は続けた。

「じゃあ、亜十夢《あとむ》でも待ってたのか？」

「は？　なんで？」

「なんでって、お前ら付き合ってるんじゃないのか？」

「はぁあ？」

大げさな抑揚をつけ、はなはだ心外だとでもいうように続ける。

「付き合うわけないじゃん、あんな目つき悪い根暗のひねくれ男」

「わりと同情するほどひどい言いようだな」

「私は千歳くんみたいに軽薄で女慣れしてそうな正統派イケメンがタイプなの」

「喧嘩《けんか》売ってるわけじゃないんだよネ？」

七瀬《ななせ》と小競り合いになったときにも思ったけれど、なずなは自分の気持ちを素直に口に出すタイプらしい。その明け透けな態度は他人と摩擦やすれ違いを生むこともあるだろうが、個人的にはけっこう好感がもてる。

「あいつはさ」

ぽつりと、なずながつぶやく。

「ちょっと私と似てたんだよね」

黙って先をうながすと、先ほどまでと同じように頬杖《ほおづえ》をついて窓の外に目をやった。

「部活見てたの。やっぱいいなあって」

前に亜十夢から聞いて知ったことだが、なずなは中学までバスケをやっていて、それなりに実力のある選手だったらしい。

俺は少し迷ってから口を開く。

「どうして高校でも続けなかったのか聞いても大丈夫か？」

なずなはどこか曖昧《あいまい》に微笑《ほほえ》んだ。

「いまはこんな感じだけど小学校の頃からけっこう真面目《まじめ》にバスケやっててさ、中三のときもまあまあいいとこまでいったんだ。って言っても、福井の県大ベスト8止まりだからそんな自慢できるほどでもないんだけど」

県でベスト8なら充分に誇っていい成績だと思うが、いまはそういう安い言葉を求めているわけではないだろう。

もう少し話が続きそうだったので、俺はひとつ前の席に腰掛けた。

「私が七瀬《ななせ》のプレーのファンだったみたいなこと、前に亜十夢《あとむ》が言ってたの覚えてる？」

なずなと七瀬がこの教室でやり合ったときのことだ。

俺はこくりとうなずいた。

「準々決勝で負けたのが七瀬のいたチームだったんだ。あのルックスじゃん？　試合前は『どうせお遊びでちゃらちゃらやってるんでしょ』って敵意むき出しにしてたんだけど、結果はすがすがしいほどの完敗。もう笑っちゃうぐらいなにひとつ敵《かな》わなかった」

そう言うと、どこか懐かしそうな顔で目を細める。

「生まれ持った才能の差だって思えたらよかったのに、違うんだよね。あの子は単に私の何倍も走って、何十倍もシュート練習をしてただけ。そういうのって、わかるじゃん？」

「ああ、なんとなくな」

「ファンっていうと大げさなんだけど、柄にもなくもっとこの子のプレー見たいとか思っちゃってさ。準決勝を観に行ったの。そこで、七瀬は青海《あおみ》に負けた」

なずなは一度言葉を句切り、ため息のような笑みをこぼした。

「やんなっちゃうよね、絶対七瀬たちが優勝すると思ってたし。それなら納得できたのに、って言葉が頭をよぎって、気づいちゃった。ああ、そんなふうに受け入れてしまってる自分はここまでなんだろうなって」

「そっ、か」

短く応えると、「へへっ」と照れ隠しのように指先で髪をいじる。

「てかノリで語っちゃったし、イタくなかった？」

俺は黙って首を横に振った。

それでも気まずそうにしているので、話題を変えるつもりで口を開く。

「いまの話が亜十夢の境遇と似てたってことか？」

口を尖《とが》らせてうーんとしばらく悩んだなずなが、こちらを覗《のぞ》き込むように首をちょんとかたむける。

「まあ、それは私が言うことじゃないかも。千歳《ちとせ》くんがあいつと打ち解けたら聞いてみれば？」

「え？　千歳くんがあいつを討ち取れたら？」

「なにそれウケる」

「やたら突っかかってきて怖いんだもん」

「愛情の裏返しってやつじゃん？」

「え、あの人もしかしてツンデレ属性持ちなの？　本気で勘弁してほしいんだけど」

「ねー、キモいっしょ？」

なずなは心底おかしそうにけたけたと笑った。

仲間の亜十夢《あとむ》にさえこういう感じなのだ。いつか健太《けんた》と優空《ゆあ》に絡んでいたことがあったけれど、本人はたいして悪気があったわけでもないんだろう。

ふと思い出して、俺は尋ねてみる。

「そういえば、東堂舞《とうどうまい》って選手知ってるか？」

少しだけ間を置いて、自嘲《じちょう》気味のぽつりとしたつぶやきが返ってきた。

「決勝で青海《あおみ》に勝ったのがその子。ほんと、やんなっちゃう」

そう言って、なずなはまたグラウンドを見る。

なんとなく俺もそれに倣い、わいわいにぎやかな放課後をふたりでしずしずと見送った。

＊

翌日の昼休み、俺は四限目の授業が終わると同時に購買へと走っていた。

なんでも女バスは今日から朝練、放課後の練習に加えて昼練まで行うことになったらしい。

それが俺の現状になんの関係があるのかといえば、陽《はる》と七瀬《なな せ》に「時間がもったいないからお前焼きそばパン買ってこい」って命じられたわけです、はい。

最近俺の扱いひどくない？

厳密に言えば陽は焼きそばパン、ソースカツパンにホットドッグ。七瀬はミックスサンド。あとは両者共通のオーダーとしてチョコチップビスケット。

ちなみにこのビスケットは五十円という低価格でありながら一般的なおせんべい二枚分ぐらいの大きさがあるので、物足りないときのもう一品として大人気だゾ！

軽く息切れしながら購買前にたどり着くと、長机の上に惣菜《そうざい》パンやら菓子パンやらのたっぷり詰まったコンテナが四つほど並べられており、すでに大勢の生徒が押し寄せていた。

かなり急いだつもりだったが、俺たち二年五組は校舎の三階だし、四限目の終わりが少し延びたせいで出遅れたらしい。惣菜パンは早々に売り切れてしまうことが多く、下手すると他に比べてやたらたくさん積まれているビスケットしか残っていない、なんてこともある。

まあ、この感じなら今日はぎりぎり大丈夫そうだ。

購買のおばちゃんも慣れたもので、列は比較的さくさくと進みすぐに自分の番がまわってくる。陽と七瀬、それから自分のパンを購入したところで、廊下の奥からぱたぱたと懸命に走ってくる人影が見えた。

俺は思わず苦笑して、パンとビスケットをひとつずつ追加する。

代金を支払ってその場を離れ、長く延びた列の最後尾でハンカチを取り出しているさっきの人影に話しかけた。

「優空《ゆあ》、そんなに汗かいたら化粧落ちて素顔見られちゃうぞ」

「──」

「秒で頸動脈《けいどうみゃく》きゅいっとするのやめて？」

俺が言うと、首筋の汗を拭《ぬぐ》いながらむすっと答える。

「そんなにお化粧濃くありません」

「冗談だよ。珍しいな、今日は購買？」

優空は基本的に自分で作った弁当を持ってきている。事前に約束していればいっしょに学食へ行くこともあるが、パンを買ってるのはあまり見たことがない。

「うん、作ったんだけど忘れてきちゃって。でも……ちょっと遅かったかも」

苦笑しながら列の前方を見やる。

確かに、順番がまわってくる頃にはコンテナがすっからかんになってそうだ。

「ほら、ハムエッグパンとビスケットで足りるか？」

言いながらそのふたつを手渡すと、きょとんとした表情を浮かべる。

「慌てて走ってくるのが見えたからな。でも女子の食う量とか好みとかあんまりわかんないからチョイスは適当だぞ」

なにせサンプルがあのふたりだ。

陽《はる》は運動部男子もびっくりのボリュームだし、七瀬《ななせ》は体型維持とかいろいろ気を遣ってそうだから、基本後者寄せでサンドウィッチよりは多少食べ応えのありそうなものにした。

優空は手元のパンと俺の顔をまじまじと見比べて、小さくつぶやく。

「まったく朔《さく》くんは」

「わりぃ、マヨネーズぶっかけメガ盛り唐揚げパンがよかったか？」

「そんなの食べません」

ですよね、そもそもそんなメニューはありません。

優空はパンを抱きかかえるようにしてくしゃっと笑った。

「ありがとう、私に気づいてくれて」

「んな大げさな」

俺がそう言うと、淡くふふと目を細める。

なにか含むところのありそうな言葉だったが、それがなんなのかはわからなかった。

これ以上追求するのも野暮だろうと、三人分の昼食がぎっしり詰まった茶色い紙袋をがさり掲げてみせる。

「こいつを陽《はる》たちに届けてそのままメシにするつもりだけど、いっしょに行くか？」

「うん！」

なぜだか俺は、一年近く前のことを懐かしく思いだしていた。

＊

体育館では、全部で四つあるゴールすべてを使ってシュート練習が始まっていた。

ちなみに途中で優空《ゆあ》に確認したところ、夕湖《ゆうこ》はちょうどテニス部の子たちとご飯を食べる日だったらしい。

陽はすぐこちらに気づいたけれど、きりがいいところまで続けるつもりのようだ。片手を軽く上げてサンキューの合図だけ送ってきた。

練習の邪魔にならないよう、俺と優空はステージのへりに並んで腰掛ける。

「よし、じゃあフリースロー連続五本。決めた人からご飯食べていいよー」

中央でメンバー全員に目を配っている陽が言う。

「セン、またフォーム雑になってる！　外したら反対の壁まで往復ダッシュ!!」

言われるがままに走って戻ってきた女の子に、七瀬《ななせ》がなにやらアドバイスをしている。

「張り切ってるのはわかるけど、なにも昼休みまで……」

確か以前にヨウと呼ばれていた背の高い女の子が、俺たちの近くで小さくぼやいた。

まるでそれが聞こえたかのように陽《はる》が続ける。

「さっさと決めたら休憩できるよ～」

また別の部員が声を上げた。

「キャプテーン、昼休み中に達成できなかったら？」

「もちろんメシ抜き♪」

「「鬼!!」」

広い体育館に響くそのやりとりを、七瀬《ななせ》はちょっと困ったような微笑《ほほえ》みで、だけどなにか口を挟むわけでもなく見守っている。

俺は缶コーヒーのプルトップを開けながら呑気《のんき》につぶやいた。

「青春だねぇ」

隣でミルクティーにちょこんと口をつけていた優空《ゆあ》も苦笑する。

「ほんとすごいよね、陽ちゃんも悠月《ゆづき》ちゃんも」

「俺は文化系のことあんまりわかんないけど、吹部もコンクールとかあるんだろ？」

「もちろんあるよ。でもうちは、みんなで楽しく演奏してそれが結果に繫《つな》がったらいいねっていう感じだから」

当然そういう部だってあるよな、と思う。

なんとなく「楽しむ部活」と「上を目指す部活」が対照的に語られがちだが、そのふたつは普通に両立する。

ようは程度の問題。

たとえば週休二日なら週休二日で、定められた時間は楽しみながら精力的に活動するし、大会やコンクールがあれば可能な限りいい成績を残そうと頑張る。

運動部文化部に関係なく、高校における部活の多くはきっとそういうスタンスだ。

そこから先、たとえば陽たち女バスみたいに休日や休み時間を限界まで切り売りし、骨身を削ってまでさらなる高みに挑戦するのかどうかは顧問の方針、先輩たちから受け継がれた伝統、あとは現役部員の空気感なんかによるところが大きいのだろう。

——いまなら、そんなふうに考えることができる。

「優空自身はどうなんだ？」

ふと思い立って聞いてみた。

いつもサックスを持ち歩いていることは知っていたが、これまであまり部活について真面目《まじめ》に話したことはない。

というよりも、きっと俺に気を遣って話題に出さないでいてくれたのだろう。

「うーん、私も昔から競争みたいなことは苦手なんだよね」

少し恥ずかしそうに頬《ほお》をかいて続ける。

「小さい頃からピアノとフルート習ってて、高校ではちょっとだけ自分らしくない楽器をやってみようかなってアルトサックスを選んだの。だから新鮮で楽しいし、体育館やホールで演奏するのはすっごく気持ちいいんだけど、それで満足しちゃうというか……」

そもそも勝ち負けを決めることが前提の野球やバスケみたいなスポーツと違って、音楽をやっている人のなかには案外そういうタイプが多いのかもしれない。

「確かに、ピアノとフルートはなんかイメージどおりかもな。じゃあ、合唱コンクールで伴奏とかしてたんだ？」

「そうそう。『ちょっと男子！　真面目《まじめ》に歌ってよ!!』って」

「うわ想像つかねぇ」

俺が言うと、優空《ゆあ》はくすくすと可笑《おか》しそうに目尻《めじり》を下げる。

「まあいまのは冗談だけど。私、球技大会とか体育祭じゃ役に立てないからそれぐらいはね」

「ああ、リレーのいいとこで派手にずっこけたりしそうだもんな」

「ちょっとひどい！　吹部でもランニングとか筋トレするし、私だって力入れたらうっすら腹筋の線見えるもん」

「ほほう？　ではちょっと失礼して真偽のほどを確認――」

「はいはいきゅいきゅいっ」

「つっこみが雑ぅーッ！」

ふたりで吹き出して、ひとしきりけらけら笑う。

やがてそれがほとんど同時にぴたりと途切れて、体育館の喧噪《けんそう》からぽつんと置き去りにされてしまったような空白が生まれる。

不規則に響くバスケットボールの音を聞きながら、自分でもよくわからないうちに自然と言葉が漏れていた。

「いつかさ……聴かせてよ、サックス。体育館とかホールじゃなくて、たとえば臆病風に吹かれる夕暮れの河川敷みたいに、とびきり冴えたシチュエーションで」

言うだけ言ってから、埋めたはずの空白がぽかんと口を開けたまま留まっていることに気づき、どこか不思議そうな顔でこちらを見る優空からはっと視線をはずす。

そのまま照れ隠しみたいにおどけた声で続けた。

「なんて、本当は薄暗いなかでサックス吹いてる口許《くちもと》がエロいからだったり」

言い終わるやいなや、締まらない軽口を非難するようにピリリーっとホイッスルが鳴る。

「よぉし休憩ー、ってか今日はここまでかな。ぱぱっと片づけてそのまま上がりでいいよ、みんなお疲れー」

陽《はる》が大きな声を上げた。

部員たちは各々に「お腹《なか》すいたー」だとか「もう限界ー」だとか叫びながらボールを片づけ、モップをかけ始める。

自分の吐いた気恥ずかしい台詞《せりふ》まで一緒に拭《ふ》き取ってくれているようでそっと胸をなで下ろすと、まるで俺の弱さなんて見透かしているみたいに優空《ゆあ》がやさしくつぶやいた。

「――はい、任されました。そのときはきっと、誰よりも朔くんの隣にいるから」

言葉の意味を推し測るよりも早く、再び陽《はる》の声が響く。

「ナナー、さくっと終わらせるよ」

「ウミがミスっても待たないからね」

「上等！」

どうやらこのふたりは、他の部員がノルマを達成するまでサポートやアドバイスに専念していたらしい。

陽がフリースローラインに立ち、ダンッ、ダンダンッ、と力強く三回ボールをつく。

なんだかんだで昼休みが始まってからもう三十分以上が経過している。

ちんたらしていたら本気で昼飯抜きになりそうだが、

――しゅっ、ばすん。


どうやらそんな心配は必要ないみたいだ。

ワンハンドで放たれたシュートはゴールに向かってほとんど真《ま》っ直《す》ぐ伸び、ノータッチで収まる。一瞬、ボールの勢いに押されたネットがぎゅむと横に変形してから、すとんとボールを吐き出した。

それを回収した陽が不敵に七瀬《ななせ》を見る。

「連続？　順々？」

「もち一本ずつ交代しながら。そっちのほうがプレッシャーかかるでしょ」

今度は七瀬がフリースローラインに立つ。

タンと軽く一度だけボールをつき、そのまま流れるように自然なフォームで打つ。

陽の宙空を滑るような軌道とは対照的に、高く弧を描いたシュートがほとんどネットを揺らすことさえなくすり抜けた。

七瀬がふっと涼しげに微笑《ほほえ》む。

陽がにやりと挑戦的に口角を上げる。

ダンッ、ダンダンッ――しゅっ、ばすん。

タン――ふあん、すっ。

結局、両者一本も譲ることなく、七瀬が最後のシュートを放った。

二階の窓から差し込む夏の陽光が軌道に重なり、あんまり眩《まぶ》しくて思わず目をそらす。

その先にあった優空《ゆあ》の横顔は、さっきの言葉なんて熱いアスファルトの上で溶けて消えてしまったみたいに、どこまでも見なれた優空の横顔だった。

＊

ボールを片づけたふたりが俺たちのもとへとやってきた。

七瀬《ななせ》は礼を言ってパンを受け取ると、少しだけ話してから反対側で固まってるチームメイトのところに向かう。

体育館でそのまま昼食にするようだ。

てっきり陽《はる》も続くものだと思っていたら、ステージのへりに両手をかけてひょいっと跳び上がり、優空の隣に腰を落ち着ける。

「向こうで食わなくてもいいのか？」

俺が聞くと、にっと笑って冗談めかした答えが返ってきた。

「ま、鬼キャプテンの近くじゃ落ち着かないっしょ」

渡した焼きそばパンの包みをべりべりっとめくりながら続ける。

「それにうっちーとこんなふうにご飯食べるの、なにげにレアじゃない？」

隣で優空がくすくすと頷《うなず》いた。

「確かに。夕湖《ゆうこ》ちゃんや悠月《ゆづき》ちゃん含めたみんなで、ってのはよくあるけど」

そう言って、ハムエッグパンの包みを丁寧に開ける。

俺はとっくに自分の分を食べ始めていたが、優空は陽たちの練習が終わるまで待っていたようだ。こういうところがらしいよな、と思う。

「てかさ、前から気になってたんだけど聞いていい？」

陽はぶらんとたらしていた脚を引き上げ、ステージ上であぐらをかく。練習用のてろてろとやわらかいハーフパンツがずり上がり、ほんのり上気したひざ小僧と太ももがあらわになった。

そのまま組んだ脚に肘《ひじ》をつき、焼きそばパンを右の手のひらに乗せてわっしと摑《つか》み豪快にかぶりつく。

「うん、なにかな？」

そう答えた優空は誰かさんと対照的に、ステージからたらした脚もきっちりひざを合わせており、パンの紙袋を開いて作った簡易的なナプキンをスカートの上に広げている。

もごもごと口の中のパンを吞《の》み込んだ陽が俺たちふたりに目をやった。

「うっちーと千歳《ちとせ》ってなんで仲いいの？」

言葉の意味を測りかね、思わず優空と顔を見合わせる。

陽は否定のニュアンスを伝えるように、空いてるほうの手を軽く上げた。

「や、変な意味じゃないから誤解しないでほしいんだけどさ。なんかうっちーって、こんなのとつるむタイプに見えないから」

「俺に対しては誤解の余地なく変な意味だぞおい」

すかさずつっこむが、まるっきり聞こえていないように続ける。

「ほら、うちらのなかだとうっちーが一番常識人ぽいっていうか、優等生？　お淑《しと》やか？　物静か？　……って違うな、私の語彙力だとなんかヤな感じになっちゃう」

まあ、言わんとしていることはわかる。

もちろん、それが遠回しな厭《いや》みでないことも。

同じことを優空《ゆあ》も感じたのだろう。

口許《くちもと》に手を当て、くつくつと笑いをかみ殺しながら口を開いた。

「陽《はる》ちゃん、西野《にしの》先輩にも似たようなこと聞いてた」

「え、そうだっけ？」

「うん。その答えはもう陽ちゃんのなかにあるんじゃないか、って言われてたよ」

「……あー」

先月、西野明日風《あすか》先輩こと明日姉《あすねえ》が教室に乗り込んできたときのことだ。

確かにそんなやりとりをしていたな、と思い出す。

ぽりぽりとばつが悪そうに頭をかく陽を見て、優空がせらせらと微笑《ほほえ》んだ。

「本当はちょっと西野先輩に共感してるんだけど、そうだなぁ……」

なにかを思いだすように、そっと目を細める。

「きっと、朔《さく》くんが誰よりも私のことを雑に扱ってくれたからじゃないかな」

一瞬、しんと静寂が流れ、それを押し返すように陽が軽い声を出した。

「え、うっちーってそういうやばい性癖ある人なの!?」

「そうだぞ。優空は虐げられると燃える妾《めかけ》タイプだ」

とりあえず便乗すると、きんきんに尖《とが》ったつららみたいな視線が飛んでくる。

「――朔くん？」

「冗談ですごめんなさいごめんなさい」

優空は呆《あき》れたようにため息をついた。

ひとしきり笑った陽が、がっしとその肩を抱き、ぷにぷにと頬《ほお》をつつく。

「だったら私にしておけば？　雑にしてア♡ゲ♡ル♡」

「もう！　陽ちゃんも!!」

「ほれうっちー、焼きそばパン食えよ」

「陽ちゃんの考える雑が雑!!」

そう言って優空がぷりぷりと顔を背《そむ》ける。

陽は「冗談じょうだん」と笑い飛ばしたあと、少しだけ真面目《まじめ》な口調で言った。

「まああるよ。千歳《ちとせ》はそういうとこ、ある」

なんとなく居心地が悪くなってもう一度茶化そうかと思ったが、それを聞いた優空《ゆあ》の目尻《めじり》がやさしく下がったのを見てやめる。

代わりになにか、高校生の昼休みに似つかわしい当たり障りのない話題でも出そうとしたところで、

――ぎきぃ。

女バスの練習が終わりずいぶんと静かになった体育館に、古びて建てつけが悪くなった扉の開く音が響いた。俺たちのいるステージと反対側の角、体育館にもグラウンドにも直接出られる場所に位置する体育教官室だ。

「――ッ」

俺の口から、思わず声にならない声が漏れる。

「代表者ぁッ!!　許可とってんのかッ!!」

ばりばりと雷鳴みたいながなり声が響き渡った。

その出どころは扉の陰から出てきたひとりの男性教師。

角刈りに近い形で短く切りそろえられた白髪に五十代らしくでっぷり贅肉《ぜいにく》のついた腹、いつも不機嫌そうにしわの寄った眉間《みけん》と、これだけは年齢による衰えを感じさせない鋭い眼光。

ああ、なにひとつ変わっちゃいない。

陽《はる》がびくっと肩を震わせた。

「……やっぱ、綿谷《わたや》先生」

体育の授業を受け持つ綿谷はいまどきちょっと珍しい、いわゆる強面《こわもて》タイプの先生だ。

あの程度ならおそらく本人は怒鳴ってるつもりさえないんだろうが、威圧的な見てくれででかい声を出されると萎縮《いしゅく》してしまう人が多いようで、生徒たちにはかなり怖がられている。

「キャプテンっ!!」

もう一度綿谷は声を張った。

陽が反応しようとしたところで、

「副キャプの七瀬《ななせ》です。美咲《みさき》先生に体育館の使用許可はとってますよ。一応、他の部は使う予定がないことも確認しました」

クールな声がそれを遮《さえぎ》る。

七瀬《ななせ》は凜《りん》とした顔で立ち上がり、綿谷《わたや》と向き合っていた。

聞いた側としてはその答えで充分だったのだろう。

綿谷が「そうか、授業に遅れるな」と言い残して歩き始める。

「許可……とってたんだ」

陽《はる》が小さくつぶやいてから、あーあと天を仰いで大きく息を吐く。

「さすがだなぁ、悠月《ゆづき》。昼練やるよって言いだしたの私なのに、顧問の許可とか他の部の都合なんて頭の片隅にもなかった」

「役割分担、ってことでいいんじゃないのか？」

俺がそう返すと、少しだけ無理してるように笑う。

「ま、ね」

なんだかんだで陽も新米キャプテンだ。あまり態度には出さないが、それなりに責任や重圧を感じてたりもするんだろう。

さて、口直しにビスケットでも食うかと思ったところで、いつのまにかステージの近くまで来ていた綿谷が足を止め、ぎろりとこちらに視線をよこしていることに気づいた。

まだなにか文句を言われると思ったのだろう、陽がきゅっと身を縮こまらせたのがわかる。

けれどその視線の先にいるのは……。

綿谷は心底不愉快そうに眉《まゆ》をひそめ、

「――見られたもんじゃないな、千歳《ちとせ》」

吐き捨てるように言った。

俺は相手から見えない位置でぎゅっと拳《こぶし》を握り、

「お変わりないようで、カントク」

嚙《か》みしめるように言った。

そのやりとりで、陽と優空《ゆあ》のはっとした気配が伝わってくる。

ふたりとも気づいたようだ。

――目の前の男が野球部の顧問だということに。

二秒、三秒、四秒と、俺たちは互いに目を逸《そ》らさない。

五秒、六秒、七秒と、俺たちは互いに口を開かない。

その膠着《こうちゃく》状態を破ったのは陽のとぼけた台詞《せりふ》だった。

「綿谷《わたや》センセ〜♪　こーんな美女ふたりに囲まれてる男摑《つか》まえて見られたもんじゃないはひどくないですかぁ?!」

そのあまりにもお粗末な話題の逸《そ》らし方に、俺も、おそらく綿谷も毒気を抜かれたのだろう。

チッとくぐもるような短い舌打ちをして、最後にもう一度だけぎりりとこちらを睨《にら》んでから去っていく。

体育館から出たことを確認して、俺は口を開いた。

「慣れないことすんじゃねぇよ、ばか。盛大にすべってんぞ」

陽《はる》はえへへと恥ずかしそうに頰《ほお》をかく。

「あ、やっぱり?　悠月《ゆづき》とかだったらもっと上手にやり過ごすんだろうけど」

「でもまあ」

俺はまだ手つかずだったビスケットを陽にむかってぽんと投げた。

「うれしかったよ、かばおうとしてくれて」

俺の言葉に優空《ゆあ》が続く。

「ありがとね、陽ちゃん」

「ったく、なんでうっちーまでお礼言うかなぁ」

ますます照れくさくなってきたのか、陽はぷいとそっぽ向いて受け取ったビスケットをばりばりと頰張《ほおば》りはじめた。

優空も隣でさくさくとビスケットをかじる。

そんなふたりを眺めながら、俺はようやく力を抜く。

野球部時代と変わらず硬い手のひらには、くっきりと爪《つめ》の痕《あと》が残っていた。

＊

なんだかんだで慌ただしく昼休みが過ぎ、五限目の開始五分前を告げる予鈴に尻《しり》を叩《たた》かれながら三人で教室へ駆け込んだ。幸いなことにまだ教師の姿はない。

そういや次は現代文だったな。蔵《くら》センはいつもきっかり本鈴が鳴ったぐらいに入ってくるから、ここまで急がなくても間に合ったかもしれない。

チーム千歳《ちとせ》の面々は夕湖《ゆうこ》の席を中心に集まっている。

俺たちよりもけっこう早めに体育館を出ていた七瀬《ななせ》は、汗の処理もメイク直しもばっちりって感じの涼しい顔でこちらに向かってひらりと軽く手を上げた。

ちなみに陽はここまで俺と競争してきたので、汗ばんだ額に前髪がぺたりと張り付いている。

同じバスケ部でもこういうとこ本当に対照的だよな、と思う。

俺たちの姿を見ると、柊《ひいらぎ》夕湖が待ちわびていたように立ち上がって声をかけてきた。

「もぉ、遅いよー！　三人でなにしてたの？」

「女バスの練習見ながら体育館でメシ食ってたんだよ」

そう答えると、ぷぷぅとわかりやすく不満顔をつくる。

「えー、ずるーい。私もそっち行けばよかったなぁ」

夕湖《ゆうこ》は残念そうに優空《ゆあ》のほうを見やるが、当の本人はそれどころじゃないみたいで、

「――んっ、――はぁ、はぁっ、――ふぅっ」

なにやら色っぽい吐息を漏らしていた。

つつう、となめらかなうなじや華奢《きゃしゃ》な鎖骨を小さな粒がじっとり伝う。ハンカチで拭《ぬぐ》いきれなかった雫《しずく》は、そのまま肩甲骨や背骨をくすぐるように、あるいはたおやかな谷間に流れ込むように、少女の輪郭をなぞっていく。

端的に言えば、俺と陽《はる》の教室目がけた全力ダッシュに付き合ったせいで、いかがわしい事後感あるぐらいにめっちゃ汗かいて疲れてた。

とりあえず、すぐに口を開けるような状況ではなさそうだったので、俺は戻る前に買ったボルヴィックを優空に押しつけ、その心情を代弁してやる。

「『そもそも夕湖ちゃんが私のこと見捨てたから悪いんでしょ』と申しております」

「そうなのうっちー?! ごめんね、寂しい思いさせて」

ぶちっと、脇腹をつねられた。

優空ちゃんもうちょっと手加減してねそのまま千切れちゃいそうだから。

俺はごほんとわざとらしく咳払《せきばら》いをして続ける。

「『なんて、朔《さく》くんとふたりで過ごしたかったから本当はちょうどよかったんだけどね。だけど空気読まずに割り込んできた陽ちゃんがちょっとお邪魔虫だった』と申して──嘘《うそ》うそ優空ちゃんも陽ちゃんもごめんて」

優空にきゅいっとされながら陽に尻《しり》を蹴《け》られたところで夕湖がつんと口をとがらせ、

「朔ひどーい！　うっちーはいつだって私の味方だもん、ねー」

ちょっと困り顔をした優空の手を取る。

そんな様子をどこかうらやましそうに眺めていた浅野海人《あさのかいと》が割り込んできた。

「てかずっけーよ！　昼練してるなら俺も混じればよかった」

陽がわざとらしくため息をつく。

「悪いけど女バス的に無理だから」

「え、なんで？」

「視線がやらしい」

「それ共通見解ッ!?」

黙ってなりゆきを見守っていた水篠和希《みずしのかずき》も呆《あき》れ気味に口を開いた。

「にしても、新しいクラスになっていろいろと人間関係も変わってきてるわけだし、朔たちの夫婦《めおと》妾《めかけ》漫才もほどほどにしてくれないと。ね、悠月《ゆづき》？」

「どうしてそこで私に振るのかな?」

「どうしてそんなに勘ぐるのかな?」

七瀬《ななせ》はぞっとするほどにっこりと微笑《ほほえ》む。

「水篠《みずしの》、そろそろちゃんと一回話しよっか?」

当の和希《かずき》はひょうひょうとした態度でそれを受け流し、山崎健太《やまざきけんた》の肩をぽんと叩《たた》く。

「というわけで健太、なにか朔《さく》にひと言」

「いちゃいちゃしてないでさっさと席つけ神この野郎!」

うん、お前もたいがい遠慮なくなってきたよね。

ちょうどそのタイミングでチャイムが鳴り蔵《くら》センが入ってきたので、俺はすたこらと自分の席に退散した。

＊

すう、すう。

すい、すい。


五限目が始まって十五分ぐらい経っただろうか。

蔵センの話にぼんやり耳を傾けていたら、妙に規則正しい呼吸が聞こえてきた。

お隣に目をやると、現代文の教科書を立てた陰で陽《はる》が気持ちよさそうに居眠りしている。うとうと船を漕《こ》ぐ程度ならまだかわいげもあるが、両腕を枕にして顔をこちらに向けた状態でがっつりと熟睡中だ。まあ、昼練してメシ食ったあとだから気持ちはわかるが。

その額にうっすら汗がにじんでるのを見て、俺は苦笑しながら窓を開けた。

昼下がりのとろんとした風に揺られて、木々もさゆさゆ気持ちよさそうにまどろんでいる。

グラウンドを囲む防球ネットは、たぷん、たぷんと、やわらかく波打ってるようだ。

かっ、かつかつ、黒板の上でチョークが跳ねる。

誰かがぺりぺりと新しいルーズリーフを取り出し、誰かがきゅぽんと蛍光ペンのキャップを外す。

どこにでもある、どこまでも正しい午後だった。

すう、すう。

すい、すい。

もう一度陽のほうを見る。

ほとんど化粧っけのない肌は透き通るように瑞々《みずみず》しく、思っていたよりもぱちりと長いまつげがぽかぽか暖かい日差しを受けて薄い影を落としていた。

小生意気につんと整った鼻が、ときどきひくっと小さく膨らむ。

かわいいな、と素直に思った。

普段はどうしても男友達みたいな付き合い方になってしまうが、こうして静かな寝顔を見ているとやっぱりひとりの女の子なんだと意識してしまう。

ううん、と陽《はる》の軽い身じろぎに合わせてなめらかなうなじが覗《のぞ》く。

はらりとこぼれた髪の毛が形のいい唇に張り付いたのを見て、思わずそっと手を伸ばして小指ではらってやった。

それがくすぐったかったのか、にへらと微笑《ほほえ》んだあとうっすら目を開ける。

「……ん、千歳《ちとせ》ぇ」

寝ぼけて俺の名前を呼び、もにゅむにゅとなにやら言葉にならない言葉をつぶやいて再び目をつむった。

おい、いまのはちょっとずるいぞ。


すう、すう。

すい、すい。

俺の動揺なんて知るよしもなく、規則正しい寝息が戻る。

やっぱり、こいつもいろいろ踏ん張って生きてるんだろうな。

ふと、この時間を水飴《みずあめ》みたいにみよんと引き伸ばして、そのなかでゆっくりと休ませてあげたいような気持ちになった。

いつのまにか自分の呼吸も陽《はる》の音に重なり、だんだんとまぶたが重くなってくる。

右足は教室の床に、左足は眠りの縁に触れているような夢うつつの綱引きでゆらゆらと揺れながら、俺は野ウサギみたいに跳ね回るポニーテールを追いかけていた。

*

——スパンッ、ゴンッ。


「いっだぁッ!!」

「いてぇッ?!」

突然の衝撃に思わず飛び起きると、隣で陽も同じように頭をさすっていた。

「ふたり仲よくいい度胸だな」

そろそろ顔を上げてみれば、案の定というかなんというか、教科書を手にした蔵《くら》センがこちらを見下ろしている。

俺は誤魔化《ごまか》すようにごほんと咳払《せきばら》いしてから口を開いた。

「ちょっと瞑想《めいそう》しながら作者の気持ちを考えてただけです」

陽がそれに便乗する。

「……わ、私は千歳《ちとせ》だけ怒られたら可哀想だと思って断腸の思いで共犯に」

「おいこらふざけんな、先によだれ垂らして寝てたの陽だろ」

「はぁあん?!　美少女陽ちゃんがよだれなんて垂らすわけ」


——スパンッ、ゴンッ。


「いっだぁッ!!」

「いてぇッ?!」

もう一発ずつお見舞いされた。

くそ、なんで俺だけ角で叩《たた》くんだよ。

「俺の授業でいちゃつくな」

その言葉に教室のなかがどっと沸く。

蔵《くら》センが意地悪そうににやりと笑って続ける。

「ちなみに千歳《ちとせ》は寝てる青海《あおみ》の唇触ってちゅーしそうになってたな」

そんなところから見てたのかよコンチクショウ！

じとーっと、陽《はる》が嫌そうに顔をしかめる。

「あんた……」

「弁護士を呼べ！」

そんな俺たちのやりとりをひとしきりにたにたと眺めてから、蔵センは大仰な身振り手振りをつけて言った。

「ああ、嘆かわしい。お前たち生徒一人ひとりの成績が少しでも伸びるように、いい文章に触れて心が豊かになるように、人生かけて授業しているというのに」

「さっき脇道にそれて競馬の話してなかった？」

蔵センは俺のつっこみなんて聞いちゃいない。

「授業中に爆睡している生徒を簡単に許したら他のみんなに示しがつかない。かといって俺も、衆目にさらされながら立ってろなんて罰を与えるのは心が痛む」

ぎんぎんに嫌な予感がした。

そもそも普段の蔵センは、ささいな居眠りにいちいち目くじらを立てたりはしない。

これはあれだ。

健太《けんた》の件を押しつけられたときと同じ流れを感じる。

よし、と蔵センが白々しく言った。

「千歳と青海、明日の放課後ふたりでプール掃除しろ」

「「はぁ?!」」

思わず陽と声が重なる。

「なんでまた急に?」

俺が続けて言った。

うちの高校に水泳の授業はない。

水泳部はあるが、大会に参加するために部活の体《てい》をとっているだけで、普段の練習は個々人が外部のスクールなどで行っていると聞いたことがある。

蔵センはふっと口の端をつり上げた。

「個人の部でインターハイ出場が決まったから、元水泳部の校長が大喜びでな。長年使われてなかった学校のプールを練習用に開放するんだとさ」

「それって下手すれば十年分ぐらいの澱《よど》みが溜まってるんじゃ……」

「安心しろ、年に一回は業者を入れてメンテナンスしてたらしい。今年も五月に一度掃除してるから、そこまで汚れちゃいないはずだ」

「あのう……私、部活が」

陽《はる》がおずおずと探るように切り出すが、

「授業中に居眠りしてたペナルティを放《ほう》り出して部活に来いって言うと思うか？　あの規則に厳しい美咲《みさき》先生が？」

その言葉を聞いてへなへなと崩れ落ちた。

「やばい、美咲ちゃんに殺されるかもしれない」

ちょっと不憫《ふびん》に思えたので、もう無理だと悟りながら俺は少しだけ抵抗してみる。

「そもそも、自分たちの練習する場所は感謝をもって自分たちできれいにするのが運動部の流儀だと思うけど？」

「インターハイを控えてる選手と練習をサポートする他のメンバーにそんなことはさせられない、というのが校長の意見だ」

「てかそれぶっちゃけ蔵《くら》センが頼まれた仕事じゃ」

蔵センは額に手を当ててわざとらしく天を仰ぐ。

「ああ、本当は有志に協力してもらって俺が掃除するつもりだったんだがな。愛する生徒の教育のため、今回は心を鬼にしてお前たちに任せることにする」

「ちなみにその有志、ってやつのあては？」

「……そりゃあ、あれだ。時間と体力を持て余しているクラス委員長とか」

「どっちに転んでも俺は逃げられないのかよ!!」

話はここまでとばかりに、蔵センは教壇へ戻る。

俺は陽と顔を見合わせて、深くため息をついた。

＊

その日の夜、メシを食った俺はTシャツと短パンに着替えて家を出た。

すぐ目の前を流れる川のほとりに立ち、足下の土を靴の底でざっざと軽くならす。

生ぬるく湿った風に乗って、むせかえるような夏の夜の匂いがした。

たぽたぽと流れる水、ぼおぼおと茂る雑草、ゴム長靴の足跡が残るぬかるんだあぜ道、溶けかけの甘ったるいシャーベットや細く伸びる蚊取り線香の煙、あるいは誰かの汗ばむ背中。

そういうものがまぜこぜになった空気は、またこの季節がきたことをどうしようもなく突きつけてくる。

俺は身に馴染《なじ》んだルーティーンに従って全身の筋肉をゆっくり伸ばしていく。最後に股関節のストレッチをして、傍らに置いていたケースを開けた。

しゅらりと、木製バットを引き抜く。

野球部だった頃に使っていた、そして健太《けんた》の部屋の窓ガラスを叩《たた》き割った金属バットとは違う、新しい相棒。

それは去年の夏が終わり、秋が来て、あの人と出会った頃に購入したものだ。

俺はぎゅっぎゅと何度かグリップの感触を確かめたあと、顔の前で腕をぴんと伸ばし、バットを傾け、その先端を見る。

三秒数えてから力を抜き、ゆらゆらと揺れるように軽く構えた。

頭のなかに、とびきり活きのいいピッチャーを思い浮かべて、

ブウーンッ。


……いまのは、ストレートに差し込まれたな。

自分のスイングに駄目出しをしながら、そのまま何度かバットを振る。

ブウーン、ブウーンッ。

ブオーン、ブオーンッ。

野球部をやめたあとしばらくの期間は空いたが、こうして素振りを再開したのは、単純に落ち着かなかったからだと思う。

なんせ、小学校の頃から毎日欠かさずに続けてきた習慣だ。

練習というよりは、もうすっかり生活の一部になってしまっている。

高校野球で主流の金属バットではなく、大学やプロで使われる木製バットへと持ち替えたことにもたいした意味はない。

単に気分を変えたくなった、ということなんだと思う。


ビュン、ビュンッ。

ビシュ、ビシュッ。


五十を数えたあたりから、ようやくまともなスイングになってきた。

自分の調子は耳でわかる。

フォームが乱れているときはどこか野暮ったく引きずるような音になるし、無理なく自然に振れているときは文字どおり風を切るような音だ。

整うまでにいつもより時間がかかった原因は、やはり昼休みの一件だろう。

監督と直接言葉を交わしたのは、部を辞めてから始めてだった。


ブウーンッ。

ほら、ちょっと思い出しただけでまた余計な力が入る。

俺はもやもやとした胸の内を吐き出すように大きく深呼吸をした。

再びバットを構え、テイクバックをとったところで、

「――少年、ナックルだ！」

え、んあ？　ナックル？

どこからかとつぜん飛んできた声に動揺して、ふにぇふにゃとへっぴり腰の間抜けなスイングになってしまった。

「あーあ、三振」

うるせえやい、自分でもそう思ったわ！

内心でつっこみながら振り返ると、

「って、明日姉《あすねえ》？」

そこに立っていたのは意外な人物だった。

「こんばんは」

そう言っていたずらっぽく笑う明日姉は、ゆったりとしたベイビーブルーのサマーニットに白いキュロット、足下はスニーカーとリラックスしたスタイルだ。

俺はバットを下ろし、Tシャツの袖《そで》でぐいと汗を拭《ぬぐ》う。

「えっと、どうしたの？」

「ちょっとね、勉強の息抜きにお散歩」

まあ、まだ二十時過ぎだから高校生が出歩いていてもおかしい時間ではないが。

「それにしたって明日姉の家からここまで、ちょっとお散歩の距離じゃなくない？」

俺が言うと、照れたように顔を背《そむ》けて身体《からだ》の前でもじもじと手を組む。

「それはその、なんというかですね。目的もなく歩いてたらいつのまにかここにたどり着いていたというか、もしかしたら偶然君が出てこないかな、みたいな？」

その様子があんまりいじらしくて、思わずぷぷっと吹き出した。

ついついい意地悪心が芽生える。

「『きっと君とは、こんなふうに思いがけず会うからいいんだよ』って洒落《しゃれ》た台詞《せりふ》をどこかで聞いた気がするんだけどな。確か今日みたいに月明かりのきれいな夜だった」

「あー、またそういう可愛くないこと言う」

つんとそっぽを向いたままで明日姉が続けた。

「だって、あの日以来ぜんぜん君のこと見かけなかったし……旅行中に買ったワンピース着てデートしようって言ってたくせに」

後半のぼそぼそとつぶやくような声はうまく聞き取れなかったが、なにやらぷりぷりしているということは伝わった。

「にしても」

俺は話題を変える。

「さっきのなに？」

ようやくこちらを見てくれた明日姉《あすねえ》がくすくすと笑う。

「君と出会ってから少し野球漫画とか読んで勉強したの。突然の変化球にも対応できないと駄目だぞ、少年」

「高校野球で突然ナックルなんて投げられたら打てねぇよ」

ちなみにナックルとは不規則に揺れるような軌道を描き、キャッチャーはもちろん投げた本人にさえどんな変化がおきるかわからない魔球みたいなものだ。

明日姉は「そうなの？」と不思議そうに言いながら、少し離れた場所にしゃがみ込む。

ショートパンツのように股下《また》のあるキュロットだから油断してるんだろうが、やわらかな生地がふりふりと広がり、太もものの裏がぷっくりと丸みを帯び始めるあたりまであらわになった。

夜の薄闇《うすやみ》に青白く浮かぶ肌のなめらかさに、つい東京の夜を思い出してしまいそうになる。

明日姉を避けていたわけじゃないが、なんだかいろいろと変わってしまった関係性が気恥ずかしくて、積極的に探そうとしていなかったこともまた事実だ。

どんな顔して会えばいいんだろうとか、ちょっと柄にもなく考えていた。

いまさら確認するまでもなく、俺はこの人のことが好きだ。

惹《ひ》かれているし、憧《あこが》れている。

だけどその気持ちに恋と名前をつけるべきなのかどうかは、まだ、わからない。

俺の視線が行き場を失ってさまよっていることなど露知らず、自分のひざを両腕で抱くようにしてこちらを見上げてくる。

「続けて?」

甘く宙に浮いたような声で明日姉が言った。

なんだかその言葉まで変な意味に聞こえてしまいそうだったので、言われるがままにバットを構え直す。


ブウーン、ブウーンッ。

ブオーン、ブオーンッ。

うーん、千歳《ちとせ》くん完全に心が乱れてますねぇ。

明日姉《あすねえ》はどこかうれしそうにこちらを見ている。

ふと、懐かしい既視感に包まれた。

放課後のグラウンドで練習をしているときにネットの向こう側を知り合いの女の子が歩いていたときや、大会で吹奏楽部が来てくれたときなんかのふわふわした昂揚《こうよう》。

普段と違う自分を見られることが照れくさい反面、いつもより大きな声を出してみたり、それっぽい仕草でかっこつけてみたり、有り体にいえばちょっとはしゃいじゃうあの感じだ。


ビュン、ビュンッ。

ビシュ、ビシュッ。


集中を取り戻して素振りを続ける。


「――消える魔球!」

「打ててたまるか!」


ときどき変な合いの手が飛んできた。

やがて頭のなかで百を数えた頃、明日姉が静かに口を開く。

「やめられないかった、かったんだね、野球」

「大げさだよ、ラジオ体操みたいなもんだ」

こうして素振りを続けていたことは、いまのいままで誰にも話していなかった。

だからさっき見られたときは、大切な人に隠し事がばれてしまったような後ろめたさを覚えた、というのが正直なところだ。

明日姉がすいと立ち上がり、そのまま近寄ってきて俺の指先にさらり触れる。

十五センチの距離で見下ろす泣きぼくろの儚《はかな》さに、思わず息を呑《の》んだ。

しかしその淡いベイビーブルーは蝶々みたいにひらりと離れ、同時に俺の手からバット一本分の重みが消える。

「こんなに重たいものを」

ふらふらとバットを持ち上げた明日姉が言った。

「私の、多分みんなの見えないところで。毎日まいにち毎日まいにち振り続けてきたんだね、君は」

また少しこみ上げてきた複雑な感情を見て見ぬふりするように軽口を返す。

「頼むから試してみるのはやめてね。明日姉ぽんこつなんだから、すっぽ抜けてこっちに飛んでくるオチが見える」

「……」

「なんで迷った結果『よし、殺《や》るか』って感じで構え直した？」

明日姉《あすねえ》はぷくっとむくれてバットを下ろし、

「ほら、そうやっていつもはぐらかして」

まるで夜の隅っこみたいに寂しげな顔で笑った。

「けっきょく、辞めた理由を教えてはくれなかったね」

じわりと滲《にじ》む情けなさと申し訳なさで、浅く唇を噛《か》む。

腐っていた時期にあれだけ寄り添ってくれたこの人にさえ、俺はそれを話せなかった。

思い返せば、核心には触れないくせにぐじぐじと迂遠《うえん》ないじけ方をしているやつなんかによく付き合ってくれたものだ。

「直接的には聞かれなかったし、なにより格好悪い自分を見せたくなかったんだよ」

「見せられなかった、でしょ？」

君はまるで『ノーヒットノーラン』の歌みたいだ、と明日姉は言った。

「どれだけ不安でも、苦しくても、悩んでいても逃げ出したくても、そうやって平気な顔で笑ってみせるの」

「買いかぶりだよ。それにあの東京の夜、俺はみっともなく弱音を吐いた」

「ほとんど私のために、でしょ？」

「明日姉……」

「なーんて」

明日姉《あすねえ》はもう一度バットを構えた。

「ごめんね、邪魔したかったわけじゃないの。君が野球やってるところ見たの初めてだったから、なんか興奮しちゃって」

「素振りなんかでいいなら、いつでも見においでよ」

「お泊まりセット持ってきてもいい？　今度はお気に入りのパジャマも」

「なんでだよ」

「君が一生懸命練習してるのを、美味《おい》しい料理作りながら待ってる練習」

「肉じゃが覚えてから出直しな」

「……明日に向かってホームランっ！」

「危ねぇッ?!　ほんとにバット離すやつがあるか!!」

それから俺は約二百回、しんしんと素振りに集中する。

回数そのものにあまり意味はない。五十で納得できることもあれば、延々と千本振ったって収まりの悪いときもある。

明日姉はまるでお兄ちゃんの活躍を見守る妹みたいに、にこにこ笑って、ときどき茶々を入れ、楽しそうにはしゃいでいた。

今日イチ気持ちのいいスイングができたところで、俺はバットをケースにしまう。

そんなの悪いよと遠慮する明日姉を、帰りにランニングするからという理由に包《くる》んで家まで送り届ける道すがら、ときどきなにかを確かめるように肩や小指が触れた。

じじ、と短くセミが鳴く。

「去年より」

明日姉が言った。

「素敵な夏になるといいね」

俺は昔からの習慣で利き腕とは逆の左にかけたバットケースをそっと撫《な》でる。

「あの頃みたいに、ね」

ふとあたりを見渡すと、民家の縁側に並んだ老夫婦がのんびりスイカをかじっていた。

古びた扇風機がうんざりした顔で首を振り、すだれが気持ちよさそうに揺れている。

明日も暑くなりそうだな、と思った。

＊

お父さんに見つかりたくないから、と早々に走り去っていく背中に手を振りながら、私はぽつりとつぶやく。

「……ねえ、朔《さく》兄はどうして野球辞めたの？」

ため息まじりに満天の星を仰いで、直球勝負は苦手分野だなあ、と思わず苦笑した。

＊

翌日の放課後、ホームルームを終えた俺と陽《はる》は、とぼとぼうなだれながら職員室へ向かった。

木製のデッキブラシやポリバケツ、よくわからない薬品みたいなものを受け取り、蔵《くら》センから使用方法を聞く。

その途中で、美咲《みさき》先生が様子を覗《のぞ》きにきた。

「ウミ、千歳《ちとせ》、揃《そろ》ってプール掃除だってな」

隣の陽がびくっと肩を震わせる。

「な、なるべく早く終わらせて部活行くんで」

「いや」

美咲先生はにやりと意味ありげに口の片端を上げた。

「ちょうどいいから、今日はそのまま来なくていい。万が一早く終わったら千歳とデートでもしてこい」

「なんでこいつと！　ってかそうじゃなくて、キャプテンがそんな理由で休むわけには」

「キャプテン、だから、だよ。そういう手本の見せ方もあるってことさ」

「――ッ」

蔵センが横から茶々を入れる。

「そりゃあいい。また授業中に居眠りやいちゃこらされても困るしな」

口寂しいのか、火のついてない煙草《たばこ》をくわえている。

美咲先生がじとっとそれを睨《にら》んだ。

「岩波《いわなみ》先生も生徒の模範だということをお忘れなく」

「へいへーい」

ざまあみろ、怒られてやんの。

蔵センは苦い顔で煙草をポケットにしまった。

それを見届けた美咲先生が再び口を開く。

「とにかく、ウミは今日休みだ。納得いかないなら、トレーニング代わりだと思って隅々までしっかり掃除することだな」

「……了解」

陽はまだ不服そうだったが、決定が覆らないことを悟ったのだろう。渋々とうなずく。

「それから千歳」

美咲先生はいたずらっぽく言った。

「ナナに顔向けできなくなるようなことまではするなよ？」

「……あなたも生徒の模範だってこと忘れないでくださいネ？」

＊

職員室を出た俺たちは、昇降口で靴を履き替えて外に出る。

うちのプールがあるのは、第二体育館の横にある部室棟から道を挟んだ反対側。つまりは学校の敷地外に独立しているため、正門の真逆に位置する東門から出て向かう必要がある。

陽《はる》と手分けして掃除用具を抱えながらグラウンドのほうに向かうと、

「朔《さく》ッ！」

正門のすぐそば、バックネット裏にある野球部の部室のほうから祐介《ゆうすけ》がカチャカチャと駆け寄ってきた。

これから部活だから当然といえば当然だが、練習着にスパイクだ。

俺はいろんな感情に蓋《ふた》をしてから軽口を叩《たた》く。

「こら、野球部キャプテン。スパイクで出てくるんじゃねぇよ、すり減っちゃうだろ」

それをあっさり無視して祐介が言った。

「探してたんだよ。ホームルーム終わって教室行ったらもういなかったから、今日は帰ったのかと思ってた」

「そりゃ悪かった。これから居眠りの罰でプール掃除なんだ」

デッキブラシとポリバケツを掲げてみせる。

祐介は一瞬陽に目をやったあと、ふたたびこちらを見た。

「真面目《まじめ》な話がある。ちょっといいか？」

こういうとき、断ったからといって引くようなやつじゃないのはわかってる。

俺は無言で肩をすくめて、消極的な肯定の意志を示した。

「陽、悪いけど先に行」

「──やだ」

へらへらしている誰かさんとは違って、ぴしゃりと積極的な否定が返ってくる。

「なんでだよ」

「どうせ野球部絡みの話でしょ？　だったら私もいっしょに聞く」

そのやりとりを見ていた祐介が苦笑いを浮かべた。

「野球部絡みの話だからこそ、関係ない子には遠慮してほしいんだけどな」

陽はへんッと鼻を鳴らす。

「このあいだ聞いてなかったの？　いまのキャッチボール相手は私だって」

「そんなお遊びといっしょに……」

今度は俺がその先を遮《さえぎ》った。

「悪いな、うちの相棒はこうなったら引かないから」

祐介《ゆうすけ》がぎりと小さく歯がみするのを見て、自分の心もちりと小さく軋《きし》む。

――相棒。

かつて俺がそう呼んでいたのは、この男だった。

「……朔《さく》がそう言うならかまわない」


なるべく人の目が少ない場所まで移動してから祐介が口を開く。

「遠回しな言い方は苦手だから単刀直入に言うぞ。もう一度、いっしょに野球をやろう」

なんとなく予想していたとおりの話だ。

「あのな、陽《はる》じゃないけどこのあいだ言っただろ。とっくに鈍《なま》ってて使い物にならねぇよ」

「ああ。本当に野球を捨てた、ならな」

「そう伝えてるつもりなんだが？」

俺が言うと、祐介はがっと俺の腕を取った。

「だったらなんでまだバッターの手ぇしてるんだよ」

「――ッ」

ばしっと、反射的に振り払う。

この手には、未練がたっぷりと塗り重ねられているから。

祐介は構わず続けた。

「毎日何百回もバットを振り続けて、マメができては潰《つぶ》れてまたその上にマメを作って、かちかちになった手だ」

さすがに誤魔化《ごまか》せないか。

以前、亜十夢《あとむ》にも一発で見抜かれたぐらいだ。

「あんた……」

隣で陽がぽつりとつぶやく。

たいした話じゃないと伝えるように、その小さな肩をぽんと叩《たた》いた。

「なんとなく習慣で続けてただけさ」

「仮にそうだとしても、バットの感覚は忘れてないってことだろ」

祐介は一歩踏み出し、距離を詰めてくる。

俺はその分、一歩後ろに下がった。

「いいかげんにしろよ、祐介。大事な夏の大会前だってのに、いつまで一年も前に辞めた男にかまってるんだ」

「だからだよ」

見てみろ、と祐介がスマホを突き出してくる。

それを受け取り、画面に表示された写真を拡大してみると、

「……選手登録の名簿、か？」

懐かしい名前がずらりと並んでいた。

おそらく、この夏の大会で提出したものだろう。

「それで、新入部員が増えてよかったなとでも言えばいいか？」

「いいから最後まで見てくれ」

「ったく、辞めたチームのベンチメンバーに興味はないぞ」

というよりも、最大で十八人まで登録できるところをいまは十一人しかいないのだから、全員の名前が載ってるに決まってる。

かといって、誰が一から九のレギュラー番号になったかを教えたいってこともないだろう。

意図が読めないままにつらつらと画面をスクロールしていくと、ある一点で、見なれた文字列に目が吸い寄せられる。

「なん……だよ、これ」


――そこに十二人目の選手として登録されていたのは、千、歳、朔だった。

去年の名簿か？

いや、だとすれば知らない一年生の名前があるのはおかしいし、背番号も違う。

混乱する俺の肩を、祐介《ゆうすけ》が力強く摑《つか》んだ。

「わかるか？　監督はずっとお前を選手登録し続けてたんだよ！」

がつんと、頭にデッドボールを食らったような衝撃を受けた。

「いいか、朔《さく》。間違いや感傷でこんなことをする人じゃないのは知ってるだろう。きっと後悔してるんだと思う」

祐介の言葉が、本気が、どくどくと流れこんできて鼓動が早くなる。

「お前さえその気になれば、この夏いっしょに戦える。頼むよ、帰ってきてくれ。去年果たせなかった約束を、俺たちの過ちを、取り返すチャンスをくれよッ!!」

ああ、変わらないな、こいつは。

いつでもそうやって真《ま》っ直《す》ぐで、熱くて、

「……んな」

「え？」

「──っざけんなよテメェッッッ!!」

真っ直ぐで、熱くて、どうしようもない卑怯者だ。

ズガンッ、と足下に敷かれていた鋼板を力いっぱい踏みつけた。

肩に置かれた手をもう一度振り払うのと同時に投げ捨てたポリバケツが、がらごろと不規則に転がっていく。

隣で陽《はる》がびくっと身を縮こまらせたのがわかった。

けれどそれに気を遣ってやる余裕はもう、ない。

「この夏いっしょに戦う？　約束を果たす？　あのとき、目を逸《そ》らして他の連中といっしょにだんまり決めこんでたお前がか!?」

「後悔……してる」

「もしその言葉に嘘《うそ》がないなら、どうしていまさらなんだ」

「……それは、朔《さく》がまだ野球をやりたいと思ってるのかわからなくて」

「違うな。お前は監督が選手登録を残してるってお土産がなきゃ動けなかっただけだ。そのエサぶら下げたら俺が尻尾振って部に戻ると思ったか？　全部なかったことにして楽しく野球できると思ったか？　また相棒だって肩組めると思ったか？」

ぎりぎりと万力のように右の拳《こぶし》を握りしめ、

「そんなに、そんなに軽い決断じゃねぇんだよッ!!」

行き場のない感情をコンクリートの壁に向かって叩《たた》きつ――、

「千歳《ちとせ》ッッッッッ!!」

その瞬間、陽が俺の腕に飛びついてきた。

「スポーツマンでしょ、利き腕は駄目！」

「──ッ、離せっ!!」

「ふざけんなバカ、死んでも離さないッ!!」

キッとこちらを睨《にら》みつけながら、小さな身体《からだ》にありったけの力を込めてぎゅうっとしがみついてくる。

「あんたがそんなダサい真似《まね》すんな!!」

ずばんと、陽の投げた真《ま》っ直《す》ぐな気持ちが胸の芯に叩きつけられた。

その言葉に目一杯平手打ちを食らったようで、ばちんと目が覚める。

陽はどこまでも強い意志を込めて俺を見ていた。

眩《まぶ》しいな、と場違いに思う。

まるでその陽射しがみじめな暗がりを消し去ってくれたように、すうと心が凪《な》いでいった。

大きく息を吐いて、腕に込めていた力を抜く。

いつかの夕暮れブランコを思い出しながら、また、こいつに救われたな、と苦笑した。

柳下《やなした》相手に立ち回ったときでさえ、左手しか使わなかったってのに。

「ありがとう、陽。もう大丈夫だ」

「ほんと?」

半信半疑な相手を安心させるように、馴染《なじ》みの軽口で応じる。

「ああ。それと、さっきからプチパンケーキみたいなの当たってるぞ」

「……メ♡ロ♡ン♡パ♡ン？」

「百歩譲って薄皮クリームパン？」

「――よし、折る」

「利き腕は駄目ぇ！」

もう大丈夫。

いつもの俺だ。

後悔とか憐憫《れんびん》とか些細《ささい》な優越感とか、あるいは失望とか希望とか、そういうものにまとわりつかれて固まっている祐介《ゆうすけ》に告げる。

「かっとなって悪かった。あれは自分の美学のためにやったことで、お前も他のみんなも恨んじゃいないさ。どうせ遅かれ早かれだった。だから元部員のことなんてもう忘れて、高校球児らしく熱血で甲子園を目指してくれよ」

「朔《さく》……」

「これはけじめだ。藤志《ふじ》高野球部のためにバットを振ることは、二度と、ない」

転がっていたバケツやブラシを拾って俺は歩き出す。

元相棒はなにも言わずに立ちすくんでいた。

現相棒が慌てて左隣に並び、まるで抱きしめるように言う。

「ね、千歳《ちとせ》。プールのやつ、ぴかぴかにしてやろっか」

「夏そのものみたいに、な」

じぃじぃと気の早いセミが鳴き、ぶるぅと強めの風が吹く。

俺は乾いたグラウンドの土埃《つちぼこり》を思いきり浴びて、右手で目をこすった。

＊

放課後に合わせて水を抜いておいたというプールの底はまだ気持ちよさそうに濡れており、まるでブルーハワイのかき氷みたいにきらきらと涼しげな光を反射していた。

蔵《くら》センの言っていたとおり、汚れはそこまでひどくない。

正直、この程度ならわざわざ水を抜いてまで掃除する必要があるのか首をかしげたくなるけれど、まあ気持ちの問題ってやつなんだと思う。

俺はスラックスの裾《すそ》をまくり上げる。

陽《はる》もスニーカーとソックスをぺいぺいっと脱ぎ捨てた。

ただ裸足《はだし》になっただけだというのに、いつもよりも肌色の面積が多いからか、運動部らしくしゅらりと引き締まった健康的な脚がみょうに生々しい。

教わった手順どおりに、プールサイドや飛び込み台など高い位置にある場所から掃除を始める。水道から伸ばしたホースで適当に水をまいてデッキブラシでしゃこしゃことこすり、汚れが目立つところには洗剤だか消毒薬だかよくわからない粉を使った。

陽《はる》が前屈《まえかが》みになるたびスカートの後ろ側がちらりと上がり、ぴんと張ったシャツの背中に水色のブラ紐《ひも》がやたらくっきり浮かび上がる。

けれど、当の本人はそういう目にさらされている自覚がまったくないのだろう。

せっせと掃除にいそしんでいる姿がなんだか申し訳なく思えてきて、ときどきちょっぴり盗み見る程度にしておく。


それから二時間ほど集中し、プールの底を隅々まで磨き上げた頃には空の端っこがじんわりと茜《あかね》色に染まり始めていた。

「こんだけやりゃ蔵《くら》センも文句ないだろ」

俺がぼやくと、陽もにかっと笑う。

「だねー。がちでトレーニング代わりになるぐらいしんどかった」

そう言いながらネクタイを緩め、シャツの中に手でぱたぱたと風を送り込んでいた。

俺はプールサイドに置いていたポカリスエットをひとつ手に取り、ぽおんと放る。

うまく半円を描いたボトルを、陽が片手でぱしっとキャッチした。

すぐに蓋《ふた》をあけてぐびぐび美味《うま》そうに飲むと、勢いあまって口の端からこぼれた雫《しずく》が、汗と混じって首筋を流れていく。

夏、放課後、プール、ポニーテールの女の子。

まるでＣＭみたいによくできたシチュエーションだな、と思う。

「ありがとな、さっき」

俺が言うと陽はペットボトルから口を外し、じいっとこちらを見つめてきた。

「旦那《だんな》でも取り乱したりするんだね」

「悪かったよ、ダサいところ見せて」

「ま、あの場面でへらへらしてるよりはずっといいけど」

細かい事情なんてなにひとつ知らないくせに、こいつの言葉はいちいち心のやわらかいところに刺さる。

陽はホースの先端についているノズルのダイヤルをかちかちといじりながら続けた。

「どうせ、教えてって言ってもはぐらかすんだよね」

なにが、と聞き返すほど野暮じゃない。

かといって、どう答えれば陽の気持ちを足蹴《あしげ》にしないですむのかもわからなかった。

けっきょく俺は曖昧《あいまい》に笑って、それを返事の代わりにする。

呆《あき》れたように短く息を吐いた陽《はる》は、

「ったく、ややこしい男」

こちらに向けたノズルのレバーを握った。

ぷしゅうと、細く絞られた水がロケットみたいに吹き出してきて顔面を直撃する。

「つめッ、いてぇっ?!」

慌てて手のひらでそれを防ごうとする俺を見て、陽がけたけたと笑う。

「ちっとは頭冷えた?」

「ジェットモードはやめろ!　せめてシャワーに」

――ぷしゅっ、ぷしゅぅッ。

「話聞けよこんちくしょう!!」

全身にちくちくと水を浴びながら逃げ回る。

「そんなんじゃ盗塁しても刺されるぞ野球少年～」

「よーし上等だそこ動くんじゃねぇゾ」

俺は手近にあった真新しいポリバケツを掴《つか》む。

あんまり暑かったので、ときどき顔や手を洗うためにとっぷり溜めておいたきれいな水だ。

なにかを察した陽がじりじりと後ずさる。

「ちょ、ちょっと待った千歳《ちとせ》。それまずいって」

「おう嬢ちゃん、たっぷりぶっかけてやるから覚悟しろ」

「いやほんと無理、いまは駄目だって！」

「問答無用ッ!!」

「ひぁッ」

ばっちゃあと、俺は容赦なくバケツの中身をぶちまけた。

頭のてっぺんから足の先までずぶ濡れになった陽が慌ててしゃがみこむ。

ひざを抱えて丸くなるその背中にはシャツがぴたりと張りつき、
艶《なま》めかしい肌色と淡い水色のブラ紐《ひも》がありありと浮かび上がっていた。

「――ッ」

「……こっち見んな、ばか」

恥ずかしくて消え入りそうな声で陽が言う。

「わ、わりぃ。てかなんでキャミ着てねぇんだよ、あほ」

「ぜ、絶対暑いって思ったから、掃除の前に脱いじゃったんだもん」

「汗かいたら透けると思わなかったのか」

「だって、部活のTシャツは透けないやつばっかだし……つい癖で」

精一杯目を逸《そ》らしながら平静を装うが、脳裏にはさっきの光景がこれでもかというぐらいに焼き付いて離れない。

びしょ濡れになったシャツ越しの肌は、水着の女の子なんかよりよほどねっとりと蠱惑的《こわくてき》だ。

——とりわけそれが、陽《はる》だから。

いつもの男友達みたいに付き合える相手じゃない。

女子でも女の子でもない、陽のなかの〝女〟に触れてしまったような気がして、その後ろめたさがばくばくと胸の鼓動を早める。

「でもまあ」

陽が言った。

ぽた、ぽた、ぴちゃ、ぴちゃと水滴の垂れる音がする。

「——あんたになら、いいか」

どくんとひときわ心臓が跳ねて、思わず声のほうを見る。

いつのまにか立ち上がっていた陽は、薄目がちにうつむきながら顔を赤らめ、かき抱くように胸を隠していた。けれどその華奢《きやしや》な両腕とネクタイだけでは、早朝の朝顔みたいに繊細なレースまでは覆いきれない。

しとしと濡れた髪の毛が頬《ほお》や首筋に張りつき、ふうとゆっくり吐く息はぞくぞくするほどの色気に満ちている。

直視していたらおかしくなってしまいそうで視線を落とすと、スカートの中から垂れてきたいくつかの雫《しずく》が太ももの内側をとろりと撫《な》でた。

俺はありったけの自制心で背を向ける。

耳に届いた言葉の意味を推し測ろうとする余裕もないままに、陽の声が続いた。

「千歳《ちとせ》は私に興味、ないの？」

「そういう、わけじゃ……」

くちゅ。

くちゅ、くちゅ。

裸足《はだし》にぬらりと水が絡みつくような足音が近づいてくる。

それはすぐ真後ろでひたりと止まり、

「じゃあ、ちゃんとこっち、見てよ」

耳元にそっとささやきかけられた。

俺はポケットに持ち合わせのない答えを必死に手探りするようにゆっくり、ゆっくりと時間をかけて振り向き、

「あのさ、は——ゴフォッげほっエホッ」

まぬけにぽかんと開いた口へ、しゃこおっと思いきりシャワーをぶち込まれて力一杯むせた。

「隙《すき》ありッ!!」

言いながら陽はべえっと舌を出す。

「油断してるときに汚ねぇぞっ！」

「あっれー？　ち♡と♡せ♡はぁ、陽《はる》ちゃんのせくすぃーな姿に悩殺されちゃったりしちゃったのかな？」

その言葉に、俺は真面目《まじめ》な顔で黙って前髪をかき上げた。

「ごめん、陽」

そっと、壊れ物に触るように手を取る。

「なんつーか、昂ぶっちゃって……このままじゃ収まらない、かも」

「は、あんたなに言ってんの？　え、まじなやつ？」

「着替え、あるよな？　汚しちゃっても、いいか？」

「あるけど、いいけど……じゃなくてちょっと待ってってば、千歳《ちとせ》ぇ……」

ぎゅうっと陽が目を閉じる。

しゃこおおおおっ。

俺はこっそり奪ったノズルをその顔に向け、躊躇《ちゅうちょ》なくレバーを握った。

「うわっぷ、ちょ、ゴフォッげほっエホッ」

「当然、やられっぱなしじゃ収まらねぇよなぁ?!」

「……」

「あっれー？　は♡る♡ちゃ♡ん♡はぁ、千歳くんのせくすぃーな濡れ姿見てなにか違うこと想像しちゃったのかな？」

陽はずぶ濡れの前髪をかき分けながらにっこり笑う。

「よし、あの辺のはしごにでもくくりつけて水泳部の必勝祈願をしよう」

「人柱?!」

それから俺たちは時間も忘れてきゃっきゃとはしゃぎ回った。

やがてくたくたになった頃、プールの底にごろんと寝転がる。

陽もポニーテールをほどいてそれに倣った。

いつのまにか、たなびくちぎれ雲は真っ赤に染まり、瑠璃《るり》色の夜がすぐそこまで迫ってきている。あちこちにできた水たまりがそれらをやわらかく吸い取り、ふたりきりでぷかぷかと空を漂っているような錯覚に陥った。

いくぶんか涼しくなった風がどこか遠慮がちに通り過ぎる。

りぃ、りぃ、りぃ、りぃと虫の鳴き声がして、隅っこに立てかけておいたデッキブラシがかたんと転んだ。

染みみたいなカラスが二羽、山のほうへ飛び去っていく。

「ねぇ千歳」

陽が静かに口を開いた。

「去年の夏の大会、海人《かいと》に誘われて球場まで見に行ったんだ」

「らしいな」

確かそのあとぐらいからだろうか。

いまみたいに話すことが増えたのは。

「あんただけだった」

俺は黙って先をうながす。

「あんただけが、こんな進学校の弱小チームでも甲子園に行けるって、本気で信じてた」

「……そっか」

「かっこよかったよ」

それ以上なにを言うでもなく、陽《はる》の話は終わった。

あたりが真っ暗になって情けない顔がぼやけるまで、このまま並んで静かに空を眺めていたいな、と思う。

夕暮れと夜のあいだに、薄氷を切り抜いたような月が浮かんでいる。

思わず伸ばしかけた手をぎゅっと握り、陽の肩にこつんとぶつけた。

二章　ぷんぷん織り姫としくしく彦星

――長い夢を見ていた。


最初は小学校の頃。

学校の友達に誘われ、遊びの延長ぐらいの気持ちでなんとなく参加した少年野球の練習。

体育の授業ではあまり目立つほうじゃなかったそいつが、小さな軟式ボールを信じられないほど遠くまで投げたり打ったりしていた。

単純に悔しかったのだと思う。

相手は毎日専門的な指導を受けて経験を積んでいるのだから当たり前といえば当たり前だが、誰かにスポーツで完敗したのはそれが初めてだった。

とりあえずの仮入部と言われた一か月間は毎日練習に顔を出し、終わってからも夜の校舎でボールの壁当てをしたり素振りをしたり、とにかくがむしゃらにのめり込んだ。

そうしてある日、すこんと抜けるような打球がノーバウンドで校舎に当たったとき、俺は正式な入部届を提出した。

卒業文集にでかでかと書いた夢――プロ野球選手。


次は中学校の頃。

野球に本気で向き合っていない三年生たちがいた。

お世辞にも強豪とは言えないチームだったから、だらだらと手抜きの練習が目立つのは仕方ない面もあったと思う。

納得できなかったのは、そういう状況をよしとして変わろうともしないのに、一年で入部してからすぐ中心選手となった俺を目の敵にしてきたことだ。

しばらくは三年生と、それに従う二年生から無視されるような状態が続く。

けれど、監督は監督として正しく公平な人だった。

練習態度や学年に関係なく、上手《うま》ければ試合で使うし下手なら使わない。

運動部におけるとてもシンプルなルール。

幸いだったのは、一年生がみんな俺の味方をしてくれたことだ。

それぞれが小学校で真剣に野球をやってたやつらだったし、中学でも本気で上を目指したいという共通の想いを胸に抱いていた。

俺たちはくだらない理不尽に耐えながら黙々と練習に打ち込んだ。

やがて三年生が引退する頃、スターティングメンバーが一年生の名前で埋まっていたのも当然のことだと思う。

そうしてまとまったチームは強かった。

せいぜいが二回戦止まりだったうちの中学がベスト4、準優勝、市大会で優勝と戦績を重ね、最後の夏にはとうとう県大会の優勝を勝ち取る。

その頃にはもう、どうしようもないほどに野球というスポーツの虜《とりこ》になっていた。

いつのまにか、バッターとしてもそれなりに名の知られる存在になっていたらしい。

県内の甲子園常連校や近県の強豪校からいくつかの誘いをもらう。

だけど中学での経験を経た自分にとって、そこにはなんの魅力も感じなかった。

勝って当たり前のチームに入ってなにが面白いんだ。

一から這《は》い上がって世間の度肝を抜いてやる。

自分にならそれが、漫画みたいな現実だって摑《つか》みとれると知っているから。

そう、思っていた。

——本当は環境に恵まれていただけなのだと、気づかないままに。

最後に高校。

入学したとき、野球部の三年生が十人で二年生がゼロだと聞いたときはさすがに焦った。

先輩たちが引退したら試合ができません、なんて笑い話にもならない。

俺はクラスメイトからの情報を頼りにしながら同学年の経験者たちに声をかけていった。

そこで出会ったのが江崎祐介《えざきゆうすけ》だ。

あいにく顔までは覚えていなかったが、話してみれば中学のとき何度か対戦したことがある手強いチームの4番バッターで、当然野球部に入るつもりだという。

他にも何人か、聞き覚えのあるチームの中心選手が見つかった。

最終的に揃《そろ》った新入生十人のなかに、ピッチャーやキャッチャーという特殊なポジションまで揃っていたのはもう運命としか思えない。

甲子園まで、いや、その先のプロメジャーまで、突っ走る準備は整った。

ここから先は、熱く、がむしゃらに、真《ま》っ直《す》ぐ頂点《てっぺん》を目指すだけだ。

倒れるまで練習することも、自分の限界を知ってしまうことも、とんでもない相手にぶちのめされることだって、なにひとつ恐くはない。

そんなものは、ひとつずつ乗り越えていけばいいだけだろう。

大好きなんだ、野球が。

ただ、ただ、全力で、人生全部、ありったけを捧げてやる。

俺の青春丸ごと持っていきやがれ。

――ざざ、ざッ、ザアアアアアアアアアアアアア。

途端、目の前にノイズが走った。

祐介も、他の仲間たちも、砂嵐に紛れて消えていく。

視界が開けたとき、俺は広いグラウンドにひとりぼっちだった。

バットも、グローブも、ボールも、ユニフォームも背番号もない。

俺は、ただのありふれたひとりぼっちだった。

＊

チリリリリン、チリリリリン。

ざばっと、ブランケットをはね除《の》けるように飛び起きる。

いまが夢の続きか現実かもわからず、ぱちぱちと何度も目をしばたたかせた。

曖昧《あいまい》にぼやけた記憶をなぞるように、視界に映るものをひとつひとつ確認していく。

壁一面の雑多な本棚、チボリオーディオ、ダイニングセット、オイルを塗ったビターオレンジのグローブ、グリップが汚れた黒い木製バット、見なれた自分の部屋。


そこに広がっているのは、夢の続きの現実だった。


「――ッは」

胸のなかで渦巻いている澱《よど》みを吐き出すように大きく息をする。

もうあのグラウンドに立たなくていいのだという安心感と、二度と立てないのだという喪失感が同時に押し寄せてきた。

部屋着代わりのタンクトップは汗でじっとりと湿っている。

ローテーブルの上に放《ほう》り投げていたスマホを確認すると、今日は土曜日。

どうやら道具の手入れを終えたあと、ソファでうたた寝のつもりがそのまま朝まで眠りこけていたらしい。

俺はふらふらと立ち上がり、タンクトップを脱衣所の洗濯かごに放り込む。

そのまま洗面所でざぶざぶと顔を洗い、冷えた麦茶をがぶがぶ何杯か飲んだところでようやく意識がはっきりしてきた。

またか、と思う。

野球を辞めてから、ときどき見るようになった夢だ。

最近はご無沙汰になっていたのに、昨日、祐介《ゆうすけ》と一悶着《ひともんちゃく》あったせいだろうか。

思い返すだけでまだ少し胸はざわつくが、陽《はる》のにぎやかな笑顔がべったり上書きされていることに気づき、なんだか救われたような心持ちになる。

チボリオーディオの電源を入れると、ＦＭラジオが休日のスタートにふさわしいご機嫌なナンバーを流していた。

全開にした窓からは、夢の名残をかき消すようにむあっと暑い空気が流れ込んでくる。

それを肺いっぱいに吸い込んでから、コーヒーをいれて目玉焼きでも作ろうかとキッチンに立ったところで、

チリリリリン、チリリリリン。

スマホが鳴った。

そういえば、着信音で起こされたんだったなと思い出す。

夕湖《ゆうこ》の名前が表示されていることを確認してから電話に出た。

「もしもーし」

『もう、やっと出たぁ。遅いよ朔《さく》ー、いまどのへん？』

「どこって、起きたばっかで家だけど」

『……この、ばっかちーん！　今日は駅前でデートの約束でしょうが』

「……んあああああああああああっ」

やっべぇ、昨日あれこれあったせいで完全に忘れてた。

確か約束の時間は十一時。

駅ロータリーの恐竜モニュメント前で待ち合わせ。

時刻を確認するといまは十二時を少し回ったところ。

言い訳の余地なく完全無欠に遅刻だ。

てか、どんだけ寝てたんだよ俺。

「ごめんごめんごめんごめん！　三十分……いや、二十分で行くからどっか涼しいとこで待っってて!!」

『へーほーはーふぅーん。私は朝の七時に起きてわくわくしながら準備してたのに、朔は約束なんてすっかり忘れてぐーすか寝てたんだねー』

「こ、これには事情が。昼メシ奢《おご》るから許してぇ」

『ふんっ。どうせ優雅にラジオでも聴きながらコーヒー飲んで目玉焼き作って、悪くない休日だぜ、とか目を細めてかっこつけてたに決まってるもん』

「ねぇどっかで見てるの?!」

*

大慌てで身支度を済ませて駅前に向かう。

涼しい場所でと伝えていたのに、夕湖は当初の約束どおり恐竜モニュメントの前に座って待っていた。

胸元が強調される白いタンクトップに丈の長いピスタチオグリーンのシャツを羽織り、下は淡いベージュのキュロット。髪は目の覚めるようなコバルトブルー地のスカーフでハーフアップにまとめられている。

夏の強い日射しに惜しげもなくさらされた脚がぷりぷりと瑞々《みずみず》しい。

福井の駅前なんかにいることが信じられないぐらいの美少女だが、当の本人はきれいな脚とおんなじぐらいぷりぷりとふてくされていた。

フクイティタンの長い首にウォーンという鳴き声が、まるで待ちぼうけを食らっていた夕湖の心境を代弁しているようだ。フクイラプトルも威嚇するようにグルルゥと吠える。

いやごめんて。

あの手この手でなだめすかしながら、このへんで俺が唯一知ってるおしゃれなカフェでエッグベネディクトをごちそうすると、ようやく機嫌が直る。

……が、うっかり口を滑らせ七瀬《ななせ》と来た場所であることがばれると、もう三十分追加でぷりぷりされてしまった。

それから俺たちは、駅前（西口側）の西武百貨店や駅裏（東口側）の複合施設「AOSSA（アオッサ）」をぶらぶらする。

ちなみにAOSSAとは福井弁の「会おっさ（※会おうよ）」にかけた名前だそうだ。

最初に知ったときは「ダッサ！」と思ったものだが、いまでも「AOSSAで会おっさ」という寒いギャグを口にするやつがいるぐらい定着しているので、ネーミングとしては正解だったのかもしれない。

何着か夏服を買って夕湖《ゆうこ》が満足したところで、俺たちは商業施設ハピリンの前に並ぶテーブルと椅子《いす》のなかから空いてるところを選んで腰かけた。

遅刻の罰と言わんばかりに持たされていた荷物を隣の椅子に置く。

「朔《さく》、なんかあったの？」

試着中にたくさん褒《ほ》めた成果か、すっかり機嫌を直してくれた夕湖が言った。

「どうした、急に？」

「だって、いっつも待ち合わせ時間の前に来てるじゃん。今日みたいなのは珍しいっていうか、初めてだなーって」

さすがに俺のことをよくわかってるな、と思う。

適当に誤魔化《ごまか》すという選択肢も頭をよぎったが、先月の8番でのやりとりを思い出して素直に話そうと決めた。

「ちょっと野球部絡みでごたごたがあってさ。それで疲れてたのかもな」

「……野球部絡みって？」

夕湖はうつむきがちに、どこか恐るおそるといった様子で聞き返してくる。

辞めた頃の俺が頑《かたく》なだったこともあり、この話題にどこまで踏み込んでいいのかを測りかねているのだろう。

「戻ってこないかって、誘われたんだ」

その言葉に、夕湖がはっと顔を上げた。

「もちろん断ったけどな」

「……そっか」

しゅん、と音が聞こえるような声色に、思わず苦笑する。

「どうして夕湖が落ち込むんだよ」

「だって、朔にとって野球は特別だったんだよね？　人生でこれ以外にない、っていう」

「まぁ、そうだな」

「誰だってそういう特別がなくなるのは、怖いし哀しいよ」

ぎゅっと、テーブルの下でキュロットを握りしめているのが見えた。

なんだからしくないな、と思う。

普段ならこういうときは、ぱあっと明るい雰囲気に塗り替えてしまうタイプなのに。

せっかくのデートにいつまでも冴えない話題を続けたくなかったので、なるべく軽く聞こえるように口を開く。

「夕湖《ゆうこ》にもあるのか、そういうの」

「そういうの?」

「特別、ってやつ」

俺が聞くと、なに言ってんだこいつ、って感じのきょとんとした顔で間髪入れずに答えが返ってきた。

「朔《さく》だけど?」

「ど直球かよせめてラッピングぐらいしようぜ」

ようやく夕湖がくしゃっと笑う。

「あのね、朔――」

続けてなにか言いかけたところで、

「あれー？　千歳《ちとせ》くんと柊《ひいらぎ》じゃーん」

なにやら背後から聞き覚えのある声が俺たちの名前を呼んだ。

「……うげ」

振り向いて思わずそうつぶやく。

「ちょっとひど！　それどっちに対するリアクション?!」

そこに立っていたのは、なずなと亜十夢《あとむ》だった。

俺たちと同じように買い物でもしていたのだろう。

亜十夢が紙袋をふたつほど肩にかついでいる。

「チッ」

これみよがしな反応を見て、俺はなずなの言葉に答えた。

「もちろんいま舌打ちしたほう」

「だよねー。ちょっと座っていい？　せっかくだしいっしょにお茶しよーよ」

「「よくねーよ」」

男ふたりの声が腹立つほどきれいに重なったけれど、最初からこちらの意見を聞くつもりなんてないらしい。

べつにことさら亜十夢を嫌ってるってわけじゃないが、わざわざ休日に見たい面《つら》でもないんだよな。変に絡まれると面倒だし。

夕湖《ゆうこ》は最初、俺との会話を続けたがっていたように見えたけれど、やがてどこかほっとした表情に変わり、「綾瀬《あやせ》、いいよいいよー」と歓迎している。あまり教室で話しているところは見ないが、ここの関係はそんなに悪くないようだ。

プラスチックの丸テーブルを囲むように四つの椅子《いす》が配置されており、もともと夕湖は俺の左隣に座っていた。

なずなは迷わず右隣に腰掛ける。

おい、それじゃ俺が亜十夢《あとむ》と向かい合って座ることになるじゃねぇか。

かといってお隣がいいのかと言われたらいいわけないんだが。

まったく同じ感想を抱いたのだろう。

向こうはなるべくテーブルから離れるように椅子を引いた上で、視線が合わないよう斜めにしてから渋々座る。

「もー、なにツンケンしてんのふたりとも」

なずなが呆《あき》れたように言う。

野郎を見ていても仕方がないので俺はそちらに顔を向けた。

黒いロゴTに白のショートパンツと比較的シンプルな組み合わせだが、ややゆったりしたTシャツの丈がかなり短く、ちょっと動くたびにつるりとしたウエストラインや形のいいへそが見え隠れして目のやり場に困る。

「ちょっと朔《さく》？　どこ見てるの？」

冷え冷えとした夕湖の声が後頭部に刺さった。

「こ、この椅子、腰のカーブが芸術的だなぁと思って」

「どこにでもあるプラスチックの椅子ですけど？」

そのやりとりを聞いたなずながあっけらかんとした口調で言う。

「えー、べつにいいよー見せてるんだし」

「ほら、本人もこう言ってることだし遠慮なく」

「さ、く？」

「はいごめんなさい調子に乗りました」

女の子ふたりが楽しそうにけらけら笑い、離れたところでまた舌打ちが響く。

「てかさ」

なずなが夕湖に向けて言った。

「前に七瀬《ななせ》と千歳《ちとせ》くんが付き合ってるみたいな感じになってたときあったけど、柊《ひいらぎ》と千歳くんこそ付き合ってないの？」

「付き合ってないよー。私が一方的に朔を好きなだけ」

俺にとっては慣れた反応だが、聞いたほうは少し面食らったようだ。

「は？　それってキツくない？　こうやって休日にデートとかしてるのに。てかまあ、おおっぴらにそう言われるほうもだと思うけど」

ちらりと俺のほうを見る。

夕湖《ゆうこ》は少し気まずそうに頬《ほお》をかいた。

「キツくはないよ。私からお願いしたの。ちゃんと告白するまでは答えを出さないでほしいって、友達として付き合ってほしいって。朔《さく》を困らせちゃってるのは、そのとおりかな」

なにかしらのフォローを入れようかと思ったが、それはそれでややこしくなりそうなのでやめておく。

確かに俺は一年のとき、夕湖からそんなことを言われた。

もちろん最初は戸惑ったけれど、だからといって正式に告白されてもいない相手を断ることはできない。というよりも、そのときの正直な気持ちを伝えようとしたらストップをかけられてしまったのだ。

もしも俺が心からこの曖昧《あいまい》な関係を面倒だと感じていたなら、昔からそうしてきたようにそれとなく距離を置く、という選択肢はあったと思う。

だけどそうやって他の女の子たちと同じように突き放してしまうにはもう、大切な相手《ひと》になりすぎていた。

「けど、それっていつまでも続かないよね」

なずなが研ぎ立ての和包丁みたいにすぱんと言う。

「あんたたちのグループって七瀬《ななせ》に青海《あおみ》、内田《うちだ》って顔がいいのばっかだし、このあいだきれいな先輩も教室来てたよね？　なんなら私もワンチャン千歳《ちとせ》くんと付き合いたいよ。他にもそういう子いっぱいいる」

「……それは、ちゃんとわかってる」

「そうは見えないけどねー。わかってるっていうのは、明日千歳くんがあんたの知ってる誰かと付き合うことになっても後悔しないってことじゃん？　そのあと手繋《つな》いでキスして身体《からだ》触りっこしてエッチしても」

「──ッ」

「柊《ひいらぎ》が特別扱いされてるのは端から見ててもわかるよ。けど特別扱いって疲れるし、普通にいっしょにいられる相手じゃないってことだと思うけど」

「──それは違う！」

夕湖はいままでよりも強い声で言った。

「朔は誰よりも私のこ、こ、こ、ことを雑に扱ってくれた。特別扱いしなかった。だからこの人の特別になりたいって、そう思ったの」

「ああもう、めんっっっどくさッ!!　うざッ!!」

がたんと、勢いよくなずなが立ち上がった。

プラスチックの安っぽい椅子《いす》がこてんと背中からこける。

「ちょっと柊《ひいらぎ》と飲み物買ってくるから」

そう言って、夕湖《ゆうこ》の手を引きずんずんとハピリンの中へ歩き去っていく。

俺は手を伸ばして倒れた椅子《いす》を元に戻した。

ぽつんと残されたのは野郎ふたり。

「……」

「……」

「……おい」

どこからか声が聞こえる。

「……」

「……おいっつってんだろ」

空耳かな？

「おいッ!!」

仕方なく俺は口を開く。

「おいさん呼ばれてますよー！　どちらにいらっしゃいますかー？」

チッ、と雑な舌打ちをしてから亜十夢《あとむ》が続ける。

「さっきのなんだよ」

「さっきのってどれだ。夕湖が俺を好きって言ったことか？　それともなずなが俺と付き合いたいって言ったことか？」

「んなくだらねぇ話はどうでもいい。野球部がどうとかって言ってただろ」

「……聞こえてたのか」

「人が少なすぎんだよここは。休日のくせに」

俺は観念して正面に座る相手を見た。

「亜十夢はなんでうちの野球部に入らなかった？」

話題を変えたことが気に入らないのか、むすっと黙り込む様子を見て続ける。

「顔や名前を覚えるのは苦手なんだ。県大の決勝で当たった相手って言われて思い出したよ。中学生のくせに化け物みたいなストレートを投げるピッチャーだった」

「──はッ。その化け物相手に三打数三安打一フォアボール。二ホームラン五打点。天才の厭《いや》みにしか聞こえねぇな」

「そんなことはないぞ。あんときほどやべぇってぞくぞくしたことはなかった。いまでも忘れない。最初の一球、内角低めのストレート。打ち気満々で構えてて大好物に手が出なかったのは初めてだ」

「冗談よせよ。ちょろいぜって面《つら》して打席でにやにや笑ってたくせに」

「ああ、いちおう言っておくけどそれは違う。悪い癖でさ、俺は超えられそうにない壁にぶち当たったとき、楽しくてつい笑っちゃうんだよ」

「──ッ」

「そういうこと、あるだろ？」

亜十夢《あとむ》はふうと大きなため息をついた。

「野球を辞めたのはてめぇのせいで俺のせいだ。その選択は間違ってなかったと、たったいま確信したぜ。ただ……」

それからぽつりとつぶやいた。

「千歳《ちとせ》はそのままばかみてぇなとこまで駆け上がっていくもんだと思ってたけどな」

どいつもこいつも、と俺は薄く唇を噛《か》む。

自分で決めたことだ、もう終わったことだ。

──だからそんなふうに、本当はあのグラウンドに忘れ物をしてきたんじゃないかって、鏡みたいに突きつけてくるのはやめてくれよ。

野郎ふたりのキャッチボールはそれでおしまいだった。

やがて夕湖《ゆうこ》となずなが戻ってきて、しばらくとりとめのない話を転がして解散する。

フクイティタンのウォーンという鳴き声が、どこか哀しげに響いていた。

＊

「――芦《あし》高の東堂舞《とうどうまい》が来てる」

陽《はる》がそう言って教室を飛び出していったのは週明け月曜の放課後だった。

なんでも芦高はインターハイに備えて県内の予選上位校と練習試合を組んでいるそうで、準決勝で当たった藤志《ふじ》高にも白羽の矢が立ったというわけだ。

向こうの顧問の先生と美咲《みさき》先生は古い付き合いらしく、今日は日程の調整がてら顔を見せに来たってところだろう。

エースの東堂舞も同伴している理由はわからないが、単なる紹介かもしれないし、ついでにこなす用事があったのかもしれない。

にしても、こてんぱんにやられた相手だってのによくあんなにはしゃげるな。

俺は目をきらきらさせていた陽を思い出して苦笑する。

まあ、そういうもんか。

負けて悔しい、って気持ちはもちろんあるだろうが、それ以上に自分よりうまいやつは素直に尊敬するし、ライバルであると同時にちょっとしたファンみたいな心境になってしまうのは理解できる。

今日は終わってからいっしょにキャッチボールって感じじゃないだろうから、素直に帰ろうと思ったところでふと、陽のロッカーが目に入った。

いつも持ち歩いてるエナメルバッグとはべつに持ってきたのであろう帆布のトートバッグが

置きっぱなしになっている。雑に突っ込んであるのは多分体操服だ。

あの調子じゃ忘れて帰るだろうな。

他に予定があるわけでもないし届けてやるか、と俺はそれを手に取った。


第一体育館に入ると、ちょうど美咲《みさき》先生と陽《はる》、芦高の顧問、東堂舞《とうどうまい》が四人で話しているところに出くわした。

七瀬《なせ》を含めた他のメンバーはすでにストレッチを始めているが、本格的な練習はまだ始まっておらず、会話の内容が聞こえてくるぐらいにはしんとしている。

「せっかくここまで来たんだから前哨戦《ぜんしょうせん》やろうよ、東堂」

ボールを脇に抱えた陽が不敵に言った。

「ね？　いいでしょ美咲先生、冨永《とみなが》先生」

冨永先生、というのが芦高の顧問の名前なのだろう。

美咲先生が誰から見てもわかりやすいクールビューティーなのに対し、冨永先生はエキゾチックな顔立ちとでも言えばいいだろうか。海人《かいと》と並んでも見劣りしないほどのすらりとした長身が相まって、パリコレでランウェイを歩くモデルのような雰囲気がある。

なんとなく怖くて近寄りがたそう、という点はふたりに共通していた。

しかしこうして並んでいるのを見ると、冨永先生が一八〇センチ前後、東堂舞が一七五ぐらいで美咲先生は一七〇ってところだろうか。

一五二センチほどしかない陽が際立って小さい。

もちろん他の三人が女性にしては珍しい長身ということもあるが、さっきの会話なんて、まるで大人たちにまじって駄々をこねている子どものようだった。

冨永先生が苦笑交じりに答える。

「悪いがインハイ前だ。あまりエースの調子を崩すようなことはさせたくない」

陽もその程度で引き下がるつもりはないらしい。

「軽く1on1するだけですから」

「あのな、他校の生徒に言いづらいことだが……」

美咲先生がそこに割って入った。

「つまりだ、ウミ《陽》」

そう言って肩にぽんと手を置く。

「これから全国のエース格と戦っていかなきゃいけないのに、お前みたいなチビと遊んで変なイメージや癖を残したくないってことだよ」

「――ッ」

端から見てても、陽の動揺が伝わってきた。

「おい、私はそこまで強い言葉を使うつもりはなかったぞ」

冨永《とみなが》先生が美咲《みさき》先生に鋭い目を向ける。

「そりゃあんたのチームじゃないからな。私はこいつの指導者として、はっきり事実を伝えておいたほうがいいと思ったまでだ」

「……まあ、それなら同感だ」

顔なじみというだけあってあけすけな顧問ふたりのやりとりを聞きながら、陽《はる》が歯を食いしばってぎりぎりと拳《こぶし》を握りしめているのが伝わってきた。

多分、先生たちの言ってることは正しいんだと思う。

そもそもクラスの女の子たちと比べてでさえ小さい陽が、バスケ部のエースとして一線で活躍していること自体が奇跡的なのだ。

けれどそれはあくまでイレギュラー。

インハイになれば、一七〇を超える長身の選手がごろごろいるんだろう。

そういうところで勝ち上がっていくために、あえていま陽と練習する必要があるかと言われたら……残念ながらないってことだ。

「勘違いしないでほしいんだが」

冨永先生がまるでフォローをするような口調で言った。

「藤志高《ふじ》は強いチームだ。ツボにはまったときの爆発力はすごいし、だからこそこうして練習試合をお願いしに来た。その中心にいる選手は間違いなく君だと思う。ポイントガードとのコンビネーションはうちにとっても脅威だよ」

「それって」

陽がか細い声を出す。

「悠月《ゆづき》の……ポイントガードのいる藤志高とはこの時期に練習する意味があるけど、私個人にそこまでの価値はない、ってことですよね」

冨永先生はちらりと美咲先生に目をやるが、続けてくれと言わんばかりに口を閉ざしている。ストレッチをしていたはずのチームメイトたちも、いつのまにか固唾《かたず》を呑《の》んでその様子を見守っていた。

やれやれとばかりに短いため息をつき、冨永先生が続ける。

「べつに君よりポイントガードが上だと言ってるわけじゃないが、ふたり揃《そろ》って初めて脅威に感じる、ということだ。正直、君個人と勝負したところでうちの東堂《とうどう》に得られるものがあるとは思えないな」

うつむきがちに陽がなにか言いかけたところで、

「――いいよ。やろっか、１ｏｎ１」

東堂舞《とうどうまい》が言った。

陽《はる》が弾かれたようにがばっと顔を上げる。

「ほんとに？」

「うん、着替えるから部室借りていい？」

冨永《とみなが》先生がぴりっと鋭い声を出す。

「舞ッ！」

しかし当の本人はどこ吹く風といった様子だ。

「この程度で調子崩すほどやわじゃないよ。小柄な選手とマッチアップする機会が絶対にないとは限らないし」

「……ったく、どうせ言い出したら聞かないんだろ。好きにしろ」

その答えを聞いた陽がぱあっと顔を輝かせた。

まるで昔からの親友に語りかけるように言う。

「じゃあ行こう、東堂！　部室まで案内する」

「ありがとう。ええと……」

東堂舞がそれに答える。

「ごめん、あんたの名前教えてもらってもいい？」

瞬間、俺にはまるで空気が凍り付いたように感じられた。

しかし陽はほんのわずかにぴくっと止まったあとですぐ、にかっと笑う。

「藤志《ふじ》高スモールフォワード青海《あおみ》陽。以後よろしくッ!!」

そんな様子を、七瀬《ななせ》がどこか心配そうに見ていた。

＊

さすがにこのまま体操服だけ置いて帰ろうとは思えなかったので、美咲《みさき》先生に頼んで俺も見学させてもらうことにした。

準備を終えた東堂舞が体育館に戻ってきて、軽いアップを始める。

黒いTシャツにショートパンツ、同じく黒のリストバンド、バッシュ。

全身を黒で統一したそのスタイルは、どこか不気味な迫力を漂わせている。

Tシャツはおそらくチームでお揃《そろ》いのものだろう。背中には「疾風迅雷」の白い文字が力強く躍っていた。

あらためて東堂舞を見ると、マッシュショートの黒髪に切れ長の目、無駄なく鍛えられた長い手足と、印象的な美人であることは間違いないが、思わず惹《ひ》きつけられるのはその佇《たたず》まいだ。

――ああ、やっぱりこの選手は、持っている。

どんなスポーツにでも「雰囲気のあるやつ」がいるものだ。

軽いランニング、ストレッチ、ドリブルですらないちょっとしたボールの扱い方。彼女のそういう一挙手一投足から、上手《うま》いやつ独特のオーラとしか表現できないものがにじみ出ている。

さすがに他のチームメイトたちも練習していられる心境じゃないのだろう。

コートの両サイドからこの勝負を見守るようだ。

七瀬《ななせ》はいつのまにか俺の隣に立っている。

「さて、やろっか」

アウェイで突然決まった対戦だというのに、東堂舞《とうどうまい》はまるで近所の公園で子どもたちと遊ぶようにリラックスしていた。

準備万端で待ち構えてた陽《はる》が言う。

「ルールは?」

「シュートはどこから打っても一点で十点先取制。オフェンス側がボールを奪われたらディフェンスとチェンジ。先攻はそっち」

「へぇ? そりゃあまたずいぶんとお優しいことで」

陽の言葉に、俺は思わず隣を見た。

「どういう意味だ?」

七瀬は複雑な表情で口を開く。

「ウミはゴールの近くで勝負するタイプだけど、東堂は外からでも打てる。どこからでも一点というのは、実質的にスリーポイントの優位性を消すルールだね。ちなみに私とウミがやるときは普通のシュートを二点、スリーは三点ときっちり区別して勝率は五分五分」

「陽が持ってない武器は自分も使わない、ってことか」

「それからオフェンス側がボールを奪われるまで交代なしってのは、極端にいえば十本連続で得点すれば一度もディフェンスに回らず勝てるってこと」

「その上で先攻を陽に譲った……」

「ま、身長差を考慮したハンデだろうね。舐《な》められてるんだよ」

そう語る表情には悔しさがにじみ出ている。

そこまで大きな差があるのだろうか、と俺は思った。

確かに東堂舞のプレーは圧倒的だったし、一流の選手だということは見ていればわかる。

だけど、陽や七瀬がハンデをもらわなければ勝負にならないほど劣っているとも思えない。


ターン、ターン、ターン。


ディフェンス側のスタート位置についた東堂舞が軽やかにボールを突きながら口を開く。

「不満そうな顔だ？」

陽《はる》はゆっくりと首を横に振る。

「いんや、勝負受けてくれただけでも感謝してるよ。その代わり……」

東堂舞《とうどうまい》がワンバウンドさせてボールを渡す。

それを受け取り、陽は不敵に笑った。

「私が勝ったらフェアなルールでもう一回」

くすっと、東堂舞が口角を上げる。

「いいね、そういうの」

——ダンッ!!

その言葉を皮切りに、陽が鋭く一歩目を踏み出した。

「速ッ！」

ギャラリーの誰かが叫んだ。

そのまま二歩、三歩で完全に相手を置き去りにする。

東堂舞はまだ完全に振り返れてすらいない。

さしゅっ。

やわらかな音とともにレイアップが決まった。

チームメイトたちがわっと盛り上がる。

陽から戻ってきたボールを受け取った東堂舞が意外そうに言った。

「へぇ？」

「ちょっとはやる気出た？」

「これまでマッチアップする機会はほとんどなかったけど、想定の三倍は速く感じるね」

隣で七瀬《ななせ》がちょっと得意げにふふと笑う。

「確かにウミはチビだけど、チビだからドリブルが滅茶苦茶低い。下手に手を出したらすぐファウル。しかもあの小柄な体格にイカれた身体能力《エンジン》積んでるせいで、一歩目の踏み出しや切り返しが尋常じゃないぐらいに速いの。そう簡単にスティールはできないよ」

つまり、陽のドリブル中にディフェンス側がボールを奪うのは至難の業ってことか。

東堂舞が陽にボールを渡し、どこかひょうひょうと声をかける。

「さあ、もういっちょ」

「瞬きしたら置いてくよ」

――ザンッ!!

先ほどと同じように踏み込み、陽《はる》から見て右側を攻める。

しかし今度は東堂舞《とうどうまい》もぴたりと同じ速度でついてきた。

二歩、三歩、駄目だ、振り切れていない。

ボールを狙って長い腕が伸びてくる。


——タンッ。


陽は股《また》の下にボールを通して反対の左手に持ち替える。

そのまま切り返して左に大きく踏み出し——手にボールを吸い付かせたままくるりとターンしてもう一度右側を狙った。

スティールを狙った東堂舞の手が空を切る。


ふぁすんっ。

決まっ、た。

再びギャラリーが湧《わ》く。

「青海《あおみ》……だっけ？」

東堂舞が言った。

あいつはにっと笑ってそれに答える。

「おう、陽でもいいよ」

同じぐらいに気持ちのいい笑顔を浮かべて東堂舞が続けた。

「やるじゃん陽。私も舞でいい」

「オーケー舞、とことんやろう」

「――いや」

ぽすんと、陽にパスが渡る。

「認めたから、い、い、もうここまで」

「そりゃどういう、意味かなッ!!」

――疾風迅雷。

まるで相手のお株を奪うようなスピードで陽が駆けた……が、東堂舞は乗ってこない。

だいたい腕一本分と少しだろうか。

一定間隔を保ちながらべったり張り付いてくる。

ボールを奪うというよりも抜かせないことに専念しているようだ。

「――ッ」

隣で七瀬《ななせ》が息を呑《の》む。

完全には抜ききれないことを悟ったのか、陽《はる》はいくつかのフェイントで相手を翻弄《ほんろう》してから勢いをつけて高く跳んだ。

東堂舞《とうどうまい》が両手を上げてブロックに入る。

しかし陽は空中で相手に背を向けるようにくるりと身体《からだ》を捻《ひね》ると、そのまま後方にぽおんとボールを放《ほう》り投げた。

これは、紅白戦で長身のセンターをかわすときに見せたシュートだ。

入る、と俺は思ったが、

「小手先だね」

――バヂンッ!!

ボールが手から離れた瞬間にたたき落とされた。

てんてんとバウンドしていくのを、陽が呆然《ぼうぜん》と見送っている。

東堂舞がボールを回収しながら言った。

「自分と同じように飛べる相手には通じないよ、それ」

「……にゃろ」

陽が袖《そで》でぐいっと汗を拭《ぬぐ》う。

タイムをかけ、気合いを入れるように、あるいは自分を落ち着かせるように靴紐《くつひも》を結び直し始めた。

「やっぱ、そうなるか」

ぽつりと、七瀬がつぶやく。

「やけにあっさり止められたように見えたぞ」

俺がそう言うと、ふうと小さくため息がこぼれた。

「動いてるウミからボールを奪うのは確かに難しい。けど、シュートコースやパスコースを妨害しながらついていくだけなら、私でもぎりなんとかなるの。そして、バスケのディフェンスってのはそっちが普通」

「最初の二本、東堂舞は直接ボールを狙いにいってたように見えたが」

「格下扱いしてたから簡単にスティールできると思ったんでしょ。それにもうひとつ、ウミには致命的なハンデがある」

「……まあ身長、だよな」

こくりと、七瀬がうなずいた。

「たとえば東堂《とうどう》のベストシュートなら、私は自分の最高到達点まで跳んでもブロックできるかわからない。だけど陽《はる》が相手なら、タイミングが合えば軽いジャンプでもそれなりに防げる。それがどういうことかわかる?」

「多少出遅れても間に合う、ってことか」

無言の肯定が返ってきた。

つまり、ドリブルで抜き去って打ったとしても、遅れてついてきた相手の不完全なジャンプでブロックされてしまう可能性があるということだ。

逆にディフェンス側から見れば、シュートモーションに入ってから跳んでも間に合うなら、無理してスティールを狙ったり過剰にプレッシャーをかけて隙《すき》を突かれるより、抜かれない距離をキープしながらシュートの瞬間を押さえたほうが止めやすいってことになる。

七瀬《ななせ》が続けた。

「もちろん実戦は仲間との連携もあるからそんなに単純じゃないよ。けど、1on1だと弱点がもろに出る。さっき冨永《とみなが》先生が言ってたのはそういうことだと思う」

君個人と勝負したところで得られるものがあるとは思えない、か。

「最後のはどういう意味だ?　自分と同じように飛べる相手には、っての」

「ウミのジャンプは滞空時間が異様に長い。実際にはコンマ数秒の差だろうけど、同じタイミングで跳ぶと自分が先に落下してるような感覚になる。それを生かして空中で後ろを向き、デイフェンスの手が届きにくい位置からのシュート。あの身長でも戦っていけるように考えたんだって」

「てことは」

「東堂も同じ世界にいる。滞空時間で優位をとれないなら、必然的に身長の高いほうが勝つ」

なんて残酷なスポーツなんだ、と俺は思った。

野球は身長によるハンデが比較的見えにくい競技だ。

もちろん長身のピッチャーが投げ下ろしてくる球は打ちにくいし、ガタイがいいほどバッティングで遠くに飛ばしやすくはなるだろう。リーチが長ければ守備範囲も広がる。

けれど、相手と直接高さを競う場面はない。

先に挙げたようなハンデは、変化球の種類を増やすとかミート力を上げるとか打球に対する一歩目の反応を早めるとか、身長以外の能力でわりと補えるのだ。

自分にはどうすることもできない要因でここまで差が出てしまうのか、バスケは。

俺の心境を察したのか、七瀬がぼすっと脇腹を殴ってくる。

「間違っても同情なんかすんなよ、千歳《ちとせ》」

そのまま少し苛立《いらだ》ったような口調で続けた。

「ウミは強い。簡単なことみたいに言ったけど、私も含めてあの子のスピードに余裕でついていける選手なんて見たことないし、だからうちのエース張ってるの。あんだけの身長《重り》抱えてウミと同じように動ける東堂《とうどう》が異常なんだよ」

「それでも引かない、か」

「それでも引けない、だよ。あの子は背中で見せようとしてるんだ」

言葉の意味を推し測るよりも早く、状況が動く。


ダンッ、ダンダンッ。


時間をかけて靴紐《くつひも》を結んだ陽《はる》がディフェンス側に立ってボールを突いた。

「お待たせ」

タン、とワンバウンドさせて相手に渡す。

「よし、やろうか」

その瞬間、陽がつむじ風のように距離を詰めた。

「そうくるよね、当然」

東堂舞《まい》がにやりと口角を上げる。

今後は七瀬《ななせ》に聞くまでもなく理解できた。

さっきの話を裏返せば、陽の身長では一定距離を保ってディフェンスしていたらなんの脅威にもならないということだろう。

自分よりでかい相手を押さえるにはドリブルの球際を狙うしかない。

少なくともその瞬間は、陽《はる》の手の届くところにボールがあるから。

それに対して東堂舞《とうどうまい》は、

——ゆるりん。


どこまでもやわらかなボールさばきでかわした。

「残念だな」

そのまま力強く踏み出し、一、歩、で、陽、を、抜、き、去、っ、た。


すっ。


なんの障害もないレイアップはあっさり決まる。

「もしも陽が」

東堂舞は言った。

「あと二十センチあったら勝負はわからなかった」

手元のボールをもてあそびながら続ける。

「体格差抜きにすれば、私と同じぐらい速く、同じぐらい飛べて、同じぐらい強い」

陽はぎちぎちと拳《こぶし》を握りしめている。

「だけど、バスケはそのあっ、たらよかっ、た二、十セン、チがすべて」

しんとギャラリーが静まるなか、まだ熱の失われていない声が響く。

「決着ついたみたいに言わないでくんないかな」

「まだ続ける？」

「もち、ぶっ潰《つぶ》す!!」

東堂舞はどこかうれしそうに陽とボールを往復させ、

「ああ、一七〇センチの陽と戦《や》ってみたかったな」

もう一度、駆けた。

＊

東堂舞と冨永《とみなが》先生が体育館をあとにし、いつもの練習風景が戻ってきていた。

しかし、その中心にムードメーカーのキャプテンはいない。

ちょっと頭を冷やしてくると出ていったきりだ。

結局、あのあと陽がオフェンス側に戻ることはなかった。いや、ただの一度もボールに触れることさえできず勝負は終わった。

圧倒的なプレーの余韻がまだ抜けきらないのか、部員たちはどこか上の空だ。


「東堂舞《とうどうまい》やばっ」

「反則じゃん。あんだけでかかったら誰でも勝てるって」

「それねー」

「でもまさかウミが完敗するとは思わなかった」

「二十センチ差だよ？　挑もうとするほうがおかしいから」

「ゴール奪っただけでも大健闘じゃない？」

「でも最初のディフェンス本気じゃなかったでしょ」

「てかインハイ目指すってあれ倒すってこと?!」

「ウケる！」

「いや無理むり、目の前に立たれただけで戦意喪失する自信ある」

「生まれ持ったものが違いすぎるよ」

「あー私も一七五ぐらいあったらなー」

「あんたは一六七もあるんだから充分でしょ。ウミさん見てみなよ」

「身長も才能だよねー」

「ちょ、それ言っちゃダメなやつ」

「でもちょっとがっかりじゃない？　いつも偉そうに指示飛ばしてるのに」

「もしナナさんがキャプテンだったら」


「――はいはーい、集中ッ!!」


ぱんぱんと七瀬《なせ》が手を叩《たた》く。

それで部員たちも私語をやめ、練習に戻っていった。

「千歳《ちとせ》、いつまでそうしてるつもりだ？」

ぼんやりその様子を眺めていると、美咲《みさき》先生に声をかけられる。

「あ、ですよね。もともとこれ届けに来ただけなんで、あとで渡しといてもらえますか？」

陽《はる》のトートバッグを壁際に置いて出て行こうとしたところで、

「そうじゃない」

むんずとデイパックを摑《つか》まれた。

「いいかげん、あのばかを連れ戻してきてくれ」

あのばか、とは考えるまでもなく陽のことだろう。

「ひとりにしておいたほうがいいんじゃないすか？」

チームメイトが見守るなかでの完敗。

それも、自信満々に挑戦状を叩《たた》きつけたうえで、だ。

凹《へこ》んでないほうがおかしい。

「ウミを舐《な》めすぎだよ、あいつはもっと先を見てる」

美咲《みさき》先生は呆《あき》れたようにため息をつく。

「にしたって、なぜ俺が？」

「こういうときは王子様が迎えに行かないと締まらんだろう」

「なんか最近、親戚のおせっかいおばさんみたいになってません？」

……ミシっ。

「行くから頸椎《けいつい》引き抜こうとしないデ」

＊

体育館から外に出ると、陽《はる》はすぐに見つかった。

藤棚の下にあるベンチに座って、ぼんやりとグラウンドを眺めている。

視線の先には野球部、ソフトボール部、サッカー部、陸上部、テニス部にハンドボール部。

たいして広くもないスペースにいろんな部活がひしめきあっている。

これが公立高校のつらいところだよな、と思う。

「よぉ、ちびっこ」

俺はベンチの背もたれに手を添えながら、あえてそんなふうに声をかけた。

立場が逆だったら、変に気を遣われるほうが嫌だと思ったからだ。

陽は座ったままでこてんと首を後ろに倒し、仰向《あおむ》けでこちらを見る。

その顔に涙の痕《あと》は見当たらなかった。

「慰めに来るのが遅いんじゃないの、旦那《だんな》」

「このままおでこにちゅーしてやろうか？」

「辱めろと言ったつもりはないんですけど？」

俺はそのまま回り込んで隣に座る。

「お前のライバルはなかなかに手強そうだな」

陽は悔しそうにへへっと笑う。

「ライバル、ね。名前も覚えられてなかったってのは、さすがにちょっと堪《こた》えたよ。そこまで眼中になかっ――イダイッ」

びし、と話の途中で頭にチョップした。

「あほか。俺だって対戦相手の名前だの顔だのいちいち覚えちゃいねーよ」

「あんたの記憶力がぱあなだけじゃ――イダイッ」

「それでもプレーは焼きついてるもんさ。東堂舞《とうどうまい》は『これまでマッチアップする機会はほとんどなかったけど想定の三倍は速く感じる』って言ったんだぞ。準決で、じゃなくて、これまで、だ。記憶にない相手にその発言は出てこねーよ」

おそらく、小中で対戦したことも忘れていないだろう。

陽《はる》は、はっとした顔になる。

「……そっか」

ちょうど目の前で練習しているテニス部のほうからボールがころころと転がってきた。

俺たちのいる校舎や体育館側とグラウンド側を区切るように敷地内を横断する通路でぴたりと止まる。立ち上がってそれを拾い、駆け寄ってこようとしている女の子にふあんと山なりで投げ返す。

ラケットで上手にそれを受け止めた相手は「ありがとうございまーす」と言ってぺこぺこ頭を下げた。

ちょうど奥のほうで練習していた夕湖《ゆうこ》が俺たちに気づいたらしい。

「朔《さく》ーっ！　陽ーっ！」

呑気《のんき》にぶんぶんとラケットを振っている。

俺は軽く手を上げてそれに応えた。

「あんなふうに」

ベンチに座り直しながら言う。

「楽しいだけのスポーツができたらいいのにな」

それはただの本心だった。

いつだったか夕湖が、勝敗にこだわらずゆるゆる部活に参加してると言っていたことを思い出す。こんなことを言ったら見下してるように捉えられてしまうかもしれないが、誓って俺は、スポーツとのそういう付き合い方をばかにしたことはない。

というよりも、最初は誰だって同じだろう。

昨日より遠くまでボールを投げられた、ヒットが打てた、フライを上手に捕れた……それだけで充分楽しかったのに。

「無理だよ、あたしたちにゃ」

ぽつりと陽が言った。

「魂まで囚《とら》われてるから」

大げさだ、と人が聞けば思うかもしれない。

だけど俺はすんなりと共感できた。

小さい頃からまわりの友達が遊んでいる時間を犠牲にして毎日身体《からだ》を限界までいじめ続け、練習や試合で何度も挫折《ざせつ》を味わい、悔しさで眠れない夜を超えて——それでもまだ強くなりたい、勝ちたい、一番になりたい。

そうして、辞めたあとでさえまだ魂を離してくれはしないのだから、囚《とら》われている、としか言いようがないだろう。

「舞《まい》が言ってたこと、どう思った？」

「二十センチ、か？」

俺が聞き返すと、陽《はる》はこくりと頷《うなず》く。

「ぐうの音も出ない正論だ」

「だよね、私もそう思う」

「俺はセンスだの運動神経だのにはわりと懐疑的なほうだが、体格ってやつだけは間違いなく親から授かった才能だ。筋肉がつきやすいつきにくい程度ならある程度努力でカバーできるけど、とりわけ身長は自分じゃどうしようもない」

「牛乳、あほほど飲んだんだけどな」

冗談めかして陽が笑う。

「それでも私はさ、他人が持ってるものだけを見て妬むような真似はしたくないんだよ。たとえば舞だって、あの身長で私と同じスピードで走って飛ぶのは故障と隣り合わせかもしれない。でかい分、相手の当たりが強くなるかもしれない、マークが厳しくなるかもしれない。バスケではトップ選手だけど、女の子としては辛い言葉をかけられたことがあるかもしれない」

ちょっと惚《ほ》れてしまいそうな台詞《せりふ》だった。

そんなふうに考えられる人間は、ましてや自分が他人の持ってる幸運に叩《たた》きのめされたあとでまだそう言える人間は、とても強くて美しいと思う。

「いっこだけ」

陽が言った。

「いっこだけ、あんたに聞いてもいい？」

「俺に答えられることなら」

「努力は、必ず報われると思う？　必死に走り続けたら、飛び続けたら、私はいつか舞に、もっとすごいやつらにだって勝てると思う？」

それはどこまでも切実で、本気の問いかけだった。

だから俺はどこまでも誠実に、本音で答える。

「有り体な言葉だけど、努力が必ず報われるなんてのはただの幻想だ。いや、正確に言えば報われるの定義によると思う。それがいまの自分よりも成長した自分だというなら、努力は必ず報われる。だけど日本一の女子バスケット選手だとしたら、報われるとは限らない」

当たり前の事実だ。

百人がその夢を抱いて努力をしたのなら、最低でも九十九人は報われないことになる。

「ましてや陽は身長っていうハンデがある。バスケをかじった人間に聞いたら夢物語だって笑われるだろうな」

言いながら、明日姉《あすねえ》と西野《お父さん》さんとの会話を思い出す。

あの人が出した答えは、叶えるまで夢を追いかけ続けるというものだった。

仮にこれが「インターハイに出場する」だとか、「実業団でプレーする」だとか、そういう具体的な着地点のある話だったならば同じ答えにたどり着いていたのだと思う。

だけどいま陽《はる》が抱えているのは、きっともっと抽象的でピュアな願いのようなもの。

私の生き様は間違ってない？

そう、聞かれているような気がした。

「ただ、努力したら報われることを誰にも証明できないように、努力しても報われないことだって証明はできない」

ふっと立ち上がり、野球部のほうをぼんやり眺めながら続ける。

「毎日あと百本シュートを打っていれば、ダッシュをしていれば、もっと強くなれたんじゃないか、勝てたんじゃないか、一番にだってなれたんじゃないか。それがもし二百なら？　三百なら？　——本当に自分は努力しても報われない側だったのか」

振り返って真っ直《ます》ぐ陽を見た。

「その結末を見に行けるのは自分だけだ。これまでみんなが無理だったとしても、みんなは陽じゃない。本当に答えが知りたきゃ、てめぇで確認してくるんだな」

俺はそう言って、口の片端を上げる。

陽は少しだけあっけにとられたあと、

「聞いたのがあんたでよかった」

挑戦的に笑い返してきた。

「最高に私好みだよ、愛してる」

「色恋にうつつ抜かすのは東堂舞《とうどうまい》をぶち抜いてからにしろよ」

「じゃあ、わりとすぐだ」

そのまま、よっと立ち上がり、拳《こぶし》をごつんと俺の肩にぶつけてくる。

「いい、い、いい、私も戦う。千歳も逃げんな」

意味深な台詞《せりふ》を残し、体育館のほうへと戻っていった。


――カキーン。


胸のすくような快音とともに、野球部側の高い防球ネットを飛び越えた特大ファールボールが飛んでくる。

打席に立っているのはエースにして打線の主軸を任されている男だ。

俺はそのボールをワンバウンドでキャッチし、グラウンドに向けて力いっぱい投げ返した。

＊

翌日の昼休み、俺は和希《かずき》、海人《かいと》、健太《けんた》、それに陽《はる》と連れだって学校を抜け出し、近くのメシ屋「蛸九《たこきゅう》」に来ていた。

名前からも想像できるようにたこ焼きやお好み焼きなど粉物がメインの店だが、俺たちの目当ては学生ジャンボの名前を冠した超大盛り焼きそば。

本来は完食できなければ罰金の、いわゆるチャレンジメニューというやつだ。

しかし食欲旺盛な高校生男子、とくに運動部の連中はぺろりと平らげてしまうので、単純に安くて腹一杯食える人気メニューと化している。挑戦者が高校生と大学生に限定されてるあたり、店側も最初っからそのつもりなのかもしれない。

ちなみに、昼休みに学外へ出ることは一応禁止されている。

一応とつけたのは、本当にただ生徒手帳に書かれているだけのルールで、厳密に守っている生徒はほとんどいないからだ。

購買や学食は混むからと近くのコンビニに昼食を買いにいくやつも多いし、そこで教師と会ってもとがめられたことはない。

さすがに外食までするのはけっこうなグレーゾーンだと思うが、問題でも起こさないかぎりは大丈夫だろう。なんなら蔵《くら》センに付き合わされたこともあるので、怒られたときは名前を出してやろうと決めている。

とりあえずいまのところ、カウンター席がいくつかと俺たちが座っている小上がりだけの狭い店内に他の客はいない。

ちなみに今日の言い出しっぺは海人。

俺と和希がすぐ賛同し、健太は無理矢理付き合わされた形だ。

陽は例によって昼練をする予定だったが、他の部員たちの希望で今日は中止にしたらしい。

自分も学生ジャンボを食べたいと手を上げ、ドン引きする優空《ゆあ》や七瀬《ななせ》に見送られていた。

「おばちゃん、ジャンボのたれ四つ」

海人がカウンターの中に立つ名物店主に向かって声をかける。

「またかい？　たまには違うもんも頼みなっ。あんたらがジャンボばっか頼むせいで商売あがったりだよ」

きりきりと歯切れのいい声が返ってきた。

おばちゃんは七十代も半ばにさしかかろうかという年齢だと思うが、しゃんと伸びた背筋や潔く刈り込んだベリーショートの銀髪、からっとした豪胆な性格で実際よりもかなり若々しく見える。

「五人いるだろ、嬢ちゃんはなんにすんだい？」

「私はジャンボだよーん」

「じゃあそっちのひょろい眼鏡《めがね》か」

健太《けんた》のことを言ってるのだろう。

ダイエットはすっかり成功し、不登校前と同じ痩《や》せ型に戻っている。

「えっと、俺は普通のソース焼きそばで」

「なんだよ若い男がだらしない。ジャンボ食べな、ジャンボ」

どっちだよ、と思わず心のなかで突っ込む。

こんなに小さくて古びた店がいつまでも潰《つぶ》れないのは、おばちゃんのこういう人柄によるところも大きいんだろうな。

商売あがったりだなんて毒づきながら、俺や海人《かいと》、和希《かずき》みたいな顔なじみには黙って普通の学生ジャンボよりもさらにおまけで盛ってくれたりする。

しばらく雑談していると、五人分の焼きそばがどさどさっと出てきた。

ちなみにここの焼きそばには一般的なソース焼きとオリジナルのたれ焼きという二種類の味があり、俺のまわりでは後者が人気だ。ぴりっとしたほどよい辛さと甘さの絶妙なバランスがなんとも癖になる。

「そういや朔《さく》、夕湖《ゆうこ》は誘わなかったのか？」

海人がさっそくずるずると焼きそばをすすりながら言う。

夕湖は優空《ゆあ》や七瀬《ななせ》ほどカロリーを気にしているわけじゃないから声はかけてみたのだが、いたってシンプルな理由で断られた。

「歯に青のりつくから嫌だってさ」

俺がそう答えると、男子四人の視線がいっせいに同じところへ集中する。

「あんだよお」

割り箸《ばし》で大量の麺を持ち上げながら陽《はる》が言った。

「そんなん水道で適当にうがいしときゃ大丈夫っしょ」

ずずず、ずずずず。

うん、なんか安心するわ。

「そういや」

あっという間にジャンボを半分ぐらいかっ込んだ海人が続けた。

「健太は好きな子できたのか？」

ぶふうぅッ。

あまりに唐突なふりに、健太が焼きそばを吹き出した。

「あにしてんだい眼鏡っ」

カウンターの中からキッチンペーパーのロールが飛んでくる。

俺はそれを代わりにキャッチして、まだむせてる健太に押しつけた。

テーブルの上を拭《ふ》き、ピッチャーで注ぎながら何杯か水を飲んでようやく口を開く。

「急になんなの浅野《あさの》」

「そんなに慌てることねぇだろ。学校に復帰してそれなりに経つし、なによりやっぱ夏は恋の季節だろ、恋!!」

「そ、そうなの?」

「ったりめぇだ！　健太《けんた》の好きなアニメとかだってそうだろ。夏祭り、花火、プールに海。こんなにおいしいイベントが目白押しなんだぞ。去年だって夏休み前になったら急にカップルが増えやがってよぉ……」

なにかを思いだして辛い気持ちになったのか、海人《かいと》は目頭を押さえ、鼻の奥がつんとしたように上を向く。

そこに和希《かずき》が割って入った。

「ま、夏の終わりとともに恋が終わったやつらも多かったけどね」

健太が乾いた声で反応する。

「それは素直にざまあ」

「でもその前にちゃっかり卒業だけはしてたり」

「滅べ」

お前ら最近仲いいな。

「で、どうなんだよ健太」

海人が蒸し返す。

「いや、俺こういう話するの慣れてなくて」

「なんだよ、野郎ばっかだしいいだろ」

すかさず陽《はる》が合いの手を入れる。

「レディーもいるんですけど？」

「ん、おばちゃんのことか？」

「あんたね、そういう小学生男子みたいな絡み方ばっかしてると一生女の子にモテないよ」

「がちで心に刺さるつっこみはやめて?!」

海人と陽がじゃれているうちに考えをまとめたのだろう。

健太がおずおずと口を開く。

「こんなこと聞いていいのかわかんないんだけどさ。その、仮に、仮にだよ？　自分の好きな人が友達のことを好きだったりとか、友達と好きな人がかぶったりとかしたら、みんなはどうするの？」

ぴたと、場が静止したように感じた。

いまの健太自身にかかわる悩みなのか、それとも美姫《みき》ちゃんたちとの関係性を思い出してなのかはわからない。

それはなんの作為も悪意もない素朴な疑問。

だからこそ冗談で茶化すには少し重いし、腹割って語るにはまだ軽い。

和希《かずき》がちらと目の動きだけでこちらを見た。ちょうど視線がぶつかって、珍しく向こうがしまったという表情を浮かべる。

陽《はる》は伏し目がちに、まるでまぶたの下になにかを押し込めようとしているように、テーブルへと視線を落としていた。

その微妙な空気を敏感に察した健太《けんた》が慌てふためくよりもほんの少しだけ早く、沈黙をやぶったのは海人《かいと》だ。

「なんだよ健太、もしかして俺たちと恋敵か?! 恋敵と書いて『ライバル』なのか? それとも『戦友』って読ませる熱いパターンか?」

「ち、ちがっ」

「頭んなかに思い描いてたのは誰だよ、言ってみろ。うっちーか? 悠月《ゆづき》か? おいまさか陽じゃねぇだろうな?!」

「な♡に♡が♡まさかなのかな? ふーん。山崎《やまざき》、陽ちゃんのことそういう目で見てたんダ?」

顔を上げた陽がその流れにうまく乗っかる。

「いやいやいやいや、それはほんと絶対あり得ないから心配しないで青海《あおみ》さん」

「……ごめん山崎、素でその反応は地味にきつい」

みんながぶはっと吹き出す。

海人が口火を切ってくれてよかった、と思う。

海人にその役目を任せたくはなかった、と思う。

おそらく無意識のうちに省かれた名前が、夕焼けに黄昏《たそがれ》るひとりぼっちのシーソーみたいに行き場を失くして佇《たたず》んでいた。

「なあ健太、俺は単純だからさ」

ひとしきり笑った海人が言う。

「そりゃ好きな相手《ひと》に振り向いてほしい。付き合えたりとかしたら最高だろって思うよ。だけど一番の幸せをあげられるのが自分じゃない誰かなら、ましてそれが大切な友達《だち》なら、無理に割り込みたくねーってなっちゃうんだよな。だって俺が好きになったのは、そいつらがふたりでいるときの笑顔だからさ」

言い終えてから、「ちょっとくせーか?」と鼻をこする。

「いや、そんなことは……」

想定外の言葉だったのか、健太は少し反応に困っているようだ。

照れ隠しのようにへっと笑って海人が続けた。

「だからよ、それでも関係性を変えたいと思うときは、俺のほうがたくさん笑顔をあげられる、みたいに思ったときなんじゃねーの。そんときはぶん殴ってでも奪いとるさ」

陽が茶化すように言う。

「あのね、腕力じゃなくて魅力で奪いとるぐらいのこと言いなさいよ」

「女の子は強い男に惹《ひ》かれるもんじゃねぇの?!」

「あーはいはい。狩りとかしてた時代ならモテたかもね」

「石器的な!?」

けらけらとみんなではしゃいだあと、思い出したようにぽつりと陽《はる》がつぶやく。

「私にはわかんないな、それ」

割り箸《ばし》の先は、どこか所在なさげに皿の隅に残った紅生姜や細かな具を集めている。

「好きな人は自分が笑顔にしてあげたい、辛いことから守ってあげたいし、泣きたいときはそばにいてあげたい。それが他の誰かじゃ嫌だよ。これは自分の役目じゃないだなんて、すました顔でお上品に身を引きたくない」

そうしてにかっと笑う。

「なんて、ね」

「強えんだな、陽は」

海人《かいと》がどこか優しい目で言った。

なんとなく、この話はここまでという空気が流れる。

なにかまずい質問をしたのかとびくびくしていた健太《けんた》が、ここぞとばかりに話題を変えた。

「でも浅野《あさの》じゃないけど、確かに夏って無条件でわくわくするよね。なにかすごいことが起こりそうな予感がするというか。まあ、実際にはだらだら冷房の効いた部屋で過ごして終わりだったりするんだけど」

それに反応したのは和希《かずき》だ。

「なんていうかさ、夏は一歩前に進みたくなる季節だよね」

からん、と氷の入ったコップを軽く振る。

「べつに恋愛に限らず、部活とか勉強とか、人生みたいなでっかいものでもいいけどさ。そういうのって、ない？」

「ああ、ちょっとわかるかも」

そう答えたのは陽だ。

「ひと夏、って言い方があるじゃん？　私、春とか秋とか冬って、そんなに始まりと終わりを意識しないんだよね。なんとなく寒くなってきたなー、あったかくなってきたなー、桜咲いたなーみたいに思うぐらいで」

くぴりと水で喉《のど》を潤してから続ける。

「けどなんか夏だけは、ちゃんと始まって、ちゃんと終わる。だから、ひと夏を超えたら自分もなにかが変わってなきゃいけない気がするんだ」

珍しく、と言ったら失礼だけど、それはとても詩的な言葉だった。

——夏はちゃんと始まって、ちゃんと終わる。

もしかしたら俺は去年からずっと終わりのない夏をさまよってるせいで、なにひとつ前に進めていないのかもしれないな。

ふと、そんなことを考えた。

和希《かずき》が窓の外を見ながらつぶやく。

「さて、今年はなにが変わるのかね」

風鈴の短冊がひらひらと風に吹かれて、りりりんと透明な音色を奏でる。

汗をかいたコップが、テーブルに丸い水たまりをつくっていた。

カウンターの中から、おばちゃんの退屈そうなあくびが響く。

文字盤の黄ばんだ壁掛け時計の針を見て、そろそろかと立ち上がりかけたところで、

――ガラガラッ。


建て付けの悪くなっている引き戸が開いた。

「やっぱ」

入り口が見える位置に座っていた陽《はる》の表情が引きつる。

振り返ってみると、そこに立っていたのはよりにもよって綿谷《わたや》だった。

体育館で遭遇したときほどの動揺はもうなかったが、こりゃ全員そろって説教コースかな、

と思う。

綿谷は部活中でも学校内でも規則にうるさい。

それがまっとうな信念なのか単に怒鳴る口実を探しているだけなのかはわからないが、ルール違反した人間にはきっちり罰を与える。

こんなところで怒鳴られたらおばちゃんに悪いなと、どこか醒《さ》めた頭で考えた。

「千歳《ちとせ》、か」

しかし綿谷の口から出てきたのは、意外なほどか細くて弱々しい声だ。

「っす」

とりあえず俺は軽く頭を下げる。

「ざまあないと、思ってるんだろうな」

「……なんの、話ですか？」

そう問い返すと、はっとして首を小さく横に振った。

「聞いてないのならいい。おばちゃん、また来る」

それだけ言い残してからからと静かに戸を閉める。

監督の、あんな姿は初めて見た。

いつも眉間《みけん》に不愉快そうなしわを寄せてがなりちらしているような人なのに。

ふと、消されず残っている選手登録が頭をよぎる。

「朔坊《さくぼう》」

おばちゃんが俺の名を呼んだ。

「まだ、わだかまりはとけてないのかい?」

「そんな日はこないよ、ずっと」

曖昧《あいまい》に笑ってそう答える。

「あの人ね、あんたが辞めたあと」

かちゃん、と食器がさみしげな音を立てた。

「ここに来るたびずっと塞《ふさ》ぎ込んでたよ。大きな才能を潰《つぶ》したって」

思わずかっとなりそうな心を握りつぶしながら言葉を返す。

「あの人に潰されたつもりはない。理由はどうあれ、辞めることを決めたのは俺だ。勝手な自己憐憫《れんびん》に浸らないでほしいな」

おばちゃんは小さく首を横に振った。

「大人だっていつでも正しい大人でいられるわけじゃない。そう言いたかっただけさね」

いまさらそんな話をされたところで、あの夏の出口は見つからないよ。

心配そうに見守るいまの仲間たちに、俺は大丈夫だと笑ってみせた。

＊

「千歳《ちとせ》、呼んでる」

なんとなくもやもやを抱えたままで迎えた放課後、部活に行こうと教室を出た陽《はる》がすぐに戻ってきて言った。

「なんだ、かわいい女の子からの告白か？」

俺が軽口を叩《たた》くと、親指でくいと入り口のほうをさす。

「いかつい坊主まじりの集団はお好き？」

陽が示す先でこちらの様子を窺《うかが》っているのは——かつてのチームメイトたちだった。

反射的に祐介《ゆうすけ》の姿を探すが、見当たらない。

俺はデイパックをかつぎながら言う。

「どうにも、モテる男はつらいね」

教室を出るとそこには八人が、一年生と祐介を除いた野球部全員が揃《そろ》っていた。

ただならぬ雰囲気に、廊下を歩く生徒たちがちらちらと振り返る。

「話がある」

みんなを代表して切り出したのはエースピッチャーの平野洋平《ひらのようへい》だった。

「よう、平野。昨日のフリーバッティング見たぞ。相変わらず左方向への引っ張り癖が抜けてねぇな」

「朔《さく》……」

「懐かしい顔が勢揃《せいぞろ》いでどうした？　野郎だらけのむさ苦しい同窓会なんて勘弁だぞ」

俺がそう言うと、平野《ひらの》は口許《くちもと》を少しほころばせる。

「変わらないな、そういうとこ」

「で、なんの話だよ。まさかお前らまで祐介《ゆうすけ》みたいなこと言い出すのか」

平野は目を伏せ、ぐっと唇をかんだ。

「……その祐介の話だ」


ざまあないと、思ってるんだろうな。

聞いてないのならいい。


監督の言葉が脳裏をよぎる。

嫌な予感がした。

「ここは落ち着かない。場所を変えよう」

俺はそう言って歩き始める。

迷わず陽《はる》が隣に並んだことに、どこか安心している自分がいた。

＊

「全治……二週間」

思わず俺はそうつぶやく。

気持ちのいい青空が広がる屋上で平野から告げられたのは、週末の練習試合で祐介が怪我《けが》をしたという事実だった。

「キャッチャーとのクロスプレーで足首をやっちまった」

つまり、ランナーとしてホームに滑り込んだ際に接触して痛めたということだ。

野球に怪我はつきものだし、二週間ならそれほど深刻な状態ではないだろう。しばらく練習を見学しながら上半身の筋トレでもしていればすぐだ。

ただ、いまは。

俺の考えていることがわかった、というよりも予測していたのだと思う。

平野が悔しそうに言った。

「今年の一回戦は来週末、間に合わない」

「なにやってんだよ、あのばか」

大会前なんて、一番怪我に気をつけなきゃいけない時期だ。

ましてやホームでのクロスプレーは、そのリスクが格段に高い場面のひとつ。本番を控えた練習試合なんだから、無理する必要なんてない。

違うな、と自分で自分の考えを否定する。

少なくとも野球に対しては、どこまでも真摯《しんし》で熱いやつだ。

後先を考えて目の前の一瞬に手を抜けるようなタイプじゃない。多分、俺がランナーだったとしても迷わず突っ込んだだろう。

夏の甲子園を目指せるチャンスは高校生活においてたったの三回。

去年試合に出られなかった祐介にとって、ようやく訪れた本領発揮の機会だってのに。

「初戦の相手は?」

そこを抜ければ二回戦は一週間後。

完治後の調整を含めてもなんとか間に合うはずだ。

平野《ひらの》は唇をゆがめる。

「越高《えつこう》だ」

「……くそったれ、くじ運まで悪いのかあの野郎」

一回戦から出てくる第三シードや第四シードの高校じゃなかったのは不幸中の幸いだが、越高こと越前《えちぜん》高校は甲子園出場経験もある公立の古豪だ。年によってはベスト4に食い込むことも珍しくない。

近年は打線の弱さに苦しんでいる印象だが、その代わり投手力は抜群。

と、そこまで考えて首を振る。

気にしてどうなることでもない。

「それで、花束持って見舞いにでも行けばいいか？」

俺がそう言うと、平野は大きく息を吸い込んで、

「——恥を承知で頼む。朔《さく》、チームに戻ってきてくれないか」

深々と頭を下げた。

成り行きを見守っていた他の連中もそれに倣う。

「自分たちがなに言ってるかわかってるのか？」

頭を下げたままで平野が続ける。

「わかってるつもりだ。越高相手じゃ間違いなく投手戦になる。もちろん俺は一点もやらないつもりで投げるが、四番の祐介《ゆうすけ》抜きじゃこっちも点を取れない。朔の力を借してほしいんだ」

それはまさに先ほど俺が危惧《きぐ》したことだった。

平野は中学二年のとき北信越大会にも出場したチームでエースナンバーを背負っていた男だ。最初に聞いたときは「どうしてこんな高校に？」と尋ねたし、「そりゃこっちの台詞《せりふ》だよ」と笑われたことを覚えている。

一八〇の長身から投げ込まれるキレのいい速球と縦に大きく割れるカーブ、鋭いスライダーが健在なら、越高のピッチャーを相手にしても対等に渡り合えるだろう。

問題は打線だ。

去年の夏は四番、いまは祐介《ゆうすけ》にその席を譲って五番を打っている平野《ひらの》だが、はっきり言ってバッターとしての実力は中の上がせいぜい。

一般的にチームで一番の強打者が任されることの多い四番に座っていたのは、俺のわがままが許されていたからだ。三アウトで攻守交代する野球において、一番上手《うま》いバッターは初回に必ず打順が回ってきて、かつ一番や二番と比べればランナーの溜まっている可能性も高い三番を打つべき、というのが昔からのポリシーだったから。

もちろん平野も他のみんなもこの一年で成長しているだろうが、祐介抜きに越高を打ち崩せるかというと、正直なところかなり難しいように思う。

「だからって、一年も実戦から遠ざかってる俺が戻って勝てるほど甘くないぞ。あんまし野球舐《な》めんなよ」

突き放すような口調で言った。

素振りのことはどうせ祐介から聞いているんだろう。

けれど生きたピッチャーの球、ましてや投手力に長けたチームを相手にするのはまったくの別物だと言っていい。

それでも平野は食い下がる。

「誰よりも野球を舐めていなかったお前だから頼んでる」

「一年が入ったんだろう？　レギュラーが怪我《けが》したなら、頑張って練習してたそいつらにチャンスをやるのが筋ってもんだ。部外者がしゃしゃり出る場面じゃない」

「……ようやく硬球に慣れてきたってところなんだ。もちろんこの先の成長には期待してるが、いますぐ試合に出せるようなレベルじゃない」

らちが明かないな、と思う。

話の角度を変えるつもりでなにげなく口を開いた。

「俺のところに来たのは祐介の指示か？」

「いや」

平野がようやく顔を上げる。

「朔にだけは絶対伝えるな、って言ってたよ。じゃないとお前は、もう一度野球がやりたいかどうかとは別の理由で悩むから、って」

「──ッ」

想定していなかった返答に、思わず言葉を失ってしまう。

「それでもこうして頼みに来たのは、完全に俺たちの独断だ」

もう一度、平野は深く頭を下げた。

「あのときのこと、謝罪ならいくらでもする。いや、それが遅すぎたことはわかってる。なにか条件があるならすべて呑《の》むし、この一回戦だけでもいい。一年間、いっしょに踏ん張ってきた祐介《ゆうすけ》に戦うチャンスを与えてやりたいんだ。頼む、俺たちに力を貸してくれ」

……俺は、俺の答えは……。

ぎりぎりと、あらん限りの力で拳《こぶし》を握りしめる。


「調子の」

「え？」


「——調子のいいこと言ってんじゃねぇええええッ!!」


抑えようのない怒りの咆哮《ほうこう》が、俺の背後から轟いた。

ダンッ、とこれまで黙っていた陽《はる》が俺の前に立つ。

自分よりも三十センチ近くでかい平野《ひらの》の胸ぐらを強引に摑《つか》み、

「なんで千歳《ちとせ》が辞めるときにそうしなかった!!」

喉《のど》が千切れそうな声で吠える。

「私は細かい事情なんにも知らない。けど、あんたたちがそうやって仲間でいてくれてたら、千歳はいまでもいっしょにボールを追いかけてたんじゃないの？」

「それは……」

「かばう気も引き留める気も起きなかったぐらいにこいつが嫌いだってんなら理解はできる。もしそうなら金輪際千歳にかかわるな」

　ばしっと、平野が陽の手を払った。

「誰か知らないけど、野球を知らない、朔《さく》とプレーしたことのないお前になにがわかる！」

「あーあーわかりたくもないねぇ、負け犬根性が染みついたタマ無し野郎の気持ちなんて」

「なっ」

「去年の夏の大会、あんた途中で戦意喪失してたよね？　他の連中もそう。こんなチームで強豪相手に俺たち健闘したほうだよなって、プレーが言い訳の準備始めてんだ。最後の一瞬まで本気で勝とうとぎらぎらしてたのは千歳だけだった」

「……っ、俺なりに必死だった。あのときの悔しさをバネに、一年間練習もしてきた」

「はん、だったらいまなんでこんなとこにいんの？　怪我《けが》した祐介だっけ？　あんたらの踏ん張った一年間てのが嘘《うそ》じゃないなら、そいつが抜けた穴は俺が埋めるぐらいのこと言ってみせなよ。あげくのはてにその祐介が見せた最後の意地まで踏みにじって――」

　ぎりぎりと、まるで音が聞こえるように陽は平野を睨《にら》む。

「自分より持ってるやつが落ちていく様は、ちっぽけな自尊心を満足させてくれた？」

俺はぽんと、陽《はる》の肩に手を添えた。

めいっぱいのありがとうを込めて、そうした。

「悪いな、俺の気持ちは変わらない」

「……っ、時間をとらせたな」

うつむきがちに振り向く背中へ向けて「平野《ひらの》」と声をかける。

「打者が二巡するまでスライダーは見せるな。打線に不安のあるいまの越高なら抜き気味のストレートと全力全開のストレート、それにカーブを組み合わせれば充分に通用する。三巡目に入ったら出し惜しみせずスライダーを投げろ。なんとか先取点だけ奪えば、目が慣れる頃には決着がついてるはずだ。ちゃんと一年前より成長してるならな」

「……チビの言うとおりだよ。やっぱり俺はそんなにお前が好きじゃないらしい」

「知ってるさ。ハンカチ嚙《か》んで悔しがってやるから行けよ、甲子園」

精一杯の余裕をかまして屋上を出て行く仲間たちの背中を見送りながら、いつのまにか陽の肩を強く握りしめていた。

胸には祐介《ゆうすけ》の言葉がとげのように突き刺さっていてじくじくと疼《うず》く。

朔《さく》にだけは絶対伝えるな、か。

陽がそっと俺の手に自分の手を重ねた。

「千歳《ちとせ》、今日はひとりで帰っちゃ駄目」

言葉の意図がわからず、黙って先を促す。

「部活終わるまで待ってて。連れて行きたいとこ、あるから」

そう言って手を離し、そのまま肘《ひじ》をどすっと俺の腹に入れて去っていく。

「いてぇよ、ばか」

ごろんと寝転がって見上げた空は、逃げ出したくなるほどの夏色だった。

＊

部活を終えた陽と合流してから約三十分後。

俺たちはなぜか足羽山《あすわやま》の上にいた。

まあ山とはいってもその気になれば高校生が学校帰りに登ってこられるぐらいの高さで、標高も確か百メートルとかその程度だったように思う。

途中までは陽のクロスバイクに二人乗りして、さすがに漕《こ》ぐのがきつい坂にさしかかってからは並んで歩いた。

そうしてたどり着いたのは、駐車場やちょっとした茶屋、使われているのかもよくわからない臨時交番なんかがある展望スポットだ。複数人がまわりを囲んで座れる、その気になれば寝転がることもできる背もたれのない大きな長方形のベンチがふたつ、夜景を望める方向に並んでいる。

この山には自然史博物館や動物園なんかもあるので、小さい頃に家族と来たことがあったなと懐かしく思い出した。

時刻はなんだかんだで二十時を回っている。

平日のこんな時間にまでひっきりなしに人が訪れるような場所じゃない。

茶屋はとっくに閉まってるみたいだったし、俺たち以外には人っ子ひとりいなかった。

申し訳程度に設置された電灯が、じじ、じじと不規則に揺れている。

ベンチに座っている陽《はる》に自販機で買った缶コーヒーを渡し、その隣に腰掛けた。

「ここ、いいっしょ」

ぷしりとプルトップを開けてからそれに答える。

「何年ぶりだろうな。夜景の見える時間に来たのは、もしかしたら初めてかもしれない」

「私はさ、よく来るんだ」

陽はそう言って立ち上がり、それほど高さのない手すりに体重を預けて町並みを見下ろす。

「部活で凹《へこ》んだとき、悔しい想いをしたとき、自分に負けそうになったとき……それから、明日が見えなくなりそうなとき」

「陽でもそういうときがあるんだな」

「この身長でバスケやってんだよ？　小さい頃からそんなときばっかりだった。だからね」

両手をメガホンのようにして口許《くちもと》に添える。

「ここに来て叫ぶの。あのへんに流れてる足羽川《あすわがわ》にぶつける気持ちで思いっきり。海《ウミ》のバカヤローって」

「川に八つ当たりすんなよ、海に言え」

自分の苗字やコートネームにかけていることはわかっているが、想像したらなんだか微笑《ほほえ》ましくてつい軽口が漏れる。

「上を目指すってしんどいよね」

けど、と振り返って続けた。

「幸運なことに、仲間にだけはずっと恵まれてた。いまだってナナ、セン、ヨウ、みんな文句言いながらも私についてきてくれてる。舞《まい》の言ってたとおり、確かに私は選手として不完全だ。ひとりでできることには限りがある。でもあの子たちといっしょなら、次は絶対に負けない」

陽は強く言いきってからもう一度隣に座り、ベンチの上でそっと手を重ねてくる。

その結び目が、どうしようもなく温かくて、温かかった。

「千歳《ちとせ》、賭けのこと覚えてる？　ほら、夕暮れブランコ」

「負けたほうは、いつか勝ったほうに心からの弱音を吐く、だったか」

陽は重ねたままの手を自分の太ももにのせて、その分ふたりのあいだに生まれた隙間《すきま》を埋めるように近づいてくる。電灯の点滅とともに濃くなったり薄くなったりするふたつの影法師が、ぴたりと寄り添ってひとつになった。

そうしてこちらを向き、

「――あの日の勝者として陽《はる》ちゃんが命じます。いまここで、吐け」

にかっと笑った。

からん、と心のなかのビー玉が転がる。
それはガラスの瓶《びん》にずっと閉じ込めていた、とてもか弱い音だった。
「大丈夫だよ」
陽が握った手に力を込めて、どこまでも温かく、そして優しく続ける。
「もしも千歳《ちとせ》が辛い気持ちになっても必ず笑顔にしてあげる。
泣きたくなったらそばにいてあげるし、腹が立ったらいっしょに怒ってあげる。
情けないときは叱《しか》りつけて、立ち上がれないときには勇気をあげるよ」

──だから、話して。


ああ、やっぱりまぶしいな。

ずっとひとりで背負い続けてきた荷物を、この子になら預けられるのかもしれない。

ずっと心にへばりついて離れない暗がりを、この子なら吹き飛ばしてくれるのかもしれない。

太陽みたいに明るくて強い、この笑顔なら。

＊

──去年の四月。

藤志《ふじ》高野球部には十人の一年生が加入した。

全員中学の軟式上がりだったが、俺、祐介《ゆうすけ》、平野《ひらの》を筆頭にほとんどレギュラーとして試合に出ていた選手たちだ。

最初の練習で自己紹介を終えたとき、

「夢みたいだな。この面子《メンツ》なら本気で上を狙えるよ」

そう言って祐介が目を輝かせていたことを覚えている。

「やってやろうぜ、相棒」

確か俺は、そんなふうに答えたはずだ。

実際のところ、野球で名が知られているわけでもない進学校に集まったことが不思議に思えるようなメンバーだった。

もちろん県の内外から有力選手を集めている強豪私立と比べたら遙《はる》かに見劣りするし、三年が抜けたあとの控えの薄さなど、不安要素は山ほどある。それでも来年、再来年と新入生を迎えて強化できれば、下剋上《げこくじょう》を狙えるだけのポテンシャルは充分に秘めていると感じた。

俺たちの代と同じく十人というぎりぎりの人数で戦っていた当時の三年生たちは、こう言っちゃなんだけどあまり強いチームではなかった。

エースナンバーを背負ってる先輩が高校までピッチャー未経験だったというのだから、どれほど苦しい戦いを強いられていたのかは想像に難くない。

二年生がひとりもいないことには驚いたが、もともと八人いたのが全員いっせいに辞めてしまったと聞いてもう一度驚いた。

しかし本格的に練習が始まり、すぐにその理由がわかる。

監督を務める綿谷《わたや》先生は、いまどき珍しいオールドタイプな指導者だった。

さすがに練習中水を飲むなとまでは言わなかったが、自分の選手を見る目や方法論が絶対的に正しいと信じ込み、ポジションやプレースタイルの変更を強要することはしょっちゅう。

少しでも反論すると烈火のごとく怒鳴りちらして、そのペナルティとしてしばらく試合に出さないことも日常茶飯事だ。

このご時世だというのにミスをしたら平気で蹴《け》りが飛んでくるし、たとえ試合中だろうが目立つ場所で見せしめのようにダッシュやウサギ跳びをさせられた。

どんなやり方であっても上を目指すために必要だと思えるならいい。

この道が甲子園に繋《つな》がっているのだと信じられるならいい。

だけど、大半は納得できない暴論や感情にまかせた理不尽だ。


俺たちはよく練習のあとに公園や河川敷、8番、蛸九なんかにたむろして監督への愚痴を吐き出しながら、それでも夢を語っていた。

「――なあ朔《さく》、いっしょに練習してわかった。お前は正真正銘の本物だ」

「なんだよ祐介《ゆうすけ》、急に気持ちわりぃ」

「いいから聞け。朔が三番打者に座ってれば、たとえ相手が甲子園級のエースだったとしても完全に抑えられるってことはまずない。俺はまだ福井のなかでまああって程度のバッターだが、せめて朔が塁に出たときさっちり返せる四番になればふたりで点がとれる。あとは平野《ひらの》、お前の役目だ」

「ああ。俺はバッターとしては二流だけど、ピッチャーとしてならそこそこいい線いってるほうだと思う。それがトップクラスと張り合えるまで成長できれば……お前たちで点をとり、俺が抑える。どうだ、朔《さく》？」

「最高に頭の悪い作戦《プラン》だ、それでいこう」


そして五月が終わり六月に差し掛かる頃、先んじて俺と祐介《ゆうすけ》、平野《ひらの》の三人がレギュラーとしてクリーンナップ、つまり打線の主軸に定着する。

三番ライト千歳《ちとせ》。

四番ファースト江崎《祐介》。

五番ピッチャー平野。

最初、監督は俺を四番に据えようという考えだった。

そこで例の三番打者最強説を披露したら当然のようにぶち切れられて、しばらくは試合に出してもらえなかった。けれど最終的には納得してくれたのか、あるいはペナルティを与えて気が済んだのだろう。結局はこの打順に落ち着いた。

祐介は俺から見ても信頼のおける強打者だったし、平野のピッチングも充分上位校と渡り合えるレベルだ。

三人でチームを引っ張れば甲子園を目指せると、本気でそう思っていた。

――少しずつ歯車が狂い始めたのは六月の中旬。

ある日、監督が平野に新しい変化球を覚えさせると言い出す。

「いまのままでは、本当に上の相手と戦えない。自力でねじ伏せられないなら小手先の技術を身につけるしかないだろう。ピッチングの組み立ても変化球主体に変えていく」

それまでに溜まっていた鬱憤《うっぷん》も相まって、俺と祐介が爆発した。

監督に詰め寄ったときのことはいまでもはっきり覚えている。

「どう考えたって平野の武器は長身から投げ下ろすストレートです。キレのいいカーブとスライダーもある。まずはそっちに磨きをかけていくことが先決じゃないですか」

祐介も俺に続く。

「変化球主体は肩や肘《ひじ》に負担が大きい。もし覚えさせるにしても、シーズンオフに時間をかけてゆっくり身につけていくほうがいいんじゃないですか？　少なくとも、来月に夏の予選を控えたいまやるべきことじゃないと思います」

「このチームの監督は俺だッ!!　従えないのならいますぐ辞めてもかまわんぞッ!!」

「「――ッ」」

「お前ら、こんなチームで自分たちを使わないわけがないとうぬぼれてないか？　いくら野球ができても和を乱す選手は必要ない。江崎《えざき》はしばらく試合に出さん」

思わず俺は声を荒らげた。

「ちょっと待ってください、なんで祐介《ゆうすけ》だけ。口答えしたペナルティを与えるなら僕だって同じでしょう」

「千歳《ちとせ》は多少のことに目を瞑《つむ》ってもいい、いまはまだ、チームにもたらすメリットのほうが大きい。江《え》崎《ざき》にはそこまでの価値がない、という判断だ」

「そんな……」

途方に暮れる祐介に、なんと言葉をかければいいのかわからなかった。

このやりとりの最中、話題の当事者である平野《ひらの》は一度も口を開かなかった。


——そうして迎えた夏の予選。

祐介はスターティングメンバーから外された。

というよりも、例の一件以降は代打でしか出番をもらえていない。

それがペナルティの延長であることは明らかだ。

一回戦の相手は第四シードの北陸商業。県内で名の知られた私立の強豪高校だ。県外からスカウトした選手も多く、レギュラーのほとんどは中学のときからボーイズやシニアといった硬式リーグでプレーしていると聞く。

一回の裏、俺のソロホームランで藤志高《ふじ》が先制した。

五回までは〇対一のリードを保ったまま試合を運ぶ。

俺は二打席目シングルヒット、三打席目スリーベースと出塁を重ねたが、さすがに相手投手のレベルは高く、後続が打ち取られて追加点をとれない。

大きく試合が動いたのは六回。

相手打線が平野の球を捉え始めてからはあっという間だった。

一挙に十二失点。

平野は途中で降板したが、交代した元エースの三年生はまったく相手の勢いを止められないまま一方的に打たれ続けた。

六回の裏、最後の意地で二発目のソロホームランを打った俺のあと、平野が三振してゲームセット。

十二対二、六回コールド負け。

終わってみれば言い訳の余地もない完敗だ。

俺たちはそこらじゅうに掃いて捨てるほどいる弱小チームのひとつで、結果としてここが俺の夢の終着点となった。


「――いいかげんにしてくださいッ!!」

試合が終わったあと、俺は監督に詰め寄った。

「いつまでくだらないペナルティ続けるんですか。祐介《ゆうすけ》が四番に入っていたら前半でもっと点をとれたはずだ。そしたら試合の流れだって変わってた！」

監督は醒《さ》めた目でこちらを見ている。

「俺は来年、再来年も見据えてる。結局は見送りにしたが、平野《ひらの》に新しい変化球を覚えさせることだってそうだ。長身から投げ下ろすストレートとキレのいいカーブやらスライダーで戦えるかどうか、身をもって感じたばかりじゃないのか？」

「それと祐介の件は別じゃないですか！」

思わず語気を強めると、

「甘えるなッ！」

それ以上にでかい声が返ってくる。

「もしもあのときお前たちが口答えせず変化球の練習をしていたら、もしもそれがうまくはまっていたら、今日の結果は違っていたかもしれない。来年以降に向けて、チームの和を乱すことがどういう事態を招くのか、しっかり頭に叩《たた》きこんでもらう必要があった」

「――ふざけんな！　俺たちは育成ゲームの駒じゃないんだよ!!　そもそも監督が選手の個性や考え方を重んじた上で話し合える環境を作ってくれてたら、口答えすることなんてなかった。一番チームの和を乱してるのはあんただろ！」

俺がまくしたてると、監督はなにかを悟ったように意地の悪い笑みを浮かべた。

「北陸商業のエース相手に四打数四安打二ホームランか。ふん、天狗になるのも無理はないな」

「なってねぇよ！　ただ真っ直《ま す》ぐ野球させてくれって言ってるだけだ。本気で上を目指してるんだよ。あんたにとっては長い監督生活の一幕かもしれないけど、俺たちにとって夏の甲子園を狙えるチャンスはたった三回しかないのに、それをこんな形でッ――」

胸ぐらを摑《つか》まんばかりの勢いで叫ぶ。

「祐介がそんなに悪いことしたかよ！　あいつに全力で野球をやらせてやってくれよッ!!」

監督は諦《あきら》めたように短く吐き捨てた。

「――わかった、江崎《えざき》は戻す」

ただ、と言葉が続く。

「お山の大将はいらん。お前はもう使わない」

「――ッ」


――それから夏休みが終わるまでの一か月半は、まるで出口の用意されていない迷路をさまよっているようだった。

ペナルティ中も練習に参加し、代打とはいえ試合にも出ていた祐介と違って、グラウンドではボールにもバットにもいっさい触らせてもらえない。

来る日も来る日もランニングやロングダッシュ、筋トレの日々。

それだって具体的にメニューを指示されたわけじゃない。

俺が監督から吐き捨てられたのはたったのひと言。

「チームの練習に参加するな」

できることは、基礎トレーニングぐらいしかなかった。

夏休み中、チームメイトたちは目に見えて変わっていった。

監督の指示でスイングをコンパクトにした祐介《ゆうすけ》はヒットが増えた代わりに持ち前の長打力がなりを潜め、本格的に新しい変化球の練習を始めた平野《ひらの》はフォームから豪快さが消えた。

最初のうちはチームメイト、とくに身代わりのような形になってしまった祐介が練習のあとに俺を励まそうとしてくれた。

「自分も辛かったけどそのうち監督も機嫌を直す」

「朔《さく》ほどの選手をこのままにしておくわけがない」

「考え方によっては基礎を作り直すいい機会だ」

「また一緒にグラウンドに立とうぜ、相棒」

だけど誰ひとり、俺がそうしたように監督へ直訴することはなかった。

このざまを見てたら当然だろうな、と思う。

好き好んで次の標的になりたがるやつなんていない。

やがて少しずつ、腫れ物《はれもの》を扱うようにみんな近づかなくなっていった。

——なにひとつ状況が変わることのないまま迎えた八月の最終日。

野球を始めてから、こんなにも長く、苦しい夏休みを過ごしたのは初めてだった。

力いっぱいボールを打ちたい、外野からキャッチャーまで思いきりバックホームしたい、土《つち》埃《ぼこり》を巻き上げながらベース間を駆け抜けたい。

正直、心はとっくにへし折れそうになっている。

それでもこんなところで立ち止まるわけにはいかない、と思う。

仲間たちが待っている、いっしょに上を目指そうと誓ったあいつらがいる。

もう一度みんなとグラウンドに立ちたい、今度は祐介も含めたベストメンバーで。

だからいまは理不尽に耐えろ、歯を食いしばれ、その日がくるまでは。

——そうして部活を終え、ひと足先に学校を出た俺は、グローブを忘れたことに気づき部室へと引き返した。せめて練習外の時間ぐらいは道具を使って練習したい。

ドアの前に立ったとき、ふと平野の声が漏れてきて俺は手を止めた。

「……朔の見せしめ、いつまで続くんだろうな」

心配かけちまってるな、と少し心苦しくなる。

祐介《ゆうすけ》のときに俺がそう感じたように、見てるほうだっていい気分はしないだろう。

あいつらも同じように耐えているんだ、と思う。

しかし、次に平野《ひらの》の口から出たのは想像すらしていなかった言葉だ。

「なんならこのままのほうが強かったりしてな」

どっと、部室のなかに笑い声が響いた。

「それ！　逆にチームまとまったりして」

「あいつだけちょっとレベルが違いすぎるよ。北陸商業相手にホームラン二本て」

「甲子園目指すっての、千歳《ちとせ》だけ本気で言ってるもんな」

「俺たちも一応努力目標として口にはするけどさー、高校球児のお約束みたいなもんだし」

「目標ってか夢だよな、夢物語のほうの」

「最初の頃、監督もひいきしてたし。祐介は外したのに朔《さく》は使い続けるって」

「やっぱ調子に乗ってた面もあると思うよ。監督にあの言葉遣いはさすがに」

「四番より三番がいいとかもね」

「いいやつだってことはわかってるんだけど。ただ、あの熱血押しつけられてもゆーて俺ら普通の進学校だし」

「私立の強豪行けばよかったのにな」

「実際話はいくつもきてたらしいけど、蹴《け》ったって」

「あえての弱小で甲子園目指すって？　漫画かよ」

「自分にできることはみんなにもできるって思ってるんじゃね？」

「天才にありがちだよな。こっちはどんだけ努力しても追いつけないってのに」

けらけらけらけらけらけらけらけらけらと、笑い声はやまない。

それまで黙っていた祐介が最後に口を開く。

「まあ、持ってる人間に持ってない人間の苦悩はわからないよ」

そうか、と俺は思う。

知らずに手を離したバットケースがドアに当たって大きな音を立てた。

「朔ッ?!」

祐介ががらっとドアを開け、気まずそうな九人分の目がこちらを見ている。

ぽきんと、心の折れる音がした。

ずいぶんと安っぽくて、軽い音だ。


「――最初から、ここに居場所はなかったのか」

翌日、俺は退部届を提出する。
監督はなにも言わずにそれを受け取った。

＊

俺の話は終わった。
大きく息を吐き、目の前に広がるちっぽけな夜景を眺める。
途中、陽《はる》はひと言も口を挟まずに黙って手を握っていてくれた。
ずっとひた隠しにしてきた秘密なのに、いざ話してしまえばあっさりとしたものだ。
楽になる、と期待していたわけじゃないが、やっぱり心は少しも晴れなかった。
ただただ、惨めな想いだけがよみがえってくる。
陽はどう感じただろうか。
隣にそっと目をやる。
なにかを言ってほしい気もするし、なにひとつ聞きたくない気もした。
すると、
「……けんな」

がりっと、俺の手に爪《つめ》が立てられる。

「っざけんなよ千歳《ちとせ》えええええええええええぇッ!!」

一瞬、陽の怒声が理解できなかった。

思い切り胸ぐらを掴《つか》まれてようやく、それが自分に向けられているものだと気づく。

「確かに監督はひどい、見捨てたチームメイトも同罪だ。

——けど、私は誰よりも、あんたに一番腹が立つ!!」

呆然《ぼうぜん》としている俺に向かって陽は続ける。

「人生全部かけてたんじゃないのか？　一番だったんじゃないのか？　他のやつらが無責任なこと言おうと、どれだけ捧げてたかはあんた自身が知ってたはずだろ！　そんなに大切なもんを、なんで簡単に捨てちゃうんだよぉっ!!」

「簡単にじゃ……ねえよ」

「去年の夏。私はインターハイ予選で舞《まい》の芦高にぼこぼこに負けてどん底まで落ち込んでた。やっぱりデカい子には勝てないのかって。小さい頃から差は開く一方で、どれだけあがいてもこの身長じゃ一生無理なんじゃないかって、全部投げ出しそうになってた。ここが私の終着点なのかなって」

少しだけ、陽《はる》の手に込められた力が緩み、

「そんなとき、あんたの試合を見たんだ。最初は強豪相手にホームランとかヒットぽこぽこ打ってすごいやつだなぁって印象だった。だけどあの六回。どう考えたって絶望的な点差つけられてけちょんけちょんに捻《ひね》られて、素人の私が見ても勝機なんてどこにも見つからなかったあの状況で」

ぎりぎりと、もう一度俺を睨《にら》みつける。

「――千歳はずっと楽しそうに笑ってた」

「それは断じて諦《あきら》めのへらへら笑いなんかじゃなくて、まるで野球はこっからだぜって、ひっくり返して観客の度肝抜いてやろうぜって、俺たちならできるぜって心の底から信じてる顔で。ありったけの魂乗っけて叫んでるみたいに仲間を励ましてた。とっくに諦めがにじんでるやつらに、『大丈夫だ』『お前の球は簡単に打てない』『自信を持って投げ込んでやれ』『みんな気合い入れて守るぞ』『あいつを助けてやろう』」

ぽた、ぽた、と陽の頬《ほお》を伝った雫《しずく》が落ちる。

「その回の裏、あんたはホームランを打った。まるで月まで飛んでくんじゃないかってぐらいに高くて、澄み渡るようにきれいなホームランだったよ」

ずび、ずぴと、鼻をすする音が響く。

「諦めないでいいんだ、って言われてるみたいだった。熱くていいんだ、がむしゃらでいいんだ、泥臭くていいんだ無鉄砲でいいんだ。びびるんじゃねぇ、自分がもってるもので勝負しろ、それがてめぇの弾丸だ、摑《つか》みとりたいものがあるなら手を伸ばせ、って。――だから私は立ち直れた、走ってこれた、今年も舞にぶっ飛ばされたけどへこたれなかった」

ダンッと陽《はる》の拳《こぶし》が俺の胸に打ちつけられる。

「そんなあんたが、初めて見つけた本物のヒーローがっ」

まるで魂ごと殴られてるみたいに――

「だせぇ退場の仕方してんじゃねぇよ!!」

かぁっと胸の芯が熱くなる。

「監督に切られた？　地面に頭こすりつけて百回謝れ！　態度を変えなければ学校にでも教育委員会にでもチクれ！　それでも駄目なら転校しろ！　最悪闇《やみ》討ちしても私が許す！　チームメイトが本気じゃなかった？　あんたの熱で、プレーで、本気にさせてみせろよ！　こいつとなら夢じゃないって脳みそに直接叩《たた》きこんでやれよ！　そこに、そこに――」

「あんたが野球を辞めなきゃいけない理由はひとつもないだろおおおぉぉぉッッッ!!」

ああ、そうか。

慰めてほしかったんじゃない、同情してほしかったんじゃない、また夢中になれることが見つかるよって励ましてほしかったんじゃない。

監督のせいにしたかったんじゃない、チームメイトたちを罵《ののし》りたかったんじゃない。

俺は、ただ、ただ。


——あの日逃げ出した弱い自分を、誰かに叱ってほしかったんだ。

「ああっ」


声にならない嗚咽《おえつ》が漏れる。

その瞬間、ぎゅうううっと、陽《はる》が俺の頭を自分の胸に抱え込んだ。

甘酸っぱい汗と海のような制汗剤の香りに鼻の奥がつんと痛む。

「いいよ、千歳《ちとせ》。私が付き合う」

そして、ずっと、ずっと、ずっと――、

「っっヅぅああ」

こんなふうに、泣きたかったんだ。

*

それからふたりして一生分ぐらいは涙を流したと思う。

気づいたときには陽のシャツがぐちょぐちょに湿っていて、俺はついでにチンと鼻をかんだ。

「汚なッ?!」

「ばか、ふりに決まってんだろ」

「でもあんた、まじに鼻水たれてるよ」

「美男子としたことがッ?!」

「嘘《うそ》だよーん」

言いながらけたけた笑う。

もうどうしようもないぐらいくたくたになっていた俺は、ごろんとベンチに寝転がった。

隣で陽《はる》もそれに倣う。

どちらからともなく、自然と手をつないだ。

こんなにしょぼい田舎のしょぼい展望台だけど、空には誰かがバケツごとひっくり返したような星屑《ほしくず》がちりばめられている。

「どうすんの、野球部のこと」

静かな問いかけが響く。

「陽は、どうしてほしい？」

「そういうあんたは嫌い」

「正直、まだ揺れてるよ。去年、理不尽な目に遭って出番をもらえなかったのは祐介《ゆうすけ》も同じだ。平野《ひらの》たちだって、俺に頭を下げにくるのは相当な覚悟が必要だったと思う。だから助けてやりたいって気持ちがないと言ったら、嘘になる」

「そういうあんたは大好き」

「いまさら戻って力になれるのかは疑問に思わないんだな」

「また嫌いなあんただ」

「俺が手を貸せば一回戦に勝てる確率は格段に上がると思う。あいつらには実戦うんぬん言ったが、そこは素振りをしながらイメージで補ってきたし、身体《からだ》はいつでも戦える状態に整えてる。一週間死ぬ気で打ち込めば、手先の感覚も取り戻せるだろうな」

「大好きなあんた」

「だけど割り切れないよ、陽。いま祐介や平野たちのためだけに全力でバットを振れるかと聞かれたら、振れない。その程度の気持ちで出たり入ったりしたら野球に申し訳が立たない」

「大好き」

「もう少しだけ、あとほんの一日か二日だけ、考えさせてほしい。去年の夏を、ちゃんと終わらせるために」

ぎゅっと強く、陽の温かい手を握りしめた。

紺青色の空に、デネブ、ベガ、アルタイルが、ちかちかと瞬いている。それらを繋《つな》いだ線は、うんと昔、近所の友達と遊んだ二塁のない三角ベースボールみたいに無垢《むく》できれいだった。

プラスチックのカラーバットとカラーボール、それだけでよかったのに。

「なにか願い事でもしようか」

陽が思い出したように言った。

「なんだよ急に」

「今日は七夕だよ？」

そうか、と思う。

小学校の頃、短冊に書いたのはやっぱり「プロ野球選手になりたい」だったな。

「じゃあ、陽《はる》が陽らしく歩んでいけますように」

俺が言うと、くつくつと押し殺したような笑い声が響く。

「びーびー泣いたあとでかっこつけすぎでしょ。だったら私は、千歳《ちとせ》がもう一度ホームランを打てますように、かな」

それから陽は照れ隠しのように続けた。

「私たちは織り姫と彦星って柄じゃないね」

「俺がいたって、陽は機織《バスケ》りやめそうにないもんな」

「なんならパス出し手伝わせるけど」

「一年に一度しか会えなくなったとしても？」

「そんときゃ１ｏｎ１かな」

「スパルタに耐えかねた彦星が逃げ出したんじゃねぇだろうな」

「天の川泳いでとっ捕まえに行くね、私なら」

あんまりにもらしいその台詞《せりふ》に苦笑しながら、織り姫と彦星もどこかでこんなふうに手を繋《つな》いでやさしい夜を過ごしているといいな、と思う。

りぃりぃ、ふるるるる、ちちち。

あちこちで、名前も知らない虫たちが気持ちよさそうに鳴いている。

ときどき弱い風が吹き、木々がくすぐったそうに葉を揺らした。

田舎の夜の音がする。

田舎の夜の匂いがする。

海まで渡るはずだった俺の夢は、いつのまにかこんなところに転がっていた。

「ねぇ千歳」

陽が言った。

「キスしよっか？」

俺はふっと口角を上げてから、誰かさんの台詞をなぞるように言葉を返す。

「そういうあんたは嫌い」

まるで戻ってくる答えがわかってたみたいに、陽はくすりと小さく笑った。

「……そういうあんたを、愛してるよ」

ありがとうを言えてなかったな、と思う。

だけど薄っぺらい言葉を口にしたくはないな、と思う。

いつかちゃんと、返すから。

いまはただ、陽にもらったあったかい光を抱いていよう。

もう二度と、胸のなかが空っぽにならないように。

三章　ハートに火を点《つ》けて

足羽山《あすわやま》に登った次の日、坂道で普段とは違う部分を使ったからか、俺は鈍い筋肉痛を引きずりながら学校へ向かった。

身体《からだ》はいつでも戦える状態に整えてる？

うーん、誰でしょうね偉そうなこと言ってたのは。

昨日の夜はいろんな感情がぐちゃぐちゃに混じり合ってほとんど寝られなかった。

弱々しい声を出していた監督、怪我《けが》をした祐介《ゆうすけ》、深々と頭を下げていた平野《ひらの》や他の仲間たち、そして、陽《はる》。

次から次へといろんな顔や言葉が浮かんでは消えていく。

結局、答えはまだ見つかっていない。

おかげで午前中の授業をぼーっとしたままで過ごしてしまった。


そうして迎えた昼休み。

俺は購買のパンを届けるという理由にかこつけて、また女バスの昼練を見学していた。

陽のプレーを見ていればなにかが変わると思ったのかもしれないし、なんとなく、スポーツの熱に触れていたかったのかもしれない。

女バスは相変わらず昼食もとらずに走り回っていた。直後にハードなトレーニングはできないからと後回しにしているのは理解できるが、それにしたってしんどそうだなと思う。

今日は実戦形式の練習をしているようだ。

「センっ、諦《あきら》めるのが早すぎる。抜かれそうになっても必死に食らいつけっ！」

チームの誰よりも大きな声を出してコート上を走り回っているのは陽だ。

おそらくこのあいだの東堂舞《とうどうまい》との対決を経て燃えているのだろう。

いつも以上にぴりっと指示を飛ばしている。

「ヨウはプレーが大雑把《おおざっぱ》すぎる。ただブロックやリバウンドに入るんじゃなくて、ポジション取りをちゃんと考えて」

ボールがスリーポイントライン付近で七瀬《ななせ》に渡る。

今日もふたりは別のチームに分かれているようだ。

七瀬はシュートモーションに入り、それに釣られたディフェンスが跳んだのを見て外を走る仲間にパスを出した。

受け取った子はドリブルで切り込んでシュートを狙うがリングに弾かれてしまう。

「ナナッ!!」

そのプレーを見た陽が叫んだ。

「なんでいま自分で打たなかったの。フェイクで釣るまではいい。でもそのあと自分でスリー狙えたでしょ！」

　対照的にクールな声が応じる。

「狙えるのと入るかどうかは別だよ。私は確率の高いほうを選んだまで」

「いつまでそれ続ける気⁉　格下相手ならともかく、ぎりぎりの試合であんたがスリー決めてくんないと話にならない」

「熱くなりすぎだよ、ウミ」

「まだ時間のあるいま熱くならないでどうすんのっ！」

「——チッ」

　珍しく、七瀬《ななせ》が苛立《いらだ》って舌打ちをしたように見えた。

　ちょっとよくない雰囲気になってきたな、と思う。

　陽《はる》はまだ納得のいってない顔で味方からボールを受け取り、

　——ドサッ。

　まるで糸が切れたようにひざから崩れ落ちた。

「ウミっ!?」

「陽ッ!!」

七瀬とほとんど同時に声を上げる。

俺は手に持っていたパンを放《ほう》り投げてステージから飛び降りた。

ぼんやりと立ち尽くしている他のチームメイトたちの間を縫うようにして駆け寄る。

「陽っ、陽ッ！」

たいした知識なんざ持ってないが、慌ててその状態をチェックした。

「うぅ……」

小さくうめきながらも呼吸はしている。外傷もない。

練習中にこういう倒れ方をするやつは過去にも見たことがあった。

「誰か、保健の先生呼んできて！」

七瀬が隣で叫ぶ。

「多分、貧血か脱水症だ。俺が保健室まで運ぶ」

そのまま陽のひざと脇の下に手を入れて持ち上げた。

ぐったりと力の抜けた身体《からだ》は想像以上に重く感じたが、この程度なら問題はない。

心配そうな顔で七瀬《ななせ》がついてこようとする。

俺は立ち止まってそっと耳打ちをした。

「陽《はる》はなんとかするからお前はこの場を」

七瀬ははっとした表情になり、それからこくりと頷《うなず》いた。


抱えた身体《からだ》をあまり揺らさないように注意しながら、可能な限り急いで保健室へと向かう。

意識さえはっきりしてれば太ももやわらかさでもからかって気を紛らわせてやるところだが、陽はうわごとのように何度も繰り返していた。

ごめんね、みんなごめん、と。

保健の先生に診てもらったところ、断言はできないがやはり軽い貧血か脱水症の可能性が高いということだ。

しばらくベッドで休ませながら様子を見て、病院に連れていくかどうかを決めるという。

なにか食べられそうなものを買ってくると言って、先生は保健室を出て行った。

俺はパイプ椅子《いす》を置いて横に座る。

「なにやってんだよ、ばか」

エアコンの効いた部屋だからか、陽は落ち着いてすやすやと眠っているようだ。

多分、俺の知らないところでも相当ハードに練習しているのだろう。

疲れがいっきに出たのかもしれない。

昨日のことを考えると、それなりに責任を感じてしまう。

ポニーテールの結び目が邪魔そうだなと思って、俺はなるべくそっとほどいてやった。

「ん……」

小さく身じろぎした陽が、うっすらと目を開ける。

「あれ……千歳《ちとせ》？」

「わりぃ、起こしちゃったか」

「なんで、私、えっ?!」

そこで意識がはっきりしたのか、がばっと跳ね起きて、なぜだか首元からTシャツの中を覗《のぞ》き込む。

「酔っ払って一夜の過ち犯したみたいな反応すんじゃねーよ」

つーか急に起き上がんな、と俺は陽の身体を支えてもう一度寝かせる。

「そっか、練習中……」

「急にぶっ倒れたんだ。多分貧血か脱水症だとさ。朝飯食ったか？」

「なんか昨日いろいろあったせいかうまく眠れなくてさ。明け方にやっとうつらうつらしたんだけど、起きたら朝練に遅れそうになってて……食べてない。言われてみれば、ぼーっとしてて水分も全然とってないや」

「朝練って言っても自主練の延長だろ。メシぐらい食ってから行けよ」

「駄目だよ、私が言い出したんだもん。遅れるなんてありえない」

俺はこれ見よがしにため息をついて、自販機で買ってきたポカリスエットを差し出す。

「それで倒れてたら元も子もねーな。飲めるか?」

こくん、と頷《うなず》きながら受け取ろうとしたペットボトルは、そのままぼすんとベッドに落ちた。

「やば、ちょっと力入んないかも……」

「ったく世話の焼ける」

俺はポカリの蓋《ふた》を外し、陽《はる》の背中に手を添えて軽く抱き起こした。

ボトルの口を陽の口に添え、

「いくぞ?」

ゆっくりと傾けた。

こく、こく、こく、こく。

そうとう喉《のど》が渇いていたのだろう。

口の端からこぼれるのも気にせず、三分の一ぐらいをいっきに飲んだ。

軽く上気した頰《ほお》や潤んだ瞳《ひとみ》を見ているのが照れくさくて、指先で乱暴に口許《くちもと》を拭《ぬぐ》ってやる。

「ここまではどうやって?」

もう一度枕に頭をつけた陽が言った。

「覚えてないなら惜しいことしたな。こんなイケメン王子様にお姫様抱っこしてもらう機会なんてそうそうないぞ。すれ違う女の子みんなキャーキャー騒いでた」

「――くッ。誰か私を殺して」

ばふっと掛け布団を引き上げて顔を隠す。

五秒ほど間を置いてから、

「汗……」

そろそろと目だけを覗《のぞ》かせて言う。

「私、汗くさくなかった?」

「安心しろ。昨日の夜嫌ってほど嗅《か》いだからいまさら気にもならん」

「よし、回復したらその鼻もぐ」

「自慢の天狗の鼻だからやめて?」

それはかつて監督から投げつけられた言葉にかけた台詞《せりふ》だったが、陽も気づいたのだろう。

ふたりで目を合わせてぷはっと吹き出した。

たったひと晩でジョークにできてしまうもんだな、とちょっと複雑な気持ちになる。

だけどまあ、それなりに悪くない変化だ。

「っ、早く戻らなきゃ」

「あほか、病人は寝とけ」

「でも……」

「あっちは七瀬《ななせ》がうまくやってくれてるはずだ」

「そっ、か」

あーあ、と弱々しい声を上げながら、陽《はる》は手の甲で自分の目許を隠す。

「うまくいかないな、なかなか」

ちょうどそのタイミングで先生が戻ってきて、俺は保健室をあとにした。

＊

昼休みが終わるまではあと二十分ほど残っている。

あのまま練習を続けているとも思えないが、七瀬への報告をかねて体育館へと引き返す。

開いたままの入り口から、なにやら穏やかじゃない声が聞こえてきて思わず足を止めた。

ぱしゃぱしゃと、フラッシュのように嫌な記憶がよみがえってくる。

「ナナさん、もう無理ですよ」

「最近のウミさん、ちょっと暴走しすぎじゃないですか？」

俺はそのまま扉にもたれかかって耳を澄ませた。

七瀬がやわらかい口調で言葉を返す。

「もう一回確認しておきたいんだけど。みんなはさ、ぶっちゃけそこまで本気でインターハイとか目指してない？　せっかくの機会だから本音を聞かせてほしい……セン、どう？」

「インターハイは小さい頃からの夢だったし、あの日の誓いは忘れてない。いまでも本気で行きたいって思ってるよ。でも、ただ練習時間を増やせばいいってもんじゃ……ないと、思う。ウミだって結局自分が倒れてるし」

「そっか。じゃあ短い時間で集中したほうがいいってこと？」

「放課後の三時間でも、質の高い練習はできるんじゃないかな」

反射的にいらっとしたのは、俺が陽の肩をもっているからだろうか。

それとも、自分の過去を突きつけられているような気分になるからだろうか。

「ヨウは？」

七瀬が続ける。

「もちろん私だってインターハイ……いや、インターハイ優勝を目指してる。ナナとウミがいるいまのチームなら、無理じゃないって思うよ。けど気持ちばっかり焦っても仕方ないじゃん。指摘された欠点をすぐに修正できる人間ばかりじゃない」

違う、と叫びたくなった。

わずかな時間を見学しただけだが、あいつは一度たりともいますぐ直せなんて言ってない。

ただ、意識して練習しようと繰り返してただけだ。

「了解、他の子たちは？」

そこから先は、ひたすらに一方通行な意見が続く。

どれだけ自分の受け取り方がねじ曲がっているのか判断がつかないけれど、そのほとんどは「インターハイには行きたい。でもそんなに頑張りたくはない」と言ってるようにしか聞こえなかった。

……そういう、ことか。

すべての意見が出尽くしたあと、七瀬《ななせ》がうまく場をまとめて女バスは解散する。

陽《はる》の容態が気になったのだろう。

みんなが向かう部室とは反対方向、俺の立っていた入り口から七瀬が出てきた。

「いつからだ？」

「っ……千歳《ちとせ》」

「いつから陽は孤立してる？」

その質問に、泣き出しそうな笑みが返ってくる。

「キャプテンになってから、ずっとだよ」

放課後、練習が終わったら千歳の家で。

それだけ言い残して七瀬は保健室に向かった。

＊

「やあ」

十九時半を少しまわった頃、約束どおり七瀬がやってきた。

「先にシャワー浴びていい？」

「男の家に来て早々ナニ言ってんの？」

「もう少しピンクな空気とか漂わせてからにしとく？」

「すでにムードもへったくれもねぇよ」

いつもどおりのやりとりを交わすが、その表情はどこか冴えない。

まあ、これからする話を考えたら当然かもしれないが。

俺はなるべく明るい声で言う。

「ったく、腹減ってんだろ。カレーならあるけど食うか？」

「食うーッ！」

「じゃあさくっと汗流してこい。鍋あっためておくから」

クローゼットからなるべくきれいなバスタオルを取り出して七瀬に渡そうとすると、

「あ、大丈夫だよ。新しいの二枚買ってきたし」

ショップの袋を掲げてにこっと微笑《ほほえ》む。

「毎回借りるのも悪いしね、マイタオル」

「うちは馴染《なじ》みの銭湯じゃねぇんだぞ」

「あとは替えの下着と……」

「お願いそれはやめてぇッ!!」


シャワーの音を少しでも遠ざけるために、俺はチボリオーディオの電源を入れる。

Bluetoothで繋《つな》いだスマホの音楽を再生すると、サイダーガールの『群青』が流れ始めた。

七瀬《ななせ》が来る前に作っておいたカレーの鍋を火にかける。

とくだん食いたかったわけでもないが、ひとりで待っていると余計なことを考えてしまいそうだったので、玉葱《たまねぎ》三個をみじん切りにしてひたすら飴《あめ》色になるまで炒めながら時間を潰《つぶ》していたのだ。

やがてドライヤーの音が聞こえてきたのを見計らって鉄フライパンを温め、油をなじませてから卵をふたつ落とす。しばらくそのまま放置し、卵の底がかりかりに、黄身の端がぷくりと膨らみ始めたところで火を止めた。

ちょうど七瀬が出てきたので、カレーの上にそれぞれ目玉焼きをひとつずつ乗せて麦茶といっしょにテーブルの上に並べる。スープを作る暇はなかったので、インスタントのコーンスープをマグカップに入れて出した。

「さーて、千歳《ちとせ》食堂、本日のメニューは?」

シャワーを浴びてさっぱりしたのか、少し調子を取り戻した七瀬が言う。

「ひき肉、茄子、玉葱、ピーマン、トマト、オクラを適当にぶち込んだシェフの気まぐれ夏野菜カレーになります」

というかぶっちゃけ優空《ゆあ》がご飯作ってくれたときに余った食材ばかりなんだが、言うとへそ曲げられそうだから黙ってよう。

「「いただきまーす」」

七瀬はさっそくスプーンの先で目玉焼きを割る。

ちょうどいいあんばいで半熟になっていた黄身がとろんと流れ出した。

「美味《おい》しいー!　おうちのカレーって感じ」

「辛くないか?」

「うん、ちょうどいい感じ」

「そりゃよかった」

「そこの君、シェフを呼んでくれたまえ」

「俺だよ」

つっこみを入れながら、目玉焼きにマヨネーズをかけた。三つの小さい穴がちゅるちゅると白い線を描き出す。

「げ、カレーの目玉焼きにマヨネーズかけるの？」

「なんだよ、わりと合うぞ？」

今度は七味の瓶《びん》を手に取る。

「七味?!」

「普段は辛口のルー使うんだけど、今日は七瀬《ななせ》が食べるかもと思って中辛にしといたからな。つーか、かけられそうなものにはだいたい七味かける。味噌汁とか漬物とか煮物とか卵かけご飯とか」

「うへぇ……」

俺は瓶を持った右手の甲を、軽く握った左手でとん、とん、と叩《たた》いて七味を振りかけていく。

途端、七瀬がぷふっと吹き出した。

「なにそのかけ方?!　とんとんって、可愛いかよ！」

「だぁー、うっさい！　メシぐらい好きに食わせろ」

いつだったか、同じ理由で笑われたなと思い出す。

まだくすくすと可笑《おか》しそうにしている七瀬が言った。

「そういえば、うちのお父さんもカレーにウスターソースかけてよく怒られてたな」

「ちゃんと味つけしてるのにせめてひと口食べてからにして、ってか？」

「千歳《ちとせ》も女の子にご飯作ってもらったときは気をつけないと」

大丈夫、もう優空《ゆあ》に怒られて学習したあとだ。

「でもさ、こういうのあるよね。小さい頃、友達の家に行ったときとかさ」

「カルピスが濃い、みたいな話か？」

「そうそう。私がびっくりしたのは陽《はる》の家。玄関のところにボックスみたいなのが置いてあって、ちゃんと瓶の牛乳が届くの。その場で腰に手を当ててぐびぐびーって」

「風呂上がりのおっさんかよ、あいつは」

ふたりで目を合わせて、同時にけらけらと笑う。

それから七瀬はどこか寂しげな表情を浮かべた。

「――さて、どこから話そうかな」

*

カレーを食べ終え、食器を洗ってもらっているあいだにふたり分のコーヒーをいれる。

並んでソファに腰掛けると、七瀬が意を決したように口を開いた。

「千歳《ちとせ》はどこまで感づいてる？」

「細々した部分はなにもわからないが、いま起こってることはなんとなく想像がつく。ようするに、チームメイトが陽《はる》についてこれてないんだな？」

こくっと、頷《うなず》く気配が伝わってきた。

「先月のインターハイ準決勝。東堂《とうどう》の芦葉《あしば》高校に負けて、先輩たちの引退が決まった。二年でスタメンに入ってたのは私とウミだけだったけど、センも、ヨウも、後半は交代で試合に出てさ……みんなでわんわん泣いたよ」

そうか、あのときの控えメンバーがセンとヨウか。

――芦高が主力選手をローテーションで休ませながら余裕をもった試合運びをしていたのに対して、藤志《ふじ》高は可能な限りスターティングメンバーのままで戦おうとしていたし、実際、交代で入る選手の実力は明らかに見劣りしていた。

試合を見終わったあと、自分がそんなふうに評価していたことを思い出す。

「とくにセンとヨウは、『先輩をインハイに連れて行けなかったのは自分たちが弱かったせいだ』って責任感じててさ」

その日の夜、と七瀬《ななせ》は続ける。

「大会の反省会というか、まあ打ち上げだよね。そこで新キャプテンが陽に決まった。美咲《みさき》先生、先輩、後輩、セン、ヨウ、もちろん私も、満場一致だったよ」

「話の腰を折るわけじゃないけど、七瀬と票が割れたりはしなかったのか？」

陽がキャプテンを務めることにはなんの疑問もないが、互角の実力や冷静な性格を考えればこっちを推す声があってもおかしくはないと思う。

しかし七瀬はゆっくりと首を横に振った。

「みんな気づいてたんだと思う。本当にもうひとつ上のステージを目指すなら、ああやって先頭でぐいぐい引っ張ってくれるタイプがキャプテンになるべきだって」

ここまで聞いてるかぎり、チームメイトの心はひとつになっているように思える。

俺は黙って先を促した。

「それで再始動の日、練習前に部員だけでミーティングをしたの。新チームでどこまで目指すのか。これも満場一致。センも、ヨウも、『二度とあんな想いはしたくない。来年はインターハイで頂点《てっぺん》をとろう』って息巻いてて、いい雰囲気だったよ」

ただ、と伏し目がちに続ける。

「陽はそれだけじゃ駄目だと思ってたんだ」

少し長くなるよ、と七瀬は言った。

＊

——私、七瀬悠月《ななせゆづき》は新チームでの初練習後、陽《はる》に呼び止められた。

「ナナ、このあとちょっといい？」

コートネームってことは、きっと部活絡みの話だろう。

厳密にルールなんか決めてないけれど、私もバスケの話をするときはウミ、普段は陽と呼び分けることが多かった。

ふたりとも小腹がすいていたので、コンビニで飲み物とホットスナックを買ってから近くの河川敷に腰を下ろす。

「とりあえず」

陽は福井ご当地ドリンクのローヤルさわやかをぷしゅっと開けた。千歳《ちとせ》にひと口もらって久しぶりに飲んだら美味《おい》しかった、なんて話していたことを思い出す。

「新しいキャプテンと副キャプテンに」

そう言ってぐっとボトルを差し出してくる。

私は自分のアイスカフェラテをこつんとぶつけた。

「「カンパーイ」」

ぐびぐびっと一気にさわやかを飲んだ陽が、炭酸でけぽけぽむせる。

「あーあ、負けちゃったねぇ」

「……だね」

思えば予選で敗退してから、こうやってふたりで話すのは初めてだった。

梅雨入り前の六月頭。

夕焼けを反射する川沿いの風が、練習で火照《ほて》った肌に心地いい。

しかしそのりんとした涼しさは、季節がまだ夏の手前なのだということをじくじくと突きつけてくる。

インターハイ予選敗退。

まだ始まってもいないうちから、私たちの夏が終わってしまった。

「ナナはさ」

陽がぼんやりと川を眺めながら口を開く。

「このままの私たちで、本当に来年芦高や他の強豪と戦えると思う?」

戦える、というのは上位まで勝ち残って対戦するという意味ではないだろう。

確認するまでもなく、勝てるかどうか、だ。

私は思っていることを素直に口にする。

「正直、先輩たちのチームよりポテンシャルはあると思うよ。センのディフェンスセンスにヨウの高さ。このへんがうまく機能すれば弱点だった守りが厚くなる。ただ……」

「ハートが弱い、だよね？」

困ったように陽《はる》が笑い、私はゆっくりと頷《うなず》いた。

これは一、二年生みんなに言えることだが、体育会系っぽい泥臭さとか熱さがない。たとえば練習を見ていても、可能な限り自分を追い込むというより、うまく力やペースを配分しながら与えられたメニューを要領よくこなす。

そういう態度は試合でのプレーにも直結していて、端的に言えば自分に見切りをつけるのが早い。もう一歩粘れば、走れば、跳べば、結果は変わるかもしれないのに、その手前で諦《あきら》めてしまう。

どんなときでも心のどこかが醒《さ》めている、とでも言えばいいのだろうか。

きっと、将来的に社会なんかで生きていくには賢いやり方なんだと思う。

だけどスポーツマンとしては致命的だ。

このままじゃ、常に自分の可能性をノックし続けているような連中には絶対勝てない。

「それってどうしてだと思う？」

陽がこちらを見る。

みんなそこまでバスケに賭けてないと言われたらお手上げだが、少なくとも試合に負けたあとの涙やインターハイを目指すという言葉に嘘《うそ》はなかったように思う。

「本気になるのが恐い、ってことなんじゃないかな」

きょとんとした表情が返ってくる。

そりゃあ、年中無休全力全開娘のあんたには逆立ちしたってわからない気持ちでしょうよ。

「当たり前のことだけどさ、本気になるとどこかで限界にぶち当たるじゃない？　練習がきつすぎて吐くかもしれないし、死ぬ気でプレーしたのに軽く捻《ひね》られるかもしれない。これ以上は無理ってほど努力しても届かなかった夢を、鼻唄まじりでかっさらっていくやつがいるかもしれない。そういう自分を見たくないいんじゃないかってこと」

「だけど、本気にならなかったら自分の限界もわからないよね。超、え、ら、れ、る、か、も、し、れ、な、い、っていう、限界の、そ、の、先、も」

「最初から『こんなもんだよね』って線を引いておけば、自分の本気が否定されるほどには傷つかないんだよ、きっと。誰だって、できる可能性を手探りするよりもできない理由を見つけるほうが簡単だから」

「そっかぁ……」

ぱんぱん、とスカートのお尻《しり》をはたいて陽が立ち上がる。

「いまの仲間たちと頂点《てっぺん》の景色見に行きたいよね」

「もちろん、そこは私も同意見」

「でもきっと、『本気になれ』なんて言っても意味ないんだよね」

「人から言われて変わるぐらいならとっくにやってると思うよ」

そう言うと、くるっと陽《はる》が振り返った。

「――じゃあさ、私がみんなに背中を見せるよ」

夕暮れを背負いながらにかっと笑う。

「熱くなるのは、泥臭くなるのは、がむしゃらになるのは諦《あきら》めないのは、本気になるのは格好悪いことなんかじゃないんだぜ、って。ハ、ハ、ハートに火を点けてあげる」

あいつみたいにね、とぽつりつぶやいてから続ける。

「練習はいまより追い込むし、みんなが手を抜いてたらきっちり叱《しか》る。その代わり、他の誰よりも私が地べたを這《は》いつくばって血反吐《ちへど》を吐く」

「ウミ……」

「だからナナは、副キャプとして裏でみんなのサポートしてくんないかな？　弱音とか私への愚痴とか、そういうの聞いてあげたりさ」

「それって」

「憎まれ役はひとりでいい。鬼のウミさん仏のナナさん、みたいな？　その代わり来年、最後は一番高いところに立ってみんなで笑おうよ」

強い覚悟に固められたその言葉を、私は黙って受け入れることしかできなかった。

＊

「うまく仏のナナさんこなしてたつもりなんだけどね、そろそろ限界かも」

七瀬《ななせ》が悔しそうにつぶやく。

「ウミの熱さが空回りしてる」

「……くそッ」

思わず俺はそう吐き捨てた。

練習中に七瀬が見せた舌打ちは、ある意味で自分自身に向けたものだったのか。

「安易に任せたのも悪かった。思い出しちゃったんだよ。中学の準決で当たったとき、ウミは本当に自分の熱をチームに伝播させて戦ってた。そういうあの子に私は負けたから」

「みんなに真実を伝えるってのは？」

「もちろんさっきウミには相談した。けど、『それだとまた馴れ合いに逆戻りしちゃう。私はあの子たちと本気をぶつけ合って上目指せる仲間《チーム》になりたいんだ』って」

「っ、あの強情っぱりめ」

どうして気づいてやれなかった、と自分を責める。

冷静に考えてみれば、兆候はいくつもあったはずだ。

『おうよ！　次こそ絶対に叩《たた》き潰《つぶ》す。来年は打倒芦高、目指せインターハイ。そのためには徹底的に鍛え直すし、キャプテンとして私にできることはしなくちゃ』

できることって、そういうことかよ。

あのとき七瀬が煮え切らない反応をしていた理由もわかった。

『ま、鬼キャプテンの近くじゃ落ち着かないっしょ』

ただの冗談だと思うだろ、普通。

『キャプテンがそんな理由で休むわけには』

『キャプテンだから、だよ。そういう手本の見せ方もあるってことさ』

『ウミを舐《な》めすぎだよ、あいつはもっと先を見てる』

最初から気づいてたんだな、美咲《みさき》先生は。

『それでも引かない、か』

『それでも引けない、だよ。あの子は背中で見せようとしてるんだ』

そりゃそうさ。

限界にぶち当たってふっ飛ばされて、それでも立ち上がる姿をみんなに示してるんだから。

『それから、明日が見えなくなりそうなとき』

黙って俺を見ていた七瀬《ななせ》が優しい表情で言う。

「いつか褒《ほ》めてあげてね。ウミ、千歳《ちとせ》には弱音吐かなかったでしょ？」

吐かなかったどころか——、

『もしも千歳が辛い気持ちになっても必ず笑顔にしてあげる。

泣きたくなったらそばにいてあげるし、腹が立ったらいっしょに怒ってあげる。

情けないときは叱《しか》りつけて、立ち上がれないときには勇気をあげるよ』

あいつは、自分がそんな状況に置かれていながら俺の弱音を受け止めてくれたのか。

多分、と七瀬が続けた。

「早ければ明日、チームが割れると思う。私はあの子から任された役目がある。だからそのときは……」

そうしてぎゅっと、すがるように俺の手を握りながら、

「ウミを、お願いだよ？」

哀しげに言う。

俺はただただ、その予想が外れればいいなと願った。

＊

そうして迎えた翌日の放課後。

どうしても気になって体育館の入り口から練習を覗《のぞ》いていたが、

「――もういい加減にしてッ!!」

口火が切られてからはあっというまだった。

「もっと粘れる、走れるって、私なりに精一杯やってるの。どうしてウミにまだ本気じゃないとか言われなきゃいけないの?!」

最初に我慢の限界を迎えたのは、センと呼ばれているショートカットの女の子だ。どちらかというとおとなしい印象を受けていたが、だからこそ普段との違いに感情の昂ぶりがひりひり伝わってくる。

陽《はる》は淡々とそれに応じた。

「わかるよ、わかっちゃうんだ。センがどれだけ自分の言葉で自分を誤魔化《ごまか》そうと、本気側《こっち》にいる人間には透けて見える」

「なにそれ、自分は私たちとは違うって言いたいわけ？　東堂舞《とうどうまい》に挑んで手も足も出なかったくせにッ！」

「────ッ」

「その東堂舞は、こんな格下のチビ相手に笑っちゃうぐらい本気《まじ》だったよ」

「いま、ナナのスリーどうしてブロックいかなかった？　どうせいっつも決められてるから今日も無理だと思った？　何度でも繰り返すけど、いますぐ華麗に止めろってことじゃなくて、止めようとはしようよ。練習ってそういうことじゃない？」

センは、ダンッとボールを床に叩《たた》きつける。

高く跳ねたボールが、てん、てんと寂しそうに転がっていく。

「ウミは才能があるからそんなに迷いがないんだよ。頑張ったら頑張った分だけ上にいけるだけの素質があるから」

「私は……私の持ってないセンの才能《十センチ》がうらやましいけどね」

そこで、東堂舞と同じぐらいは身長があろうかというヨウが割って入る。

「ウミはいいよ。たとえ負けたとしても、身長が低いことを言い訳にできるから」


――っざけんなよ。

陽がたった一度でも身長を言い訳にしたことがあるか！

思わずかっとなって飛び出しかけたところで、

「うきゅぅ～」

首根っこを引っ摑《つか》まれる。

「ばかもの、ウミとナナがこらえてるのにお前が切れてどうする」

いつのまにか背後に立っていた美咲《みさき》先生が言った。

俺は軽く苛立《いらだ》ちながらその手を振り払う。

「陽のやってる憎まれ役、本来は顧問の仕事なんじゃないですか？」

「綿谷先生のように、か？」

想定外の方向から殴られたような気分だった。

俺の動揺を察したのか、美咲先生が続ける。

「落ち着け。私はあの人の指導方法が正しいとは思っていないし、あえての憎まれ役だったのかどうかなんて知るよしもない。ただ、そうやって上から押さえつけられて押しつけられたお前たちは前に進めたか？」

　過ぎ去った日々を思い返し、奥歯をぎりぎりと噛《か》みしめた。

「私のバスケじゃない、あの子たちのバスケだ。自分で気づくしかないんだよ。限界を決めてるのが誰か、ってことにはな」

　体育館の中で、陽《はる》がヨウの言葉に反論する。

「へぇ？　だったら私も言おうか？　ヨウはいいね、身長が高いだけで試合に出られて」

　わざとだ、と思う。

　陽は言っていた。

　――他人が持ってるものだけを見て妬《ねた》むような真似《まね》はしたくないんだよ。

きっと、それに気づかせようとしているんだ。

もしかしたら陽はセンやヨウより運動神経ってやつがいいのかもしれない。

だけどセンやヨウは陽がどれほど望んでも手に入れられない身長を持っている。

無い物ねだりをしていたってきりがない。

本気で上を目指している連中は、誰もが与えられた武器で必死にあがいてる。

自分が頑張らない理由を他人の才能に求めるな。

遠回しに、そう伝えようとしているんだ。

けれど、切実な言葉は空を切る。

「はぁー、やってらんなッ！　もういいよ、どうせ持ってるやつに持たないやつの気持ちはわかんないから。ひとりでインターハイ目指してれば」

バスケという競技において、その場にいる誰よりも持っていない《身長の低い》陽に向けてヨウが言った。

ダンッ、と叩《たた》きつけたボールが合図だったように、セン、ヨウを先頭として部員たちが次々と体育館を出て行く。

「こりゃあ、一週間ほど休みだな」

美咲《みさき》先生がどこか達観した声で言った。

とん、と俺の肩を叩いて去って行く。

そうか、今日は女バスが全面を使える日だったんだな。

体育館がほとんど空っぽになったところで、俺は場違いにそんなことを思った。

最後まで残っていた七瀬《ななせ》が心配そうな顔でちらりと陽に目をやったあと、副キャプテンの顔を作ってから念を押すように俺のほうを見る。

『ウミを、お願いだよ？』

部室のほうへと消えていく黒髪を見届けたあと、俺は体育館に足を踏み入れた。

陽は両手でボールを持ったまま、微動だにせずぽつんと立ち尽くしている。

その背中にそっと手を添えた。

「陽《はる》……」

「千歳《ちとせ》ぇ」

振り返ったその表情は、精一杯、負けないように、折れないように、泣かないようにと唇を嚙《か》みしめて、それでも笑おうと口の端をひくひくさせながら、

「どうしよう。私、仲間がいなくちゃ戦えないのに、ひとりじゃうまく飛べないのに、不完全なのに──みんな、いなくなっちゃったよ」

ぐちゃぐちゃに、歪《ゆが》んでいた。

＊

それでもまだ涙をこぼさず両足で踏ん張っている陽を、俺は無理矢理屋上へと連れ出した。

フェンスに背中を預けてふたりで座り、そのあいだによく冷えたサイダーを一本置く。

まるで顔を隠すようにひざを抱えた陽はそれに手をつけず、空っぽの明るい声で言った。

「へへ、ちょっと熱くなりすぎちゃったかな。あとで謝んないと」

そんなに軽い状況じゃないことは、自分が一番よくわかっているだろう。

仲間たちから明確な拒絶を突きつけられたのだ。

――お前といっしょにバスケはできない、と。

「一週間ぐらい休みにするってさ、美咲《みさき》先生」

「っ……そっか、それがいいかもね。私のわがままにみんなを付き合わせちゃったから」

「来週末なんだろ、芦高との練習試合」

奇しくもそれは、野球部の一回戦が行われる土曜の翌日。

隣から反応はない。

「悪かったな、なんにも気づいてやれなくて」

「なにそれ、旦那《だんな》に助けてほしいなんて思ってないよ。これはうちらの問題だから」

「仲間から見捨てられた、いや、見捨てた俺に話しても仕方ないか？」

「違う!!　私はあのときのあんたみたいに――ッ」

空は腹が立つほど青々と澄み渡っているのに、ほんの一瞬顔を上げた陽は、すぐにまたうつむいてしまった。

まるでお祭りの黒い出目金みたいだな、と唐突に思う。

物珍しいからみんなが欲しがるけれど、その実、すいすいと上手に泳ぐ真っ赤な和金に混じって不器用にじたばたあがいてる。飛び出た不格好な目は、ちょっとしたきっかけで傷ついてしまうことだってあるだろう。

本当は混泳なんてさせないほうがいいんだ。

同じやつらが集まれば、一匹だけが狙われたりなんてしない。のけ者になったりしない。

それでも俺たちは、そういう水槽で生きていくほうを選んだ。

やっぱり、どこまでも不器用で不格好なんだよな。

俺はサイダーの蓋《ふた》を開け、

「ったく、ややこしい女」

手のひらで口を押さえ、しゃこしゃこ振ってからそれを離した。


――プシュウッ。


夏の始まりみたいな飛沫がはじける。

「冷たッ⁈」

「いつかのお返しだよ。ちっとは頭冷えたか？」

「ジュースは反則だって、あとでべたべたするじゃん！」

「ちっ、練習Tは透けねぇか」

「あんたね……」

　そうしてようやくこっちを見た陽《はる》に、にかっと笑って告げた。

「──あの日の勝者として千歳《ちとせ》くんが命じます。いまここで、吐け」


　はっと、陽が息を呑《の》んだ。

　負けたほうは、いつか勝ったほうに心からの弱音を吐く。

　そんな賭けをしたあの夕暮れ、俺たちがブランコから跳んだ距離は、一センチの差もなくぴったり同じだった。

『引き分けじゃつまんないよ。だったらどっちも勝って、どっちも負けたってことでいいんじゃない？』

　だったよな、陽。

「それに、俺のキャッチボール相手なんだろ。相棒の問題は俺の問題だ」

「――ッ」

とっくに限界だったのだろう。

「私のやり方、間違ってるのかな？　みんなを苦しめてるだけ？　仲良くほどほどに練習してたほうがいい？　そしたら最後に負けてもいい思い出だったって笑えるのかな？」

堰《せき》を切ったように言葉があふれてくる。

「わかんないんだよ。本気でインターハイ目指すの本気はどのぐらいの本気？　どのぐらい加減したらちょうどいい本気？　目標と夢物語の違いはどこにあるの？」

俺はその小さな頭を自分の胸に抱え込む。

すぐにじわっとシャツが湿り、ずっとこらえていた感情が染み出していく。

「っづ、ひっぐ」

それでもまだ、声は必死に押し殺していた。

まるで、ここで泣きわめいたらすべてが終わってしまうと怯《おび》えているように。

本当に強いな、お前ってやつは。

「ごめん、俺はその答えをもってないよ。陽《はる》よりもずっと早くに逃げ出しちまったから」

「千歳《ちとせ》え……あんたに偉そうなこと言ってごめんね？」

陽からもらった言葉が脳裏をよぎる。

『──チームメイトが本気じゃなかった？　あんたの熱で、プレーで、本気にさせてみせろよ！　こいつとなら夢じゃないって脳みそに直接叩《たた》きこんでやれよ！』

「私にも、そんなことできなかったよぉ……」

「──まだ、だ」

俺は強く言い切った。

「努力は必ず報われるのか、って話したよな」

「え……？」

「同じだよ、きっと。本気の情熱は、プレーは、生き様は、本当に仲間に届かなかったのか。誰の心も動かせなかったのか、ただの空回りや身勝手な押しつけだったのか」

「ちと、せ？」

そこまで言って俺は立ち上がり、

「結末はてめぇで見届けるしかない、そうだろ？」

大切な相棒に手を差し伸べた。

「少なくともここにひとり、お前の熱に心を動かされた男がいる」

だから、

「——俺も、もう一度バットを振るよ」

だからふたりで、今年の夏を迎えに行こう。

＊

そうして野球部の練習が終わったグラウンドで、

「一回戦で俺を使ってください。お願いしますッ!!」

かつての監督に深々と頭を下げた。

俺の知らない一年生ふたりを含めた野球部十一人がまわりを取り囲むように立っている。

大事をとってか、松葉杖にギプス姿の祐介《ゆうすけ》が慌てて言った。

「おい、ちょっと待てよ朔《さく》。なんで急に」

それには平野《ひらの》が答える。

「俺たちみんなで……頼みに行ったんだよ」

「っ、それだけはやめろって言っただろッ!!」

じゃりっと音が響き、祐介が平野に詰め寄る気配が伝わってきた。

「お前だけの問題じゃねぇだろ！　でも……はっきり断られたんだ」

「じゃあ、なんで」

松葉杖と片足の不規則な足音が近づいてきて、やがて俺の前で立ち止まる。

「とりあえず顔上げてくれ、朔。なんでお前が頭下げるんだよ」

「野球部のためじゃないからだ」

俺は、はっきりとそう言った。

「べつに怪我《けが》した祐介の力になりたいと思ったわけじゃない。平野たちの説得に心が動いたわけでもない。ただ、自分のために去年の夏を終わらせたくなったんだよ」

「それってどういう……」

「俺なりの引退試合ってやつ、かな」

「──話はわかった」

一時期は耳にすることさえも苦痛だった監督のしゃがれ声が降ってきて、反射的にびくっと身構える。

俺の申し出そのものに驚いた様子はなかった。

さすがにこいつらも監督に相談せずあんな話を持ちかけてきたりはしないだろう。

どうやって説得したのかは知らないが、許可は下りていたということだ。

監督の言葉が続く。

「つまり千歳《ちとせ》が復帰するのは来週の一回戦だけ、文字どおりのピンチヒッターという理解でいいんだな？」

「……はい」

「ならばお前を野球部員としては扱わない。あくまで外部から招いた助っ人であり、お客さんだ。顔を上げてくれ」

俺は言われるがままに身体《からだ》を起こす。

懐かしい仲間たちが心配そうに事の成り行きを見守っていた。

相変わらずの仏頂面から感情は読み取りにくいが、監督は淡々と続ける。

「正直、チームにとって江崎《えざき》の離脱は痛い。このままじゃ初戦突破が難しいことも事実だ」

ひざに手を突き、

「力を貸してくれるというなら、よろしく頼む」

深々と頭を下げた。

思いもよらぬ光景に一瞬、なにが起こっているのかわからず固まってしまう。

「なにか条件があれば呑《の》む、と平野《ひらの》たちが約束していたそうだが？」

続く言葉ではっとして、俺はゆっくり呼吸をしてから口を開いた。

「監督こそ、頭を上げてください」

そうして相手の目を見ながら言う。

「条件はひとつだけ。チーム練には参加せず、当日までひとりで調整したいと思ってます」

「朔《さく》ッ、なんで?!」

祐介《ゆうすけ》が声を上げる。

「こんな大事な時期に空気を乱したくないんだよ。俺がいたら、みんなに大なり小なりの影響はあるだろ？」

「それは……」

まだ納得いかないようだったが、監督はやけにあっさり了承してくれた。

「わかった。なにか必要な道具があれば江崎に言ってくれ」

俺はこくりと頷《うなず》く。

それで話は終わりだった。

あとは任せた、と祐介に告げて監督はグラウンドを出て行く。

その背中が見えなくなってようやく、ぷはあと息を吐いた。

「よろしく頼む、ときたもんだ」

俺がそう漏らすと、近寄ってきた祐介《ゆうすけ》がくすっと笑う。

「お前が辞めてから、あの人もちょっと変わったんだよ」

平野《ひらの》がそれに続いた。

「相変わらず怒鳴るし理不尽なことも多いけどな。でも、昔とは少し違う」

「……そっか」

当たり前だけど、こいつらはこいつらで、俺の知らない一年を超えてきたんだよな。

「なあ朔《さく》、あのときは本当に――」

言いかけた祐介に俺は手のひらを向けて止める。

「そういうのは、もういいよ」

強がりでもなんでもなく、本心からそう言った。

もっと複雑な感情がわき上がってくると思っていたけれど、心は驚くほどに凪《な》いでいる。

「監督も、お前たちも、俺も、きっとみんなどこかが間違ってて、どこかが正しかったんだ」

あいつのおかげで、そんなふうに思えるから。

「俺は俺なりに答えを探す。だからもしお前たちもあの日を引きずっているんだとしたら、お前たちなりの答えを見つけてくれ。それで、お互い前に進もう」

俺はにかっと笑って、向けていた手を握手の形に変えた。

「勝とうぜ、試合」

「っ……ああ！」

祐介が、がしっと握り返してくる。

「ま、お前はレギュラーの尻《しり》が冷えないようにベンチをしっかり温めておくんだな」

「はは、うるせぇよ！」

そこに平野が、他の仲間たちが次々と手を重ねていく。

ったく、暑苦しいんだよ運動部は。

俺はその懐かしい賑《にぎ》やかさに、少しだけ身を委ねた。

＊

「本当によかったの？」

校門にもたれかかって待っていた陽《はる》が言った。

「千歳《ちとせ》さ、バッティングセンター行ったときですら打席には入らなかったじゃん」

「よく見てるんだな」

俺がそう返すと、陽はクロスバイクを押しながら不安げにこちらを窺《うかが》う。

「私のために、だよね……？」

「そういう勘違い女は嫌いだね」

びくっと、隣で身をすくめる気配が伝わってくる。

なにおどおどしてるんだか、と苦笑しながら俺は続けた。

「私のおかげ、だろ？」

そっか、と小さな微笑《ほほえ》みが咲く。

「なあ陽《はる》、腹減らないか？」

「減った」

「今日、疲れたよな？」

「疲れたー！」

「こういう日は……？」

「「カツ丼!!」」

ふたりの声がぴたりと重なる。

ぶはっと吐き出したあとで、俺は言った。

「らしくいこうぜ。結局根っからの体育会系なんだからさ」

「じゃ、大セットだ」

「おまけでエビフライも乗っけとくか？」

そうして陽のクロスバイクにまたがり、夜を突っ切る。

田舎で名の知られた選手みたいにちっぽけな街灯をびゅんびゅん通り越していく。

もしかしたら、仲間と百回話し合ったって本当の意味ではわかり合えないのかもしれない。

だから俺たちは走る、跳ぶ、投げる、打つ。

一本のシュートが、スイングが、想い全部を届けてくれると信じて。

＊

陽を送り届けたあと、俺は七瀬《ななせ》に電話してこちら側の顛末《てんまつ》を説明し、逆に向こうの状況を聞いた。やはり美咲《みさき》先生はこの先一週間、厳密に言うと芦高との試合当日まで練習を休みにすると告げたそうだ。

出て行ったチームメイトたちはあのあともかなりヒートアップしていたそうで、ほとんど陽の悪口大会となっていたらしい。

日頃から溜まっていた不平不満がいっきに爆発してしまったのだろう。

『危うく私まで切れちゃうとこだったよ』

電話の先で七瀬が言った。

『みんなで話してるとき、何度も出てきた言葉があるの』

「なんだ？」

『――努力できるのも才能だよね』

「……ああ」

俺もこれまで、何度か言われたことがあったっけ。

『そんなに卑怯《ひきょう》な言い分ってある？』

よっぽど腹に据えかねたのだろう。

七瀬《ななせ》にしては珍しく怒りが滲《にじ》んでいる。

『あの子、朝練、昼練、放課後の練習で誰よりも動いたあと、遅くまで東公園で練習してるんだよ。私が超えなきゃいけないやつらはまだ走ってるはずだから、って。それを才能だからのひと言で片づけていいわけ？』

「努力の才能って、みんなどういうものを想像してるんだろうな？　努力してる瞬間が楽しくて楽しくて努力せずにはいられない、みたいな？」

『ばっっっっっっっかじゃないの!!　誰がアヘアへよがりながら切り返しダッシュする？アンアン喘《あえ》ぎながら一日何百本もシュート打つか？』

「ナ、ナナちゃん。アヘアへとアンアンはやめとこ？」

『そんなの辛いに決まってんじゃん。苦しいに決まってんじゃん。やらなくてもいいならやんないよ。でもその先に目指す自分があるから、勝ちたい相手がいるから、叶えたい夢があるから歯ぁ食いしばるんじゃないの？』

「全面的に同意だけど、他の人には言うなよ？　どうせ今度は『才能あるから頑張れる』だとか『負けず嫌いも才能だよね』に言葉が置き換わるだけだ」

『そんなのわかってる。平行線だよね、結局』

「……だな」

『ねぇ千歳《ちとせ》。私、全部包み隠さず話していいかな？　陽《はる》がどんな想いでキャプテンやってるのか、誰のために肩肘《ひじ》張ってるのか』

「少し落ち着けよ、七瀬。今日の下着は何色だ？」

『透け感のあるサックスブルー』

「ほほう？」

『直接確かめに、来る？』

「よーし平常心に戻ったなッ?!」

くすくすと、向こう側で七瀬が笑った。

「美咲《みさき》先生が言ってた。限界を決めるのが誰かってことには、自分で気づくしかないって」

『そっ、か』

あんまり素直に認めたくはないけど、それが答えなんだと思う。

努力すればいまの自分よりいい自分になれることなんて、本当はみんなわかってるんだ。

だけど際立って成功してる人を、たとえば東堂舞《とうどうまい》を例に挙げて「頑張ったらああなれるのか？」と聞かれたらそんなの誰にもわからない。どれだけ正論を重ねたところで、「それを振りかざすのは暴力だ」なんて言われたらお手上げだと思う。

「なあ。せめて来週の芦高戦まで待ってくれないか、本当のこと話すの」

『それでなにかが変わる?』

「さあな、変わるかもしれないし、変わらないかもしれない。だけどあいつなら、答えを見せてくれる気がするんだ」

『千歳《ちとせ》はウミを、陽を信じてくれるんだね』

「眩《まぶ》しいんだよ、太陽は」

やっぱり手強いな、と七瀬《ななせ》はつぶやいた。

『わかったよ、それまでに私ができることはやっておく』

「頼りにしてるよ」

『おやすみ、朔《さく》』

「おやすみ……七瀬」

そうして俺たちは電話を切った。

さて、とバットケースを肩にかける。

あと一週間、か。

陽《はる》のことが引っかかりながらも、胸の内からぞくぞくとこみ上げてくる昂揚《こうよう》感をこらえきれずに、へっと笑った。

＊

翌日金曜日の放課後、俺は陽を連れてバッティングセンターに来ていた。

一般的なバッセンで使われているのは軟式の球がほとんどだが、ここは珍しく硬式の打席があることで知られている。

「なんかあれだね」

学校を出てからずっと、どこか浮かない顔をしている陽が言った。

「テスト期間でもない放課後にこんなとこ来てると後ろめたい気持ちになるよ」

「あとで陽も打つか？　すかっとするぞ」

「んー、私はいいや」

「そか」

動きやすいトレーニングウェアに着替えてミズノの白いバッティンググラブをはめ、バットをケースから引き抜いたところで再び陽が口を開いた。

「それ……木？」

「ああ、プロとか大学野球で使われてるやつだな」

その答えに、少しだけうれしそうな表情を浮かべる。

「そっか、そうなんだ」

来週の試合で、俺はこのバットを使おうと決めていた。

木製は金属と比べて扱いが難しい。

まず単純に金属バットのほうが硬い分、飛びやすい。多少ミートポイントがずれたぐらいなら強引に外野まで運べるし、力任せな打ち方でも球が走る。

それに比べて木製は的確に芯でボールを捉えないと飛距離が出ない。

少しでもポイントがずれるとあっさり凡打になり、最悪バットが折れることもある。

一応、木製特有のしなりをうまく使えば金属より飛ばせると言われてはいるが、高校生があえて選ぶほどのメリットはほとんどないだろう。

それでも、と思う。

俺は野球部を辞めてからの一年間、ずっとこいつを振ってきた。

もしかしたら祐介《ゆうすけ》や平野《ひらの》たちの夏がかかっているのになにを、と思われるかもしれない。

だけど俺には俺の、ややこしい意地や美学みたいなものがあるのだ。

ケージに入り、ヘルメットを被《かぶ》ってからメダルを入れる。

球速は上限の一四〇キロ。

一回戦の相手、越前高校のエースは確かマックス一四五キロだったから少し物足りないが、リハビリにはちょうどいいだろう。

最初の三球ほどは見送り、高さとコースを調整した。

さて、問題はここからだ。

素振りは続けてきたが、打席に立つのは正真正銘の一年ぶり。特徴こそ大まかに知っているものの、木製で打つことにいたってはこれが初めてだ。

本当に一週間で感覚を取り戻せるだろうか。

左打席に入り、リラックスしながらバットを構える。

ガタンッ、とマシンが鳴り、

——ブウーンッ。

——ブオーンッ。

——ブウォーンッ。

後方から恐るおそるといった感じで陽《はる》の声が届く。

「えと……三球三振？」

「そうとも言いますね」

タイミングは合っている、まだ少しもたついてるがバットも振れている。

ただ、想像していた以上に目がついてきてない。


——ブウーンッ。

——ブオーンッ。

——ブウォーンッ。


バッティングは目が命、と言われることがある。

百数十キロの速度で飛んできておまけに曲がったり落ちたりする小さな球を、この細いバットのなかでも芯と呼ばれるスイートスポットで捉えようというのだから当然のことだろう。

とくに俺は、野球選手として特別に体格や力の優れているほうじゃない。

それでも県で指折りのバッターに数えられていたのは、動体視力とバットコントロール、あとはスイングスピードによるところが大きい。

バッティングにパワー、正確に言えば必要以上の腕力は必要ないというのが昔からの持論だった。スイングの速さを生み出すのは体重移動と下半身の使い方。

あとはぎりぎりまで見極めたボールの正確な位置をバットで正確に叩《たた》いてやれば嫌でも打球は走るし飛ぶ。


──ブウーンッ。

──ブオーンッ。

──ブウォーンッ。


「……あの、千歳《ちとせ》」

「なんてスポ根漫画風に偉そうに解説しちゃったりしてごめんなさい！」

「あんたなに言ってんの？」

結局、一度もボールにかすることさえなくマシンは止まった。

俺はケージを出て休憩用のベンチに座る。

陽《はる》がなんとも複雑な表情でポカリスエットを差し出してきた。

「ふん、素振りはこんなところかな」

大げさに脚を組みながら言うと、じとっと冷たい目が返ってくる。

「『俺が手を貸せば一回戦に勝てる確率は格段に上がると思う？』」

「誰でしょうねぇ、そんな生意気言う悪い子は」

「『あんまし野球舐《な》めんなよ？』」

「間違いないね！」

まあ、正直ここまで目に狂いが出てるのは驚いた。

俺はポカリスエットをぐびっと飲む。

「千歳《ちとせ》、本当に大丈夫？　一年て、そんなに甘いブランクじゃないよね」

「完全に離れてたなら、な。言ったろ、身体《からだ》は整えてたって」

「そうは見えなかったんスけど」

「目のずれはどうしても起こる。から、それがどの程度のもんか確認したんだよ。陽《はる》だって久しぶりにシュート打ったときは微妙に距離感狂わないか？」

「それは、まあ」

「身体さえ動くならあとはチューニングの問題だ」

そう言って俺は再び打席に戻った。

とりあえずは上にもう五センチってところか。

バットの軌道をイメージしながら構える。

――ビュンカツッ。

ボールが真後ろに高く跳ねた。
基本的にファールが後ろに飛ぶのはボールにタイミングが合ってる証拠だ。
俺のような左打者の場合、振り遅れていると左側に、始動が早すぎると右側に飛ぶ。
「お、当たったあたった！」
陽が嬉しそうに声を上げるが、それはそれでちょっと複雑な気分だ。
まだボールの下を叩《たた》いてるな。
もう五センチ上げてみるか。

――ビシュゴツッ。

今度はボールの上を打ちすぎてファールボールが地面を叩いた。
五センチはいきすぎた、三センチ下げよう。

――ビュンカンッ!!

鋭い当たりがちょうどマシンの立っているあたりのネットに直撃する。

「おお！」

よし、バットの軌道はこんなもんか。

もちろん、本当にセンチ単位で調整できているかなんて自分でもわからない。

五センチならけっこう動かす、三センチならわりと動かす、一センチなら気持ち程度動かす、ぐらいの感覚的なたとえだ。

あとはもう少しだけ左手首を立てれば、

——カーンッ!!


鋭いライナーがマシンの遙《はる》か頭上をぐんぐん伸びていく。

よし、いい感触。

他に客もいなかったので、そのまま三打席ほど続けて黙々と打ち込んだ。

ケージを出ると、ぱあっと顔を輝かせた陽《はる》が待っていた。

「やるじゃん千歳《ちとせ》！　こいつ口だけ番長だったら足羽山《あすわやま》の上から転がすぞって思ってごめん」

「容赦ねぇなおい」

「なんかいけそうな気がしてきた、ほいポカリ」

「おう、さんきゅ」

ボトルを受け取ってぐびりと流し込んだ。

「の、わりには浮かない顔だね？」

こちらの顔を覗《のぞ》き込んでくる陽に俺は苦笑を返す。

ベンチに座ったら、ばさっとタオルをかけてくれた。

「なんかマネージャーみたいだな、陽」

そう言うと、にかっと楽しそうに笑う。

いつのまにか、多少なりとも心は晴れているようだ。

「せ♡ん♡ぱぁーい♡　レモンの蜂蜜《はちみつ》漬け作ってきたんですぅ♡」

「めっちゃあざとそうな後輩だけど好き」

「ファンの女の子たちからの差し入れはぁ♡　他の野郎どもに回しておきました♡」

「あれ俺の分はッ?!」

「今度の試合でホームラン打ったら、陽が一生先輩のマネージャーでいてあげますね♡」

「さっきの話のあとじゃ素直に喜べねぇよ」

わざとらしい上目遣いをしている陽《はる》の額をこつんと突いた。

「なんつーか、バッセンで打てるのは当たり前なんだよな」

俺は言った。

「それこそ慣れれば週末草野球の腹出たおっちゃんでもぱかぱか飛ばす。同じ球速でほとんど同じコースに来る球を打てないほうがおかしいんだよ」

陽はうーんと少し悩んでから口を開く。

「バスケで言えば、シュート練と試合中のシュートは全然違う、みたいな話？」

「ああ、似てるかも。実際には球速もコースもばらばらだし、ストライクとボールの見極めが必要になる。そこに変化球も加わってくるから、ほとんど別物だな。極端な話、同じピッチャーが全力でストレートを投げても気合い入ってる場面のほうが速い、とか」

勘を取り戻すうえで、最大の懸念はそこだった。

普通は試合や実戦形式の練習なんかで補う部分。

それこそエースの平野《ひらの》に投げてもらえたら一番いいんだが、俺ひとりのために、まして来週に初戦を控えたこの時期にそんなことで肩を酷使させるわけにはいかない。

加えて大きな問題がもうひとつ。

「――木製を扱いきれてねぇ」

「そうなんだよな」

確かに単純な当て勘は戻ってきたし、実際に鋭い打球も出てる。飛距離だって悪くない。

ただ、金属バットならもっと鋭く、遠くへ、少ない労力でより確実に飛ばせる。

思ったよりもやっかいだな、と思う。

ただでさえ限られた調整期間しかないのだ。

金属以上とは言わないまでも、せめてそれに見劣りしない打球を飛ばせなければ、木製を使うことが本当にただのわがままになってしまう。

「打ち方が金属のままになってんだよ」

「しなり、か」

基本的にほとんど変形のない金属バットは、文字どおり鉄の棒でぶっ叩《たた》くような感覚で打つ。しかしバット自体にしなりのある木製は、どちらかというとムチのイメージに近いという。

「さすがに芯で捉えるのはお上手だが、力が伝わりきる前にボールが離れちまってる。バッセンだからわかりづれぇけど、あれじゃ外野の頭越えてかねーぞ」

「やっぱりそう思うか。弾くっていうより乗せて運ぶみたいな感覚が近いんだろうな」

「とはいえ、変に意識しすぎると押し負けるだけだ。素直に金属使えばいいじゃねぇか」

「うるせぇな、いろいろあんだよ」

「二回戦まで日が空くから越高はエースの池田でくるぞ」

「名前は知らね」

「てめぇが県大の準決で打ち崩したやつだよ!!」

「おお！　そういえばあいつもキレのあるいい速球投げてたな」

「はッ、いっぺん勝った相手に負けたらざまぁねえな」

「ところで、ひとつ聞いてもいいか？」

「あんだよ」

「亜十夢《あとむ》くんはこんなところでなにしてるのカナ？」

先ほどからしれっと専門的な会話を交わしていた相手に対して、俺はようやく言った。

「足引きずったマヌケがわざわざ知らせに来たんだよ」

祐介《ゆうすけ》か、お節介なやつだ。

「それで、おにぎりでも作ってきてくれたのか？」

「──明日の午後一時、東公園のグラウンド」

俺の軽口には乗らず、亜十夢はそれだけ言って振り返った。

さっさと去ろうとするその背中に「なあ」と声をかける。

「お前ってやっぱツンデレなの？」

「ブッッッ殺すぞっ!!」

まったく、素直じゃないやつ。

けど……大好きになっちゃいそうだぜ。

陽《はる》は終始ぽかんとした顔で俺たちのやりとりを眺めていた。

＊

翌日土曜日の十二時半。

俺と陽が約束より三十分早くグラウンドに着いた頃には、スポーツウェアを着た亜十夢がすでにアップを始めていた。

「殺《や》る気満々かよ」

待たせちゃ悪いと、こちらもアップを始める。

陽はどうせ部活が休みだからと同行してくれた。

動ける格好をしているので、手伝ってくれるつもりなのだろう。

昨日のやりとりの意味はあのあと説明済みだ。

双方の身体《からだ》が充分に温まった頃合いを見計らって亜十夢がボールとグローブを取り出したので、俺もそれに倣う。

「キャッチボール？　私も混ざっていい？」

「死にたくなかったら今日はやめとけ」

言い終わらないうちに、スンッ、と亜十夢の投げたボールが伸びてくる。

スパンッ。

まだ肩慣らしだってのに、しびれるぐらい気持ちのいい球だ。

陽《はる》はそれを見てすべてを悟ったのか、すうと引いていった。

「軟式上がりのくせに、ずいぶん慣れたもんだな」

亜十夢《あとむ》はフンと短く鼻を鳴らす。

「適度な運動しないと寝つきがわりぃんだよ」

「じじいかお前は」

ようするにこいつも、ずっと投げてたってわけか。

俺はボールを返しながら続ける。

「つーかここ、勝手に使っていいのか？」

「知り合いに押さえてもらった」

「どうせならなずなも呼べよ、気が利かねぇな」

「ったく男のくせにぺちゃこらと。そこのちんまいので我慢しとけ」

「あんだとコラーッ！」

手持ち無沙汰にしていた陽が叫ぶ。

徐々に距離を広げ、最後に遠投をこなしてから亜十夢がマウンドに立った。

その足下には、バケツみたいなボールケースいっぱいの硬球が置かれている。

「どうしたんだ、それ」

「江崎《えざき》がメットといっしょに置いてったんだよ。多分必要になるからって」

「そういや、いまさらだが一年のときあいつに勧誘されなかったのか？」

「俺んとこに来たのは平野《ひらの》だ。雑な理由であっさり引いたよ」

「意外と、亜十夢にエースナンバーとられるのが恐かったのかもな」

「だとしたら、ピッチャーにゃ向いてねぇ」

話しながら俺も打席に入り、地面をならす。

「さて」

バヂンと、亜十夢がボールをグローブに叩《たた》きつけた。

「百球ある。とりあえず今日明日はこいつを二杯分。平日は学校が終わってからボールが見えなくなるまでだ」

「正気か？　お前の肩か肘《ひじ》がぶっ壊れるぞ」

最近の高校野球では、公式戦においてひとりのピッチャーが投げていいのは一週間に五百球まで、という制限が導入されるほど投球数に厳しい。

一回負けたら終わりのトーナメント戦。

チームに絶対的なエースピッチャーがいるとどうしてもその選手に頼りがちになってしまうし、連日の連投が取り返しのつかない故障に繋《つな》がるケースも少なくない。

これは、そういう不幸を防ぐために制定された新たなルールだ。

一般的には、だいたい一試合に百球が投手交代の目安と言われている。

亜十夢《あとむ》の提案だと今日だけで二百。絶対に投げられない球数ではないが、それはあくまでも翌日以降はしばらく肩肘《ひじ》を休ませる前提で、だ。

どう考えても現実的ではない。

しかし亜十夢は不敵に笑う。

「そりゃ凡人の話だな。ガキの頃からそのぐらいの投げ込みは日常茶飯事なんだよ。よしんば壊れたところで誰に迷惑かけるわけでもねぇ」

「ピッチング練習と実戦形式《バッター相手》じゃ疲労が段違いだぞ」

「なんだ千歳《ちとせ》、びびってんのか？　僕チンそんなに振れませんってんなら半分にしてやってもいいぞ」

どうやら譲る気はいっさいないらしい。

こうなりゃとことんまで付き合ってもらうまでだ。

ぞくぞくと湧《わ》き上がる感情を言葉に乗せて吐き出す。

「──倍でも足んねーなァ!!」

もうどうにもこらえきれなくなってにやりと笑った。

「かつての準優勝が専属のバッティングピッチャーなんて、こんなにオイシイ展開があるかよ」

「勘違いするなよ元優勝バッター。こりゃあ俺の憂さ晴らしだ。打ちやすい球なんざひとつも投げねーぞ」

　がつがつと、亜十夢がスパイクでマウンドを整えながら続ける。

「おい千歳の女」

「んん、誰のこと言ってるのかなー？」

「お前だよチビ」

「陽《はる》ちゃん♡　って訂正しないと芝生の肥やしにするゾ？」

「めんどくせぇな、青海《あおみ》バスケ部だろ。トレーニング代わりに外野で球拾いしとけ。ボールはなるべく俺の近くに投げ返せよ」

「覚えてんなら最初っからそう呼べっつーの」

　ぶつくさ言いながらグローブをはめて外野に走っていく。

　まあ、陽には悪いが身体《からだ》を動かすのにちょうどいいことは間違いない。

　俺も足下を整えてバットを構える。

「さあ、遊ぼうか《プレイボール》」

「二百回死ね」

　グオンと、亜十夢の速球が糸を引いた。

＊

——そうして日が暮れる頃。

仲よく並んだ三つの死体がグラウンドに転がっていた。

「きょ、今日はこのへんで勘弁しといてやる」

俺は息も絶えだえに言った。

「そりゃ、こっちの台詞《せりふ》だ下手くそ」

さすがの亜十夢《あとむ》も声に勢いがない。

「てか、もしかしなくてもこれ私が一番しんどい役割じゃ？」

ライトにレフトに飛んでいく球を全力で追いかけ続けていた陽《はる》は半べそをかいている。

「最後の一本だけは悪くなかった、あとはクソだ」

亜十夢が吐き捨てる。

結局、二百球を超えてからも誰ひとり終わりにしようとは言い出さなかった。

一五〇キロ近く出ていそうなストレートに変化の大きいカーブとフォーク、それをストライクゾーンの四隅に投げ分けてくるコントロール。

久しぶりに対戦した亜十夢は正真正銘の化け物みたいなピッチャーだった。

「お前、中学のときはフォークなんて投げてなかっただろ」

「暇つぶしで覚えたんだよ」

「つーかバッピのくせに配球が嫌らしすぎんだよ。徹底的にこっちの読み外してきやがって」

「誰がバッピだボケ。気持ちよく打たせたら意味ねーだろが」

　本当に最高だよお前、と心のなかでこっそり思う。

　おかげで、一球ごとに懐かしい実戦の感覚がよみがえってきて、途中からは木製バットの扱い方だけに集中することができた。

　よろよろと亜十夢《あとむ》が立ち上がる。

「明日も同じ時間だ」

「肩と肘《ひじ》、ちゃんとアイシングしとくんだぞ」

「言われるまでもねぇよ。最後の感覚忘れんな」

　その背中が見えなくなるのを見計らって、俺も身体《からだ》を起こす。

「陽《はる》、助かったよ。帰りひとりでも大丈夫か?」

「べつに平気だけど、あんたは?」

「もう少し振ってく。亜十夢に言われたからじゃないけど、最後にやっといい感触摑《つか》んだからな。身体に染みつかせておきたいんだよ」

「はぁ?!　そんなへろへろになってんのに?」

　にかっと笑ってそれに答える。

「思いっきり野球ができるって楽しいなぁ」

「――ッ」

陽はざばっと立ち上がり、

「寝ろ」

思いきり俺を押し倒した。

「は、陽ちゃん？　さすがに僕、いまから激しいプレイする元気は」

「あーはいはい、うつ伏せ」

言われるがままに体勢を変える。

太陽が沈んでひんやりした芝と土の香りが心地いい。

ぷにり、と腰のあたりにやわらかな感触があった。

俺にまたがった陽は、そのまま指先で肩甲骨のまわりをぐいと押してくる。

「あぁ～、ぎもぢ～」

「前にマッサージしてくれたから、お礼。やっぱ男子は筋肉のつきかたが違うね」

「そのまま俺のマネージャーになってぇ」

「せ♡ん♡ぱい♡　陽がいっぱい気持ちよくしてあげますね♡」

「もうあざとさ通り過ぎて罠《わな》にしか思えないけど好き」

「そのかわりぃ♡　先輩のバットは私だけのために振ってネ♡」

「微妙に下ネタ判定しにくくて困るやつ!!」

ふたりでけらけらと笑う。

まるで徹夜明けのように、少しだけハイになっていた。

「ねぇ千歳《ちとせ》？」

「なんだよ陽《はる》」

「私たちがまかり間違って付き合ったりしたら、休日はこんな感じなのかな。ふたりで身体《からだ》を動かして、がつがつカツ丼食べて、最後にマッサージし合ったりとか」

「映画鑑賞とか図書館デートにおしゃれなカフェって柄じゃないもんな」

「そういうの、どう思う？」

「ああ、悪くない。けど……」

心なしか、陽の指に込められた力が強くなった。

「俺はともかく、陽は来年まで無理だろうな」

「どうして？」

「まだ戻るべき場所と戦うべき相手がいるから、だよ」

「彼女が汗臭くて熱苦しい男勝りな女の子でもいいの？」

「試合のときには名前の入ったはっぴ着て旗振りながら応援してやるさ」

指先が小さく震えたあと、バヂィンッと思いきり尻《しり》を叩《たた》かれた。

「いだいッ?!」

「はい一丁上がりッ！」

背中から陽の重みが消える。

「あんたら見てたらさ、負けてらんないなって思えてくるよ。やっぱ私にゃ陰で支えるマネージャーは無理っぽい。立ちはだかる敵は自分でぶち抜く」

「ときどきはマネージャーモードでもいいんだぞ？」

「ばぁーか」

それから俺は納得がいくまでバットを振り続けた。

陽はそれ以上なにを語るでもなく、そばにしゃがみ込んで「いーち、にーい」とどこか楽しそうに数をかぞえている。

その距離感がなんだかくすぐったくて、なかなかやめどきを見つけられなかった。

＊

翌日の日曜は気温が三十度を超える真夏日となった。

もう二時間は打っただろうか。

さすがに亜十夢《あとむ》も疲労がゼロとはいかないようで、昨日ほどのキレはない。

それでもそんじょそこらのピッチャーでは歯が立たないような投球をしてくれるのだから、勢い余ってうっかり抱きしめそうになってしまう。

「千歳《ちとせ》、まだ十本に三本だ。いい加減どうにかしやがれッ！」

「野球は三割打てば一流なんだよ！」

「そりゃ打率だろ。三割の確率でしかまともなスイングできないとか話になんねぇぞ！」

「るっせぇな、んなことわかってんだよ！」

互いに悪態をつきながら延々とバッティングを続ける。

いったん水分補給のために下がっていた陽《はる》はそんなやりとりを呆《あき》れたように眺めていたが、ふとなにかに気づいて動きを止めた。

「ちょっと千歳！　あんたその手！」

「ん？　……ああ」

気づけば俺の白いバッティンググラブに、ところどころ赤い染みが浮かんでいる。

「血ぃ出てる！　やば、鞄《かばん》に救急セット入れてたっけ」

「ほっとけ青海《あおみ》、フォームが乱れてるからそんなことになるんだよ」

亜十夢《あとむ》があざ笑うように言う。

「上村《うえむら》、あんたねッ!!」

俺はまだなにか続けようとしている陽の言葉を遮《さえぎ》った。

「悪いな、腹立たしいが今回はあいつに同感だ。慣れない硬球で格好つけて連投なんかすっから、指先に情けない血豆作るんだよなァ？」

「チッ、こんなもんあとで針刺してから接着剤で固めときゃいいだけだ」

「血豆って、あんたらちょっと落ち着きなよ。そんな状態で練習したって……」


「「関係ねぇよッ!!」」


野郎ふたりの声がきれいに重なる。

「チビに手当てしてもらってもいいんだぞ、温室育ちのおぼっちゃん」

「どっちかっていうとお前のほうが舗装されたエリート街道歩いてきたんじゃないのか？　ママに痛いの痛いの飛んでけしてもらう時間ぐらいは待つぜ」

「情けない指先だからな、頭にぶつけても文句言うんじゃねえぞ」

「心配するな、日本海の向こう側までたたき返してやんよ」

「いいっかげん、まともに打てやへボバッターッ!!」

「お前の球が眠てぇんだよへボピッチャーッ!!」

パカーンッ！

ゴスンっ。

パカーンッ！


「私より熱苦しいばかがふたりもいるとは思わなかった……」

＊
「――くそッ、球切れだ」

亜十夢《あとむ》がひざに手をついてはぁはぁと荒い息を吐く。

陽《はる》はこの気温のなか献身的に走り回ってくれていたが、右に左に打ちわけられる百球すべてを拾うにはとうてい頭数が足りていない。

三人とも体力は限界に差し掛かっていた。

これが部活だったらなと、つい益体もない想像をしてしまう。

俺も亜十夢も藤志《ふじ》高野球部で、まわりにはあいつらがいる。

いつも熱くなって練習中に喧嘩《けんか》しはじめる俺たちをやれやれって見守りながら守備について、ヤジを飛ばしながらも最後まで付き合ってくれたり、なんてな。

終わったら蛸九で学生ジャンボがいい。

そこに陽みたいなマネージャーがいて、「あんたらばっかじゃないの！」とか叱《しか》ってくれたら最高だ。

もしかしたら、と思う。

俺がちゃんと亜十夢の顔や名前を覚えていて、去年の四月にふん縛ってでも野球部に入れていたら……。

こいつは監督の理不尽になんて絶対に従わないで、いっしょに大暴れしていたはずだ。

そのあとふたりして外されるだけかもしんないけど。

不思議とこいつがいっしょなら、俺だけじゃ逃げだしちまったあの日も踏ん張れたような気がするんだよな。

まあ、いいや。

そんな未来はなかった。

俺はバットを丁寧に寝かせて、ぐいと背伸びをする。

道具を大切に扱う、というのが俺の憧《あこが》れた野球選手の美学だった。

健太《けんた》の部屋の窓ガラスを大切なかつての相棒《金属バット》で叩《たた》き割ったことを思い出す。

同じ痛みを背負う必要がある、なんて思ったっけ。

亜十夢《あとむ》と陽《はる》には少し休んでもらってひとりでボールを集めようと一歩踏み出した瞬間――、

「へーイ、さーくぅー!!」

「ヤッホー、ちっとせくーん!!」


休日の寂れたグラウンドに華やかな声が響いた。

思わずそちらを振り返る。

「……お前ら、なんで」

夕湖《ゆうこ》、なずな、優空《ゆあ》、七瀬《ななせ》、和希《かずき》、海人《かいと》、健太《けんた》。

そこにはいまの仲間たちが勢揃《せいぞろ》いしていた。

「ちょっとなずな、そっちは亜十夢くんに声かけなよ」

「はぁ?! 私は千歳《ちとせ》くん推しだから。夕湖こそ亜十夢で我慢しとけば?」

ふたりがずいずい近寄ってくる。

いつのまにか下の名前で呼び合ってるし。

それを見た亜十夢が苦々しい声で言った。

「おい、他のやつには黙ってろっつったろ」

「は? 初恋の人から手紙もらったぐらいの勢いで電話してきといてなに言ってんの? あん

たに会いに来たんじゃなくて千歳くん見に来たんだし」

それに遅れてついてきた優空が口を開く。

「朔《さく》くん、陽ちゃん、上村《うえむら》くん、お昼食べた？　一応おにぎりと冷たいお味噌汁、レモンの蜂《はち》蜜《みつ》漬け作ってきたんだけど」

「生涯俺のマネージャーになってくれ、優空」

俺の軽口には外野から戻ってきた陽が応じる。

「ダーリン♡　私の蜂蜜レモンじゃ満足できなかったかしら？」

「絵に描いた餅じゃ腹は膨れな――みぞおちはやめろォッ！」

七瀬が優しく微笑《ほほえ》む。

「ウミ、私も付き合うよ」

「さんきゅ、ナナ」

ばかでかいクーラーボックスを肩にかけた海人が声を張り上げる。

「水くせぇぜ朔ぅ。こんなときぐらい頼れよ、なぁ和希？」

「だからって素直に頭下げられても気持ち悪いけどね」

健太は少し離れた場所でもじもじとどこか落ち着かない様子だ。

それを見た俺が声を張り上げる。

「おい亜十夢！　お前のせいで健太がびびってんだろ。いっぺん頭下げとけ」

「あぁ?!　あんときゃからかって悪かったからさっさとボール集めろ引きこもり」

「本当は千歳《ちとせ》にかまってほしくてちょっかい出しちゃいましたごめんなさい、だろうがこのツンデレ野郎」

「っ、てめぇいますぐ構えろ！　イカれた脳みそぶっ飛ばす」

「上等だよそのなまくらボール夜空に飾って織り姫と彦星のプレゼントにしてやらァ！」

「あの、神、上村《うえむら》くん、俺もう気にしてないんで……」


「「うるせぇよッ!!」」


「あ、あんまりや」

それから俺たちは優空《ゆあ》の作ってくれたご飯を食べて、日が暮れるまで打ち込んだ。

七瀬《なせ》、和希《かずき》、海人《かいと》は外野で陽《はる》のボール拾いを手伝い、健太《けんた》は四人が投げ返してきたボールをちまちま拾ってマウンドのほうに転がす。

優空は折を見てみんなに水分やタオルを届け、夕湖《ゆうこ》となずなは応援だかヤジだかわからない声を出し続けた。

あげくの果てには偶然通りかかった明日姉《あすねえ》までその隣に並んで、「君のかっこいいところ見せてー！」だなんて叫び始める。

きっと、と俺は思う。

野球部を辞めてなかったら、こういう光景もなかったんだろうな。

部活中心の生活が続けばクラスの仲間たちと過ごす時間は極端に減るし、健太の問題に首を突っ込む余裕もなかったはずだ。あのとき凹《へこ》んでいなければ、明日姉に声をかけていたかどうかもわからない。

亜十夢《あとむ》やなずなとだって、こんなふうに距離を縮めることはなかっただろう。

後悔はした、夢に見るほど引きずった、ずっと心のなかには雨が降っていた。

だけど、そうしてたどり着いたいまを、俺はこんなにも大切に想っている。

全部、繋《つな》がってるんだ。

後戻りもやり直しもリセットもできない。

いや、もうそんなことをしようなんて気は起こらない。

だから、明日のためにバットを構えようと思う。

俺の明日、陽の明日、亜十夢の明日、祐介《ゆうすけ》や平野《ひらの》や監督の明日。

きっとこのひと振りも、どこかの未来に届くはずだから。

＊

――そうして迎えた一回戦前日の金曜日。

陽《はる》、亜十夢《あとむ》に付き合ってもらって、俺は最後の調整を終えた。

「これでようやく百本中百本、か。仕上がんのがおせぇんだよ天才クン」

「途中でピッチャーがへばりやがったから調子崩れたんだよ」

「はッ、言ってろ」

この一週間で何本打っただろうか。

手の皮は何度も破れて血が出て、夜のうちに乾いて次の日また血が出た。

俺はマウンドのほうへと近づいていく。

「礼はしねぇ、お前も楽しんでたからな」

「はなから期待しちゃいねぇよ。その代わり結果見せなかったら東尋坊から突き落とす」

「悪いけど打つぞ、天才だからな」

「んな泥臭ぇ姿でよく言うぜ」

――バヂンっ。

俺たちは思いきり手のひらをぶつけてからその場にばたんと寝転んだ。

見上げた空にはもくもくと膨れ上がった入道雲が浮かんでいて、下半分ぐらいが橙《だいだい》色に染まっている。まるで夕暮れの海を泳ぐくじらの群れみたいだ。

川の方角から、湿った夜の匂いが流れてきた。

あと三十分もしないうちにあたりは真っ暗になって、この珍妙なトリオも解散。

陽はコンビニまで買い出しに行ってくれている。

野郎同士の話をするにはちょうどいい頃合いだな、と思った。

「亜十夢、お前なんで野球やめた？」

「いまさらそんなこと聞いてどうすんだ」

「明日、いっしょに供養してきてやるよ」

俺がそう言うと、亜十夢はぽかんと呆気にとられたあと、短くはッと笑う。

「中学の県大決勝。お前は三打数三安打一フォアボール。二ホームラン五打点。その一フォアボールってやつを覚えてるか？」

「あんまり記憶にないが、最後の打席だったか？」

「――敬遠だよ」

どこか自嘲《じちょう》気味に吐き捨てる。

敬遠というのは、わざとボール球を四回投げて打者を一塁に歩かせること。これはシングルヒット一本を打たれたのと同じ意味を持つのだが、逆にいえばもっと大きい当たりを打たれるぐらいならそっちのほうがまし、というわりと消極的な逃げの作戦だ。

「優勝がかかった試合だ。チームの方針なら仕方ないさ」

「いや、あのとき監督からの指示は『好きにしろ』だった。敬遠するのも勝負するのもお前に任せる、ってな」

俺は黙って先を促す。

「小学校から野球を始めて、恐いものなんてひとつもなかった。本気で自分を天才だと信じてたし、才能にかまけず他人の何十倍も努力してきた自負があった。事実、名の知れた強豪をこの右腕でねじ伏せて決勝まで駆け上がったんだ」

けど、と言葉が続く。

「あの試合、生まれて初めてびびっちまったんだよ。自信を持って投げ込んだ全力全開のベストピッチを軽々とスタンドまで運ばれた。同じバッターから一試合で二本もホームランを打たれるなんて考えたこともなかったぜ」

少しずつ、空の色が変わっていく。

亜十夢《あとむ》の声にはどこか吹っ切れたような響きがあった。

「こっちの一点リードで迎えた最終回。ツーアウトランナー一塁。一発が出れば逆転、打ちとられたらゲームセットの場面で三番千歳《ちとせ》。誰だって手が震えるような状況で、お前はどこまでも楽しそうに笑いながらバッターボックスに入りやがった。それを見た瞬間、『ああ、打たれるな』と確信したんだ。本物の天才は、ヒーローはこいつで、俺は最高にオイシイ舞台を整えるためだけに用意された噛《か》ませ犬なんだ、ってよ」

話の内容とは裏腹に、そう語る口調は穏やかだ。

「言い訳を百個は考えたぜ。チームのために仕方なく、敬遠も作戦のひとつ、確実に打ちとれる相手と勝負するのが大人のピッチング……。そうしてお前から逃げた結果、崩れたメンタルであっさり次のバッターにさよならスリーベースを食らったってわけだ」

もう抑えきれなくなったように亜十夢が声を出して笑い始めた。

「わかっちまったんだよ。あそこで勝負を楽しめなかった俺は、びびって尻尾巻いちまった俺は、この先も絶対上にはいけないって。そこそこ上手《うま》くてそこそこいい選手にはなれるだろうが、テレビで見て憧《あこが》れていたスターのようにはなれないって。だから見切りをつけたんだ」

「……そうか」

俺はそれだけ言うと立ち上がってバットを握った。

「じゃあやろうぜ、あんときできなかった勝負」

ボールをひとつ拾い、亜十夢にむかってぽんと投げる。

「……っ、くはっはっは。もう一球しか投げれねぇぞ」

「俺だってもうひと振りしかできねぇよ」

打席に入り、いつものルーティーンを始めた。
亜十夢《あとむ》はマウンドをならしてから大きく深呼吸し、

「ったく、いい夏もらっちまったぜ」

目に真っ赤な熱を宿し、ぎりぎりとこちらを睨《にら》みつけてきた。
まるで全身の力を残らず引き絞るように大きく振りかぶる。

俺はバットを構えて、

「これから始まるんだよ、夏が」

にっと笑った。

文句なしに、ここ一週間で最高のストレートがぶっ飛んでくる。

俺は木製バットをゆらりと始動させ、その球を――――。


「あばよ」

やがてグラウンドを出て行く亜十夢の背中は、無邪気に笑っているように見えた。

＊

俺と陽《はる》は道具の片付けを終えて、すぐ近くの整地された広い河川敷へと来ていた。

適当なところに腰を落ち着け、コンビニで買ってきたパピコをふたりで分ける。

「あっというまだったな、一週間」

俺が言うと、陽は複雑そうな顔で微笑《ほほえ》む。

「その気持ちが半分と、もう半分は泣けるぐらい長かったかな。テスト期間ですら朝練なんかはしてたから、こんなに長く部活から離れたのは初めてかも」

「仲間たちとは……？」

その質問には黙って首を横に振る。

「ナナとは連絡とってるよ。みんなもう冷静になってるって言ってたけど、ここで冷静になっちゃっていいのかな、って思うんだ」

「まあ、根本的な解決にはならないからな」

このまま表面だけ仲直りしたところで、意識のずれが埋まるわけではない。

それは必ずまたどこかで爆発するだろうし、今度こそ決定的な亀裂を生んでしまう可能性だってある。

なにも助言できないのはもどかしいが、これぱっかりは言葉で解決できる問題じゃないと俺自身がよくわかっていた。

「でもさ」

陽《はる》がもうほとんど空になったパピコを咥《くわ》えながら言う。

「あんたと上村《うえむら》見てたら、なにかを摑《つか》めそうな気がしてる。いまの私が仲間のためにどうすればいいのか、って」

「陽、途中から半分は自分のトレーニングになってたもんな」

最初のうちはどこか浮かない顔をしながら、ただ漠然と俺の打ったボールを追いかけているだけだった。だけどある瞬間から明らかに目の輝きを取り戻し、ダッシュの途中で切り返しを挟んだり休憩を挟まずに走り続けたりと、バスケに生かせる練習へと変わっていたのだ。

「やっぱり強いな。逃げずに真正面から戦ってる」

「ばーか」

陽は胸の前で一度握りしめた拳《こぶし》を、ぐっとこちらに差し出してきた。

「これは一年前の、そしていまのあんたにもらった熱だよ」

俺も同じように胸の前で拳を作ってから、こつんとぶつける。

「ここにあるのも、陽が取り返してくれた熱だ」

まるでなにかを確かめ合うように、重ねたままの拳を右に左にゆっくりとこすり合わせ、やがて指と指を絡めた。

「あの日の俺が、いまの陽がまだ見つけられていない答えを探しにいこう」

「ふたりで、ね」

陽の瞳《ひとみ》がちらちらと揺れる。

「千歳《ちとせ》、目ぇ、つむって」

どうして、とは聞かなかった。

その先になにが待っていてもいいかな、と思う。

視界を遮《さえぎ》ると夜の音に、匂いに、抱きしめられているようだ。

過ぎ去った一週間の記憶をゆっくりとめくる。

陽がくれた時間だった。

陽が叱《しか》ってくれたから、泣いてくれたから、泣かせてくれたから。

俺はもう一度、あのグラウンドに立てる。

やがて繋《つな》いだ手がほどけて小さな指先が頬《ほお》に触れ、唇の端をなぞり、瞬きのように儚《はかな》く離れていく。

右の手首がふありとやわらかく包み込まれた。

「いいよ」

ゆっくり目を開けると、陽《はる》がどこか照れくさそうに、そして心なしかほんのり頬を赤く染めながら笑っていた。

「リストバンド？」

俺の手首にはめられていたのは、藤志《ふじ》高女バス部のチームカラーと同じ鮮やかな群青色のリストバンドだ。

「なんかお守り的なものあげたかったんだけど、思いつかなくてさ。鞄《かばん》にでも入れておいてよ」

「ちと締めつけきついけど、陽の私物か？」

「おうよ！　そのほうが気持ちというか、勝ちへの執念みたいなのこもってるかなって」

「…………」

「嗅《か》ぐなァッ!!　洗濯してあるに決まってんでしょ」

「冗談だよ」

俺はくつくつと笑ってからそっとリストバンドを撫《な》でる。

「確か高校野球の規定で試合じゃ使えなかったと思うけど、尻《しり》ポケットに入れておく」

「陽ちゃんを肌身離さず感じていたいから？」

「けつ叩《たた》かれてる気分になるからだよ」

「あんだとこらァッ!!　そんなに気合いがほしいならいますぐ注入してやる」

そう言って手を振り上げるのを見て、俺はすたこらと逃げ出す。

陽はけらけらはしゃぎながら追いかけてきた。

身体《からだ》中がぎしぎしと痛む。

手なんかぼろぼろになりすぎて感覚があるのかないのかもわからない。

だけど頭のなかは、夏の青空みたいに澄み渡っている。

胸のなかは、真っ赤な血が沸騰しているように熱い。

やがて陽に背中を摑《つか》まれ、ふたりで盛大にすっ転ぶ。

ばかみたいに息を切らせながら見上げた夜は、まるで俺たちみたいな群青色だ。

「十年先も、二十年先も、忘れられない明日にしよう」

太陽の光を受けて輝く月に、ゆっくりと自分の手を重ねた。

四章　太陽の笑顔

試合の朝は気配が違う、と思う。

目が覚めた瞬間から頭はりんと冴え渡り、心は穏やかに凪《な》いでいる。

吸い込む空気がどこか冷たく、身体《からだ》の隅々まで染み渡っていく。

視界はくっきりと鮮明で、カーテンの隙間《すきま》から差し込む朝陽に浮かぶ埃《ほこり》がやけにきれいだ。

それは夏の始まりのような静けさ。

いまかいまかと逸《はや》りそうな気持ちを波打ち際で押しとどめて、もう少し、まだ早いと、自分自身に言い聞かせているかりそめの沈着。

ああ、懐かしい。

これが試合の朝だ。

俺はその空気をできるだけ乱さないように、口をかるくゆすいでからミネラルウォーターをごくごくと流し込み、いつもどおりシャワーを浴びて、梅干しと納豆で茶碗《ちゃわん》二杯のご飯を食べた。オレンジジュースを一杯飲んで歯を磨き、身体の調子を確認するように全身の筋肉をゆっくりと伸ばす。

それが終わると、祐介《ゆうすけ》から預かっていたユニフォームを取り出し、アンダーソックス、ストッキング、パンツと下から順に着替えていく。

どうせ試合前のアップで汗をかくからと、上半身はアンダーシャツの上にくたびれた練習用のチームTシャツを重ね、背番号つきのシャツをエナメルバッグにしまった。

昨日のうちに磨いておいたスパイク、グローブ、替えのアンダーシャツなど、懐かしい道具を詰めていく。

すっかり準備の整ったところで最後に陽《はる》からもらったリストバンドを尻《しり》のポケットに入れ、願かけするように上からぽんと叩《たた》いた。

バッグを左肩にかけ、バットケースを手に取る。

トレーニングシューズを履いてドアを開けると、じりじり焼けるような日射しが目に飛び込んできた。

むありとむせ返りそうに熱い風が吹く。

さあ、締まっていこうぜ。

＊

試合の朝は気配が違う、と思う。

私、青海《あおみ》陽は、ばくばくと高鳴る胸の鼓動でたたき起こされた。

目覚めた瞬間から全身が熱を帯び、心はごおごおと燃えさかっている。

大きく息を吸い込んで、「っしゃ！」と短く叫ぶ。

いますぐ走り出したい衝動を解き放つようにざばっと布団をはね除《の》けた。

そうしていつものように準備を始めようとしたところで、「そっか、今日はあいつの試合」とようやく気づく。


……千歳《ちとせ》、と思わず小さな声で名前を呼んだ。


もう起きてるかな。

よく眠れたかな。

体調は万全かな。

朝ご飯、ちゃんと食べたかな。


あいつに限っては余計な心配だとわかっていても、ついついそんなことを考えてしまう。

昨日の夜から私はずっとこんな感じで、思わず自分の試合のときみたいな戦闘モードで飛び起きてしまった。

もう一度グラウンドに立ってる千歳が見られる。

熱い千歳が見られる。

どこまでも汗臭くて泥臭い、あの男《ひと》が。


考えてたら全然ドキドキ止まってくれないや。

――っ、やば。


シャワーを浴びてご飯を食べて、クローゼットからいつもの気楽な短パンとTシャツを取り出そうとしたところで、ふと手が止まった。

目についたのは夏のプールみたいに青いワンピース。

この前、夕湖《ゆうこ》が選んでくれたやつだ。


『トクベツな日のために一着ぐらい持っておいたら？』


確か、そんなふうに言っていた。

こんなの全然私らしくないけど、スポーツの試合をこういう格好で見にくる女の子のこと「ヘッ」とか思ってたけど、変に意識してるとか思われたら恥ずかしすぎるけど、でも。

まるで舞《まい》に勝負を挑んだときみたいな気持ちで手を伸ばした。

だって今日は間違いなく私にとって、なによりあいつにとって、トクベツな一日になるはずだから。

＊

俺は学校で野球部の連中と合流し、チームのバスで県営球場へと向かった。

あの日以来、一度も言葉を交わしていなかった監督から聞かれたのはひとつだけ。

「何番でいける？」

「三番で」

短い返答だが、無事に調整を終えて仕上がっていることを伝えた。

対照的に移動中やアップの時間、祐介《ゆうすけ》や平野《ひらの》からは鬱陶《うっとう》しいほどの質問攻めにあう。

どこでどんな練習をしていたのか、どうして木製バットを使うのか、亜十夢《あとむ》の実力はどうだったのか、などなど。

それはまるで一年間の空白を埋めるような作業であると同時に、家族の団らんみたいな懐かしさに満ちていた。

祐介の怪我《けが》は順調に回復しているようでギプスはすでにとれており、なるべく松葉杖を使わないようにして早くも簡単なリハビリを始めているようだ。

もちろん、来週の二回戦を見据えて。

負けらんねぇな、と思う。


一年ぶりに立つ球場で、最初に飛び込んできたのは目の覚めるような芝生の緑。

そのままぐるりとグラウンドを見回して、こんなに広かったっけと記憶をたぐる。

そういえば小学校の頃に初めてここで試合をしたときは、プロと同じ場所で野球をするんだとやたら興奮したっけ。電光掲示板に名前が表示されるのも、お姉さんが名前を読み上げてくれるのも、そのすべてが新鮮だった。

……なんて、遠い日の思い出みたいに語ってるけど、やっぱりいまでも同じぐらいわくわくしていることに気づいて苦笑する。

やがて藤志《ふじ》高のシートノックの順番が回ってきて、俺たちはグラウンドへ飛び出した。

＊

午前十一時過ぎ。

私が球場に到着すると、すでに藤志高の守備練習が始まっていた。

しょせんは地方予選の一回戦だから、それなりに広い観客席にいるのは各チームの父兄とか関係者っぽい人がほとんどだ。

バックネット裏に悠月《ゆづき》、夕湖《ゆうこ》、うっちー、綾瀬《あやせ》が並んでいるのをすぐに見つけた。少し離れた後ろのほうには西野《にしの》先輩もいる。海人《かいと》と和希《かずき》は部活で来られず、山崎《やまざき》は前々から決まっていた家の用事があると残念そうにしていた。

あいつ、ひとりだけこんなかわいい女の子軍団に応援されてたら頭にデッドボールぶつけられても文句言えないぞ。

私も悠月たちに合流するつもりだったけど、ひとりで座ってる仏頂面が目に入ったので、みんなには軽くあいさつをしてからそいつの隣に座る。

「青海《あおみ》、なんでこっち来んだよ」

上村《うえむら》が嫌そうな顔で言う。

「あんたこそ、なにこじらせた中学生みたいなことやってんの。みんなでわいわい応援すりゃいいじゃん」

「だれが応援だ。恥かかねぇか見物しに来ただけだよ」

「うっわ、めんどくさッ！　おかげで私もあっち行けないし」

「だから行けって」

「ちゃんと見たいから解説役がいるんだよ」

「チッ」

そのわざとらしい舌打ちは無視してさっそく疑問を口にする。

「千歳《ちとせ》、守備の練習ってほとんどしてなかったよね？」

「キャッチボールや遠投は毎日やってたし、守備の感覚はバッティングほど水物ってわけじゃないからな。最終日に軽くノックした感じだと問題ないだろ」

ちょうど、綿谷《わたや》先生がライトに向けて高いフライを打った。

あっさり落下点までたどり着いた千歳は、ここからでもわかるほどにやっと笑って、背中側に回したグローブでひょいとキャッチしてみせる。

相手チームや観客も含めて球場がどっと湧《わ》いた。驚いている人、手を叩《たた》いて笑っている人、顔をしかめている人など反応はさまざまだ。

「あれって……」

確かぶち切れられるやつじゃ、と思ったら案の定、綿谷先生の怒鳴り声が響いた。

「千歳ぇーッ!!　舐《な》めてんのかお前!!」

当の本人は帽子をとってぺろっと舌を出す。

「朔《さく》ー、かっこいい!!」

「ちっとせくーん、サイコー!!」

夕湖と綾瀬も交互に叫ぶ。

「意外とばかにできねぇんだよ、こういうの」

隣で上村《うえむら》がつぶやく。

「ただの目立ちたがり屋のど阿呆じゃなくて？」

「ま、あいつの場合はそうかもしんねぇけど。見てみろよ、藤志《ふじ》高の連中。緊張でかちこちだったくせして、急に生き生きしはじめやがった」

言われてみれば、先ほどまではエラーや硬い動きが目立っていたのに、いまは伸びのびとプレーしているように思える。

「逆に相手からしたら、弱小のくせに余裕見せやがってって不気味だろうな。いまので千歳《ちとせ》があの千歳だって気づくやつがいるかもしれない」

「あいつってそんなに有名だったの？」

「福井で中学軟式やってて名前聞いたことないほうが珍しいんじゃねぇか？　まして今日の先発ピッチャーは県大でぼこぼこに打たれてるからな。意識せざるを得ない」

それって、女バスで言う東堂舞《とうどうまい》みたいなもん？

だとしたらちょっと腹立ってきたぞ。

ノックが終わり、藤志高がベンチへと引き上げていく。

その途中、千歳がこっちにグローブを掲げたように見えたけど、もしそれが夕湖《ゆうこ》やうっちーや悠月《ゆづき》に向けられたものだったらって考えて、結局反応はできなかった。

＊

「あんにゃろ、無視しやがって」

俺は知らん顔を決め込んだ陽《はる》に笑って毒づきながらベンチに引き返す。

あのとき買った青いワンピース、よく似合ってたな。

もうちょっとでパンツ見えそうだったのに、行儀よく脚閉じてやんの。

なんで亜十夢《あとむ》の隣にいるのかは知らないけど、それを見て少しだけいらっとしたことはないしょにしておこう。

夕湖がいた。優空《ゆあ》がいた。七瀬《ななせ》がいた。なずながいた。明日姉《あすねえ》もいた。

ライトの守備位置からでもスタンドが隅々までよく見えている。

こういう日は決まって調子がいい。

「お前ってやつは、またやらかしやがったな！」

ドリンクを用意して待っていた祐介《ゆうすけ》がうれしそうに絡んでくる。

「スーパースターだからな、サービスだよ」

俺が軽口を叩《たた》くと監督がぎろりとこちらを睨《にら》み、

「ナイスプレー」

ぼそりとつぶやいた。

「へ?!」

思わずぞんざいな反応になってしまう。

なんせ、いつだったかの練習試合で背面キャッチしたときは、速攻でスタメン外されてしこたまペナルティを与えられたのだ。

さっきだって力いっぱい怒鳴ってたってのに。

「それがお前の流儀《やり方》なのは理解した」

そうか、と思う。

この人も一年分、時計が進んでるんだな。

今度は平野《ひらの》が肩を組んできた。

「で、どの子狙いなんだよ朔《さく》。やっぱ俺にたんか切ってきたチビか?」

「モテない男の発想は貧しくてやだね。みんなが俺狙いなんだよ」

「外野のフェンスに頭ぶつけて死ね」

「あのな……」

「でもあのチビ、けっこかわいかったな。今度紹介してくれよ」

「完全試合達成したら考えてやる」

「越高相手に?! あんだよその気なしかよ」

　そうこうしているうちに祐介《ゆうすけ》から号令がかかり、俺たちは監督のまわりに集まる。

「わかってるだろうが、今日は間違いなく投手戦にもつれ込む。二点以上とられたらかなり厳しくなると思え」

「「「はいッ」」」

「逆にこっちはなんとしてでも先取点だ。平野を楽に投げさせてやれ」

「「「はいッ」」」

「よし円陣！」

　ベンチの前で輪になって互いに肩を組む。

「朔、お前やれよ」

「そりゃキャプテンの仕事だろ。いつもどおり行こうぜ」

　それもそうだな、と祐介が笑って腕に力を込める。


「道はッ！」

「「「作る」」」

「壁はッ！」

「「「ぶっ壊す」」」

「行くぜ!!」

「「「藤志高《ふじ》オオオオオオオオッ」」」

腹の底から声を出し、俺たちはベンチ前に整列した。
審判の合図にあわせて飛び出し、ホームベースを挟んで相手チームと向き合う。
当たり前のことだが、十二人しかいないこちらの列はずいぶんと短めだ。

「これより越前高校と藤志高校の試合を開始します。礼ッ」

「「「シャースッ!!」」」

後攻の藤志高は、それぞれが守備位置に散っていく。
こみ上げてくる昂揚《こうよう》感をもう抑えきれずに、俺はライトまで全速力で走る。

さあ、久しぶりの試合だ。

——ウゥ————————ン。

やがて平野《ひらの》の投げる一球目とともに、長いサイレンが球場に鳴り響いた。

＊

一回の表は平野が先頭バッターにフォアボールを出したものの、そのあとをきっちり三人で締める。

力のあるストレートと変化球のキレは健在らしい。俺のアドバイスに従ったのかどうかは定かじゃないが、スライダーはまだ一球も投げていなかった。

完全試合は早々に消えたけどな、ご愁傷さま。

そうして迎えた一回の裏。

うちの一、二番があっさり内野ゴロに打ちとられてしまう。

どうやら本格的な投手戦になりそうだ。

端から見てる感じ、相手ピッチャーはまだ七割程度の力で流しているだけだろう。

監督が先制点にこだわりたい気持ちもよくわかる。

まあ問題ない、と俺はネクストバッターズサークルで立ち上がった。

——こういう試合のために、俺は三番にこだわってるってわけだ。


左打席に入り、足下をならす。

肩幅よりやや広いスタンスで構えたとき、右足がホームベースの長辺に並ぶ位置。

基本的に俺はピッチャーの球速や変化球に応じてバッターボックスの前に立ったり後ろに立ったりはしない主義だ。

それと同様に、バットを短く持ったり構えをコンパクトにすることもない。

相手のストレートが速かろうが変化球が鋭かろうが、身に馴染《なじ》んだ構えと立ち位置でどう捌《さば》くかを考えるほうが自然だと思っている。


『三番　ライト　千歳《ちとせ》くん』


アナウンスが響く。

「千歳ぇッ、ぶちかませ‼」

いまの陽《はる》だな。

「朔《さく》ぅー、打ってー！」

「千歳くーんファイトー！」

「がんばれ朔くん」

夕湖《ゆうこ》となずな、それに優空《ゆあ》か。

「千歳、いいとこ見せろよっ」

これは悠月《ゆづき》。

「朔兄ぃーッ!!」

はは、明日姉《あすねえ》まで叫んでら。

仲間たちの声がよく聞こえる。

落ち着いている証拠だ。

さて、と構えようとしたところでキャッチャーがタイムをかけた。まだそんな場面でもないだろうにと不思議に思いながら、俺もいったん打席を出てバットを軽く振る。

マウンドに駆け寄ったキャッチャーが口許《くちもと》をミットで隠しながら、なにやらピッチャーと話し込んでいた。

しばらくして、こちらにぺこっと頭を下げながら戻ってくる。

「千歳って、中学んとき準決で当たったあの千歳か」

先ほどと同じように足下をならしていると、キャッチャーが声をかけてきた。

高校野球ではわりと珍しいことだが、あからさまな妨害目的でもない限り審判から咎《とが》められることはほとんどない。

「なんだ、バッテリーそろって越高に入ったんだな」

「覚えてたのか」

実際には亜十夢《あとむ》から聞くまで忘れてたし、キャッチャーも同じ中学出身だってのは口ぶりから察しただけだが、細々説明する状況でもない。

「お手柔らかに」

そう言って会話を終わらせてルーティーンに入り、バットを構える。

初球はぎゅんッと、力のあるストレートが胸元をえぐってきた。

俺は軽く身体《からだ》を反らしてそれをかわす。判定はボール。

「はっえ」

思わずそう漏らすと、キャッチャーがフンと鼻を鳴らす。

「あの頃とは違うんだよ。木製なんか使って折れても知らねぇぞ」

やはり、一、二番への投球は軽く流していたようだ。

さっきのタイムは俺があの千歳ってことを確認し、かける力の割合を調整したってとこか。

初回をいかに危なげなく終えるかというのは、試合を有利に運ぶうえでかなり重要だ。

さくっとスリーアウトをとればいいリズムが生まれるし、逆に点なんかとられようものなら浮き足だったままいっきに崩れてしまう可能性もある。

二球目は一転して外角低めに抑え気味のストレート。ぎりぎりストライク。

三球目は同じく外角低めの鋭いカーブ。これも入ってる。

ここでもう一度胸元への速いストレート。ボール。

慎重な配球だな、と思う。

インコースのボール球でびびらせておいて、外でカウントを稼ぐ。

ツーストライクツーボール。

そろそろ勝負にくる頃か。

こちらも様子見はおしまい。

相手としてはきっちり三人で切って、自慢の投手力をこちらの頭に植え付けておきたいところだろうが、そうさせないための三番バッターだ。

大きく息を吸い、ゆっくり吐く。

ぽんと軽く尻《しり》ポケットを叩《たた》いてからグリップの感触を確かめ、顔の前で腕をぴんと伸ばし、バットを傾け、その先端を見る。

三秒数えてから力を抜き、ゆらゆらと揺れるように軽く構えた。

──すうと、世界から音が消える。

ピッチャーの脚が上がり、ぐっと体重を乗せて沈み始めるのと同調するように、右のかかとをクンッと短く踏み込んだ。

鮮明というよりはどこかぼんやりした景色のなかから、白いボールだけがはっきり浮かび上がって見える。

さっきよりもさらに速い、おそらく渾身《こんしん》のストレート。

だけど悪いな、あいつの球に慣れたあとじゃ物足りねぇよ。

おまけにそのコースは、

──大好物だ。

俺は迷わずバットを振り抜いた。

＊

パカーン!!

この一週間、何度も聞いてきた響きが私を貫いた。

野球の効果音はカキーンだと思っていたけど木製バットだとこういう乾いた音になるんだ、と変に冷静なことを考える。

「っし、いった。内角低め《インロー》得意ってのはまじか」

隣の上村《うえむら》が興奮を隠しきれない声で言う。

私は、ただぼんやりと白球の行方を追っていた。

真昼の空に浮かぶ月みたいだ、と思う。

このままずっと落ちてこないで、いつか冗談めかしてあいつが言ってたように天の川まで飛んでっちゃいそう。

「……きれい」

時間が止まってしまった。

ううん、多分みんな騒いでる。

きゃーきゃー言ったり、うおぉって叫んだり、くそって舌打ちしたり。

だけどなにひとつ、私の耳には入ってこない。

いまのひと振りが何度も頭のなかで再生される。

この一週間、血だらけの手袋はめて汗と土埃《つちぼこり》でぐちゃぐちゃのどろどろになってた姿からはとても想像できない。

ゆるりとしなやかで、りんと静か。

足の先からバットの先までが艶《あで》やかな日本舞踊みたいに繋《つな》がってた。

極限まで動きを研ぎ澄ませると、人は美しくなるんだな。

あ、千歳《ちとせ》が全力疾走してる。

私みたいな素人でもわかるぐらい完璧な打球なのに、テレビでプロの試合見てると打った瞬間にガッツポーズしたりするのに、なんかあいつらしいや。

いつまで飛んでるんだろ、どこまで飛んでくんだろ。

そんなに遠いとこまで行っちゃ、やだよ。

って、なに考えてんだ私。

……結局、そのボールはここから見える場所に落ちなかった。

ライトスタンドを遙《はる》かに越えたその先で、ばさばさっと木を揺らす音がする。

「はッ、やってらんねぇな」

上村《うえむら》のぼやきをかき消すように、グワーンと、まるで地面ごと揺れるような歓声がようやく私を包み込んだ。

いや、実際にはそんなに観客いないんだけど、みんなの熱量で増幅されてる感じ。

千歳はようやく速度を落としてセカンドベースを回る。

え、打ったの？　ホームラン？　まじ？

やっと私も正気に返った。

「ねぇ上村、これってすごい？」

そう聞くと、こいつ本物のバカかって感じの顔をされた。

「一年ぶりの実戦、不利で不慣れな木製バット、相手は県内トップクラスのエースピッチャー。その球を場外にぶち込んで文句のつけどころがあるならぜひ教えてくれ」

そっか、そっか、そっか、そっかぁっ――。

あいつやったんだ、昔の仲間の前で証明してみせたんだ。

はったりで夢を口にしてたわけじゃないって。

本気で甲子園行くつもりだったんだって。

あーあ。でも、そんなことこれっぽちも頭にないって顔してやんの。

久しぶりの試合超楽しい、って全身で叫んでる。

サードベースを蹴《け》った千歳はごそごそとポケットを探り、私があげた群青色のリストバンドを取り出した。

それを握ってホームベースを踏んでから、

——無邪気な少年みたいに笑ってこっちに右手を突き上げる。


ばちんと目が合った。

今度は知らん顔すんなよって、お前宛のガッツポーズだぜって宣言してるみたい。

あーもう、そういうの駄目だってば。

ほら、悠月《ゆづき》がちょっとかちんときた顔で振り返ってる。

ったくばかばかばかばかばか、私だって明日は選手として戦わなきゃいけないのに、女の子してる場合じゃないのに。

そんな顔されたら、この胸のドキドキおさまってくんないじゃん。

いますぐ飛び出してって抱きしめたくなるじゃん。

熱くて沸騰しちゃいそうだよ。

いいや、もう全部ぶちまけとこ。

私はぐっと拳《こぶし》を突き出して立ち上がり、

F

「愛してるよダーリンッ‼」

あいつのホームランみたいにぶっ飛べって気持ちを乗っけて叫んだ。
夕湖《ゆうこ》が、うっちーが、悠月《ゆづき》が、綾瀬《あやせ》が、多分西野《にしの》先輩もこっちを見てる。
上村《うえむら》呆《あき》れた顔すんな。
知らないよ、だって止まらないいんだもん気持ち。
なら走り出しちゃったほうが私らしいっしょ。

＊

──試合開始から約一時間半。
ほとんど真上にある太陽がじりじりと首筋を焼く。
マウンド上の気温はいまどのぐらいだろうか。
平野《ひらの》の投球には明らかな疲労がにじんでいた。
「やべぇな」
俺はライトの守備位置からスコアボードを見てつぶやく。

七回の表。二対一。

藤志高《ふじ》は初回のソロホームランで先制こそしたものの、そのあとはぴたりとスコアが止まってしまった。

四回にまわってきた二打席目で俺はツーベースヒットを、続く平野がシングルヒットを打って一アウトランナー一・三塁のチャンスを作ったが、そのあとが続かない。

六回の三打席目はフォアボール。これも後続があっさり打ちとられた。

結局、二回以降で出塁できたのはそのヒット二本とフォアボールだけだ。

対する越高もけっして強力な打線とは言えなかったが、健投する平野相手に数少ないチャンスをきっちり繋《つな》げられ、二点を失ってしまう。

少しずつ地力の差が見え始めていた。

なおも越高の攻撃は続いている。

一アウトランナー一・二塁。バッターは二番。

気を引き締めてかからないと、続く三・四・五番のクリーンナップでビッグイニングにされてしまう可能性が高い。

そういう空気が漂っていた。

じりじりと真綿で首を絞められるような展開に、こちらの士気が下がっている。

「越高相手によくやってるほうだよ」

先ほどベンチのなかで耳に入ってきた言葉だ。

平野《ひらの》たちがどこかへらっと笑っているのも見た。

祐介《ゆうすけ》は自分を責めるようにうつむいたまま。

それじゃあ一年前と同じだろ。

なんのために頭まで下げにきたんだよ。

思わず叫びそうになったが、七瀬《ななせ》から聞いた陽《はる》の言葉を思い出す。


――でもきっと、「本気になれ」なんて言っても意味ないんだよね。


そのとおりだ。

ましてやいまの俺は一試合限りの助っ人。

ひとりで逃げ出したくせにそんなこと言う資格もない。

「平野ー！　打ち込まれてるわけじゃねぇぞ、自信持って投げ込んでけ‼」

結局、俺も一年前と同じかよ。

こうやって外野から声をかけてやることぐらいしかできない。

平野は振り返って仲間を見る余裕もなさそうだ。

「内野ー、前もあるぞ。きっちり捌《さば》いてやろうぜっ！」

キン、と言ってるそばからサードの前にバントが転がった。

しかしまったくの無警戒だったようで、反応が遅れている。

「間に合わない、投げるなッ！」

そう叫んだが、慌てた送球がファーストの頭上を大きく越えてしまう。

二塁ランナーがサードベースを蹴《け》るのが見えた。

「っざけんな、させねぇよッ！」

ライトから走ってカバーに入っていた俺はその球を拾い、ノーバウンドでキャッチャーへと投げ返す。

いっきにホームを狙っていたランナーは途中で止まり、サードベースへ戻った。

一アウト満塁。バッターは三番。

タッチアップ、つまり俺たちが外野フライを捕ってからランナーが走り出すというプレーひとつで追加点をとられてしまう。

くそ、このままじゃまずい。

＊

「あのときと、同じだ」

矢のような千歳《ちとせ》の返球を見ながら、私は思わずそうつぶやいた。

上村《うえむら》も隣で苛立《いらだ》った声を出す。

「チッ、なにやってんだこいつら」

「……負けを受け入れる準備、始めてる」

「あァ、お前にもわかるか」

「早くこの回終わってくれって。できれば自分のところには飛んでくるなって。そんな感じ」

「肝心の平野《エース》まであの調子じゃどうしようもねぇ。心が折れて球が死んでやがる」

最初はよかった。

千歳のホームランでチームがわぁっと盛り上がって、みんな「絶対に勝つ」っていう気合いに満ちていたのに。そのあと全然こっちが打てなくなって、相手には着々と点を重ねられたあたりから雲行きが怪しくなってきた。

「半分はあの野郎のせいだ」

上村が苦々しげに言う。

「はぁ?! なに言ってんの、まともに当たってるの千歳だけじゃん」

「——だからだよ。藤志《ふじ》高の連中がいまなに考えてると思う? やっぱり才能のあるやつはいいな、だ」

ちょっと意味がわからなかった。

それを察したのだろう。

私の反応を待たずに上村が続ける。

「一年間ブランクがあっても、軽く調整しただけで毎日一生懸命に頑張ってきた僕たちより打てるなんてずるいなー、ってか」

「ふっざけんな！　あいつは辞めてからも毎日バットを振ってた。そもそもそんなことができるのは、小さい頃から徹底的に身体《からだ》をいじめ抜いて、努力を積み重ねてきた証拠だよ。この一週間だって――」

「見えねぇんだよ、んなもん他人には。とくに、自分より優れた相手を最初っから才能ってフィルター越しにしか評価しない連中にはな」

――ッ。

『ウミは才能があるからそんなに迷いがないんだよ。頑張ったら頑張った分だけ上にいけるだけの素質があるから』

あの日、センに言われた言葉が脳裏をよぎる。

「それに」

上村は頭の後ろで手を組んだ。

「あいつとまったく同じ努力をしたら誰にでも同じことができるのかって聞かれたら、やっぱり俺も素直には頷《うなず》けない。わかんねぇよな、どこまでが努力の賜物《たまもの》でどこからが才能のおかげかなんて」

「けど……少なくとも目の前のプレーに全力になることはできるじゃん。いまだってもう、必死に声出して走ってるの千歳《ちとせ》だけだ」

「ああ、たまんねぇよ」

偉そうにどっかり座りながらも、その声には悔しさが滲《にじ》んでいた。

千歳……私には、私たち《わたしとあんた》にはなにができるの？

＊

俺には、俺たちにはなにができる？

打席に立つ相手チームの三番バッター、その一挙手一投足を注意深く観察しながら思う。

仮に次の打席でもう一度ホームランを打てたところで同点。

そもそも、このピンチを乗り越えなきゃもうチャンスなんて巡ってこない。

ふたりで答えを探しにいこうだなんて、陽《はる》に偉そうなこと言った結果がこのざまかよ。

マウンドでは平野《ひらの》が精彩を欠いた投球を続けている。
それ以上考える暇もなく、すうっと力の抜けたストレートがど真ん中へと入っていった。

――やばいッ。

瞬間、俺は後方に向かって一歩踏み出す。

――カキーンっ!!

案の定、力いっぱい振り抜かれた打球が右中間へと伸びていく。
でかいっ、でも……ぎりぎり入らない、フェンス直撃か。
自分の目測を信じて全速力で駆ける。
本来なら跳ね返ってきたクッションボールを確実に処理して大量失点を防ぐ場面。
けど、ここで一点でも取られたらほとんど致命傷だ。
死んでも捕るしかねぇっ。
遅れて走ってくるセンターに向けて叫ぶ。
「クッション任せたッ！　俺は突っ込む」

――走れ、ハシレ、あと五歩、四歩、駄目だ間に合わねぇっ。

「ッらぁあああああああああああ」

後先考えず、俺はフェンスに向かって跳ぶ。

グローブをはめた左手を伸ばし、

――ドゴォッ。

手首、頭、肩と順に激突した。

「っつぐぁあ」

鈍い音と鋭い痛みが全身を貫く。

ボールは？　捕ってる。

サードランナーは？

完全に抜けたと思って走り出していたのだろう。

タッチアップに切り替えるため一度ベースに戻ろうとしている途中だ。

まだ間に合うッ。

無理矢理立ち上がって遠投の姿勢に入ろうとしたとたん、

――ズグンッ。


掲げた左手首に激痛が走った。

「つぁああ平野《ひらの》おおおッ」

そのまま強引に引き寄せ、中継地点にいる平野に向けてボールを投げる。


――バヂンッ!!

少し逸《そ》れたが無事届いた。

サードランナーは厳しいと判断したのか引き返している。

間に合っ、た。

俺は力を振り絞って叫ぶ。

「あとひとりッ、死んでも守ってやるッ!!」

平野《ひらの》の表情にほんの少しだけ力が宿り、続く四番をキレのいいストレートとスライダーできっちり三振に切った。

それでいいんだよ、最初っからやれバカ。


ズクン、ズクン、ズグンッ。

……まいったね、どうも。

*

ベンチに戻ると、いくぶんか活気を取り戻した仲間たちが俺を待っていた。

「ナイスプレー!」

「天才すぎるだろお前」

「あれ捕るか普通」

そういう労いを適当にあしらいながら平野に声をかける。

「なあ、アイシング用の氷少しもらってもいいか?」

「いいけど、どうかしたか?」

「あんまりあちぃからパンツの中に突っ込んでくるんだよ。覗《のぞ》くんじゃねぇぞ」

「あほか、さっさと行け。それと……助かった」

「俺が温存しとけって言ったのは最後のスライダーだ。それまでのツライダーみたいにキレのない球もう投げんなよ」

「うっせ、お前のジョークほどじゃねぇよ」

俺はへっと笑ってベンチ裏へ下がる。

誰もいないことを確認してからバケツに氷をぶちまけ水を張り、その中に左手を突っ込んだ。

「くッ」

じんじん、じんじんと、痛みはひどくなっていく。

原因は言うまでもなくさっきのプレー。

なんせ力いっぱい加速つけて跳んだ身体《からだ》を手首だけで受け止めたようなものだ。

やっぱり、祐介《ゆうすけ》の怪我《けが》を笑えなかったな。

カツ、カツ、カツ、カツ。

背後から、スパイクの歯がコンクリートを叩《たた》く音が響く。

そっと手を抜き、自分の身体《からだ》でバケツを隠すようにゆっくり振り返った。

そこに立っていたのは予想外の人物、いつもどおり眉間《みけん》にしわを寄せた監督だ。

俺は痛みをこらえながらおちゃらけた声を出す。

「知りませんでした。試合のときトレシューじゃないんスね」

グラウンドで走り回る選手と違ってせいぜいシートノックを打つ程度の監督は、一般的に歯のないトレーニングシューズを履くことが多い。

だからさっきの足音も、チームメイトの誰かだと思っていた。

監督がぼそっとつぶやく。

「練習気分で試合の場に立ちたくはないからな」

見せろ、と左腕をとられた。

「あぐッ」

ごつい指先であちこちに力をかけられ、思わずうめき声が漏れる。

「折れてはいないと思うが、ひびか靱帯《じんたい》か……。交代だ、よくやってくれた」

俺は反射的にばしっとその腕を振り払う。

「まさか、ちんけな突き指っす。ちゃちゃっと冷やしとくんで、あいつらのケツ叩いて攻撃長引かせといてくださいよ。いつもの雷が足りてないんじゃないですか？」

「一歩間違えたら二度といまみたいなプレーができなくなるぞ」

「俺の野球は去年の夏で終わったんですよ」

「――ッ、それは……」

監督は両方の拳《こぶし》を握りしめながら数秒のあいだ床を睨《にら》み、

「すまなかった」

ゆっくりと頭を下げた。

「他の選手の前で謝罪することはできない。俺を信じてついてきたあいつらの一年まで否定することになる。だからこんな場で卑怯《ひきょう》だと思うだろうが、本当にすまなかった」

「ちょ、勘弁してくださいよ試合中に」

慌ててそれを止めようとしたが、言葉が続く。

「最初にお前を見たとき、本物の天才だと思った。世辞抜きで甲子園を、それより先の世界を目指せる男だと。だからこそ大きな才能に溺《おぼ》れないよう、天狗にならぬよう、挫折《ざせつ》を経験しても立ち上がれる人間に育てたかったんだ」

俺は黙って耳を傾ける。

「だけど冷静に振り返ってみれば俺の指導なんかなくても、お前はこと野球に関して他の誰よりも誠実で、ひたむきで、挫折しても努力で跳ね返そうと顔を上げる人間だった。『才能がある人間は傲慢《ごうまん》になる』という才能のない人間の偏見で、最初から目が曇っていたんだ。浮かれるな、と指導している自分自身がっ……大きな才能を前に浮き足だっていた」

　本当は、と監督の声が震えた。

「ただ毎日野球をさせてやるだけでよかったのに、よりにもよってそれを奪うとは――ッ。おまけに自分の過ちを認めることでさえ、これだけの時間をかけてしまった」

「もう」

　俺は監督の肩に手を置いた。

「頭を上げてください。監督の考えてたことはわかりました。やっぱり自分の価値観ばかり押しつけるような指導方法が正しいとは思えないし、正直いまの話を聞いてふざけんなって思いもあります。でも……」

　顔を合わせるだけで苦痛だった人の目を真《ま》っ直《す》ぐ見つめ、にっと笑う。

「ある人に気づかされたんです。俺もまた間違っていた、って」


――監督に切られた？　地面に頭こすりつけて百回謝れ！

――チームメイトが本気じゃなかった？　あんたの熱で、プレーで、本気にさせてみせろよ！　こいつとなら夢じゃないって脳みそに直接叩《たた》きこんでやれよ！

だから、と俺は続ける。

「お願いです、このままプレーさせてください。もう夏に、グラウンドに落とし物をして帰るのは嫌なんですよ」

監督は真一文字にぐっと唇を結んだあと、わかった、と短くつぶやき背を向ける。

俺はそれを見送って、もう一度バケツに左手を突っ込んだ。

＊

「あいつ、なんかおかしい」

私は上村《うえむら》に言う。

「あん？」

「見て、さっきから走るときもほどんど左手動かしてないんだ」

ちょうど、ライトにゴロが転がった。

セカンドのグローブに当たったあとなので確かに勢いはないけど、千歳《ちとせ》はまるで余裕を見せるように素手でそれを捕球する。

練習の背面キャッチとは状況が違う。

試合中にこういう意味のない格好のつけかたはらしくない。

「――ッ、さっきのフェンス際か」

上村《うえむら》の反応を見て、やっぱりそうだと確信した。

あいつ、うまく隠そうとしてるけど左手のどっか怪我《けが》してる。

「この裏、千歳《ちとせ》に打順回るよね？」

試合は九回の表。

千歳のプレーで調子を取り戻したピッチャーが踏ん張り、あれから追加点は取られていない。とはいえ、スコアは依然として二対一のまま最終回。

次の攻撃で最低一点はとらないと藤志高《ふじ》の負けってことになる。

「ねぇ、片手怪我してて打てるもんなの？」

「打てるわけねぇだろ」

想像どおりの答えだった。

正確に言えば、と上村が続ける。

「バッティングには、バットを引くほうの手と押し出すほうの手がある。千歳は左バッターだから、右が引く手で左が押し出す手だな。一般的には前者のほうが重要だと言われてて、実際引き手一本で打つ練習なんかもあるぐらいだ」

「じゃあ千歳もっ⁈」

「ただ、そりゃ近くからふわっとトスしてもらったボールの話だ。プロだと片手一本でホームランなんてシーンもたまに見るが、インパクトの直前までは両手で全力のスイングをしてる。純粋に引き手一本でこのレベルの投手を打つのは不可能だ」

「――ッ」

「とはいえ、藤志高の実力といまのモチベーションじゃ千歳が打たなきゃまず勝てねぇ」

チッ、と苛立《いらだ》った舌打ちが響く。

そんなの、そんなのって。

きゅうっと、胸をわしづかみにされているような痛みが走る。

千歳が怪我したのはチームのためじゃん。

全力でプレーして、勝ちを諦《あきら》めなかった結果じゃん。

平野《ひらの》のために守ったじゃん。

祐介《ゆうすけ》にバトンを繋《つな》ぐための走りじゃん。

じゃあ誰か、誰か、誰か――あいつのことも助けてあげてよ。

あいつの熱を受け取ってあげてよ、繋いであげてよ、守ってあげてよ。

千歳――ッ。

*

ズグン、ズグン、ズグン。

九回表の守備が終わるとすぐ、俺はベンチ裏に駆け込んだ。

氷水に左手を突っ込むが、ほとんど効果はない。

脳みそを直接ノックされているような激痛が、時間を追うごとにひどくなっている。

監督にはせめてテーピングで固めろと言われたけれど、ただでさえ士気の下がりつつあるあいつらにこれ以上の不安を与えたくはなかった。

この回は二番から。

すぐ戻って、何食わぬ顔でネクストバッターズサークルに入らなければいけない。

「――朔《さく》、お前やっぱり」

その声に振り返ると、祐介《ゆうすけ》がどこか苛立《いらだ》った表情で立っている。

くそ、痛みで頭がぼおっとしてて気づかなかった。

「あのときか?」

「ばれちまったら仕方ない。さっき風が吹いたとき、スタンドにいる女の子のパンツが丸見えでさ。うっかり表を歩けない状態だったから鎮めてんだよ」

ちっ、ジョークも締まらねぇや。

「ふざけんなッ!!」

祐介が叫んだ。

平野《ひらの》や他のメンバーたちも何事かと顔を覗《のぞ》かせる。

「またお前はそうやってひとりで全部抱え込んで……もう充分だ、交代してくれ」

「それができるチームなら、最初から俺はここにいないんじゃないのか?」

もう誤魔化《ごまか》す気力もない。

バケツに手を突っ込んだままで答える。

「俺には、俺たちにはまだ来年がある。次のチャンスがある。お前がそんなになってまで打席に立つ理由は……」

「なあ、祐介」

俺は相手の言葉を遮《さえぎ》った。

「ずっと考えてたんだよ。あの日、お前たちが言ってたこと。もしかしたら俺は持っている側ってやつで、そうじゃない人間の気持ちがわからないのかもしれない。自分が知らないだけで、みんなは俺の何百倍も努力してるのかもしれない」

「朔……っ」

「つれぇよな、自分ができないことを易々《やすやす》とやってのけるやつを見るのは。うらやましくて、妬《ねた》ましくて、眩《まぶ》しいよ」

同じ状況に立たされながら、逃げずに戦っているあいつのことを想う。

圧倒的に不利な舞台で、必死に上を向いてるあいつのことを想う。

ほとんど頭は働いていないのに、言葉が勝手にあふれてくる。

「でもさ、それって自分の好きを否定する理由になんのかな?」

「――ッ」

「他人より才能があろうがなかろうが、好きならやるしかないんじゃないか?」

それに、と俺は腕を引き抜き、精一杯笑ってみせた。

「――目の前にある今をあがけないやつに、次のチャンスは回ってこねぇと思うんだ」


あのとき、今をあがけなかった自分に向けた言葉。

今をあがき続けているあいつに教えてもらったこと。

祐介《ゆうすけ》の肩を、平野《ひらの》の肩を、他のみんなの肩を叩《たた》きながらベンチに戻り、バットを握る。

ネクストバッターズサークルでバッティンググラブをはめ、左手首のベルクロを可能な限りきつく締めた。

さあ、答えを探しにいこうか――陽《はる》。

＊

前のバッターが粘った結果フォアボールを選んで出塁した。

ついてる、と俺は思う。

これでスタンドに放《ほう》り込めばさよならだ。

できれば、の話だけどな。

念のために監督のほうを見るが、盗塁やバントのサインは出ていない。

ここまでの結果を考えたら相手に敬遠される可能性も頭をよぎったが、キャッチャーは座ったまま。

ありがてぇ、勝負してくれるのか。

いつものルーティーンすらままならない状態で俺はバットを構える。

ピッチャーの目はぎらぎらと燃え、今度こそ打ちとってやるという気迫に満ちていた。

いいね、そうこなくっちゃ。

初球、力が入りすぎたのか、ストレートが内角よりの甘いところに入ってくる。

もらった、絶好球！

俺は力強く右足を踏み込み、

「――っつぐぁああ」


からんと、スイングの途中でバットを落とした。

いままでの鈍痛とは比べものにならない、焼けるような痛みが身体《からだ》を貫く。

その場にしゃがみ込みそうになるのを必死にこらえて、できるだけなんでもないようにバットを拾う。

「お前、どっか痛めてんのか」

キャッチャーがぼそっと言った。

俺は聞こえなかったふりでバットを構える。

いまの判定はもちろんストライク。

二球目、まるでなにかを探るようなストレートがアウトコースを狙ってきた。

構わず打ちにいく。


――ガツンッ。

後方へのファールチップ。

「────────ッ」


びりびりと、バットから衝撃が流れ込んできて悶絶《もんぜつ》しそうになる。

叫ぶな、痛がるな、歯ぁ食いしばれ、唇噛《か》みしめろ。

「左手か。大変だな弱小は」

くそ、ばればれかよ。

でもまあいい、これで狙い球はストレート一本に絞れる。

まともにバット振れない相手にわざわざスピードの落ちる変化球なんて投げないだろう。

正直なところ、そっちのほうが助かるぜ。

なんせ、繊細にバットをコントロールして変化を追っかけることなんてできねぇからな。

はぁ、はぁと荒く息を吐く。

次の球はスピードさえあればいいと言わんばかりのど真ん中ストレート。

っくしょう、三球勝負かよ。


──カツンっ。

また後方へのファールチップ。

「――っくぅー、しびれるほどいい球だなァおい!!」

見栄を張れ、背筋を伸ばせ、相手を睨《にら》みつけろ。
ほんの一ミリでもいいから打たれるかもしれないという考えを植え付けてやれ。

「もういい朔《さく》！　それ以上振るなっ」

ぬるいこと言ってんじゃねぇ祐介《ゆうすけ》。
てめぇにちゃんと繋《つな》いでやるから黙って見てろ。
いま格好つけねぇでいつ格好つけんだ。
ここで引いたら男がすたるだろうが。
それに……あいつといっしょに答えを探そうって、約束したんだよ。

「――来な、月までたたっ返してうさぎさんに野球教えてやらァ」

真新しいバッティンググラブに、いつのまにかじわりと赤い染みが広がっていた。

＊

——最初は、いけすかない男だと思ってた。

私、青海陽《あおみはる》が千歳《ちとせ》のことを知ったのは海人《かいと》と歩いてるところに出くわしたとき。

確か学校の廊下だっけか、べつに大事な記憶でもないからあんま覚えてないや。

いわゆる恋愛対象の男の子としては全然だけど、私はスポーツマンとしての海人をけっこう尊敬してたし、認めてた。

まあ、ナナよりちょっと下ぐらいかな。もしあいつが女子でいっしょなチームでプレーしてたらもう少し評価上がるかも……やっぱいまのなし、想像したくない。

そんなこんなで、私が惹《ひ》かれる相手は男女問わずに昔からわりとはっきりしてた。

自分がごりごりの体育会系ってのもあるけど、泥臭い人が好き、汗臭い人が好き、熱い人が好き、すました顔してても魂の根っこが叫んでるような人が大好き。

野球部に天才って呼ばれてるすげぇやつがいるんだよ、と海人が紹介してきた千歳からは、そういう匂いがまったく感じられなかった。

男のくせにどこか気取ってて、へらへらとくだらないジョークばっか飛ばしてる。

高校球児がワックスなんかつけちゃって、坊主にしろ坊主に。

おまけにこんなちんちくりん女にまで、

「陽《はる》ちゃんバスケ上手《うま》いんだって？　その身長ですげぇな、今度見に行っていい？」

なんてちゃらい誘いかけてくるんだ。

お前になにがわかんだよ、って内心はたいそう苛立《いらだ》ってた。

どう考えたって私のいっちゃん嫌いなタイプ。

なんで海人《かいと》がこんなのと……そう、思ってた。


——高校に入って初めてのインターハイ予選。

一年生からは私とナナがレギュラーに選ばれた。

順調に勝ち上がって迎えた準々決勝、相手は芦葉《あしば》高校。

あいつがいる、と私は思った。

ミニバスの頃から何度も対戦して、ただの一回も勝てなかった東堂舞《とうどうまい》。

初めて自分のシュートがリングをくぐったあの日から、がむしゃらにずっとずっとずっとずっと努力し続けてきた自負はある。

効果があるのかないのかなんてわからないけど、牛乳は吐くほど飲んだし、身長が伸びるストレッチみたいなのは見つけたの全部試した。

小さい選手が出てくるバスケ漫画を読みふけって、私でもやれるって、繰り返し自分を奮い立たせてきたんだ。

だけど、私たち藤志《ふじ》高は言い訳の余地もないダブルスコアで芦高にぶっ飛ばされた。

チビだからこそ速いとか、チビだからこそできる低いドリブル、なんて、がむしゃらに磨き上げてきた武器はなにひとつ通用しない。

だって相手はでかいのに速いし、でかいのにドリブルがうまいから。

必死にあがいてきたつもりなのに、差は広がる一方。

東堂舞は、あのいけすかない男と同じで匂いのしない選手だった。

圧倒的な才能、圧倒的な身体能力、そして圧倒的な、身長。

ここまでなのかな、と初めて思ってしまった。

ぴき、と小さな音を立てて心にひびが入る。

しゅん、と胸のなかの炎が消えかけのろうそくみたいに弱々しくなる。

なにかを諦《あきら》める瞬間というのは、意外なほどにあっけないものなのかもしれない。

結局、ああいう恵まれたやつらが涼しい顔で頂点《てっぺん》に立つんだ。

——敗戦のショックが抜けきらないまま、海人に誘われて行った野球部の大会。

千歳《ちとせ》は初回から大きなホームランを打った。

へえ、あいつやるじゃん。

……なんて見直したりはしませんでした、陽《はる》ちゃんやさぐれてたから。

ひとりだけ飛び抜けて上手《うま》いのはわかるけど、あんなにちゃらちゃらしたやつが、汗と土《つち》埃《ぼこり》の代わりに香水の匂い漂わせてるような男が、しれっとした顔で結果を残す。

結局そういうことなのかな、と思った。

努力は報われる、なんてみんな簡単に言ってくれるけど、だったら私の身長はいまごろ東堂《とうどう》ぐらいになってたっていいじゃないか。

そんなふうに捻《ひね》くれた見方をしていた六回。

なんか藤《ふ》志《じ》高が打たれ始めたなーと思ってからは一瞬だった。

十二失点て、そんなに野球詳しくない私でも勝敗が決してしまったとわかる。

むしろ、ここまで圧倒的な実力差があるのによく粘ったほうだ。

ピッチャーも含めて藤志高側の選手はみんなそういう雰囲気を漂わせている。

惜しかったな、いい試合だったよって、プレーに諦《あきら》めが滲《にじ》んでいた。

まるで芦高に負けた自分たちを見ているような気持ちになり、腹立たしいやら情けないやらで私までむかついてくる。

――だけど、たったひとりだけ。

その回、途中から千歳《ちとせ》のことを目で追っていた。

多分やる気なくしてるんだろうなぁって。

ひとりだけ圧倒的な才能もってて、それについてこられないチームメイトにいらいらしてんだろうなって。

けど、なんか思ってたのと違う。


「野球は一回の攻撃で百点とれるスポーツだろ！」

「こっから逆転したら俺たちくっそ格好いいぞ」

「へいピッチャー、そろそろあの魔球いっとくか？」

「おいおい俺の見せ場がねーよ、ライト打たせろライト!!」

「よーし、野球はこっからだぞ！」


これ全部千歳の声。

恥ずかしい、って正直ちょっと思っちゃったよ。

だってどう考えても空回ってるんだもん。

実際、まわりで見てる人たちもイタいなーって感じの嘲笑《ちょうしょう》浮かべてるし。

でも当の本人は少年みたいににこにこ笑いながら、本気でまだ試合をひっくり返せると信じてるみたいだった。

絶対に届かないだろうってファールボールを全力で追いかけて、叫びすぎてがらがらになった声で仲間たちを鼓舞しつづける。

そういう自分を、べつに格好いいともみっともないとも思ってないみたいだ。

ただ、魂の導くほうへ動いてる。

そんでわかっちゃった。

きっとあいつにとっては全部当たり前なんだ。

最後まで諦《あきら》めないことも熱くなることもがむしゃらにプレーすることも、普段の努力だって努力だとすら思ってないんだろう。

好きなことがあるなら、上を目指したいならそんなの普通だろ？　みたいな感じ。

千歳《ちとせ》がバッターボックスに入る。

やっぱり目をきらきらと輝かせて、楽しそうに笑いながら。

一発ぶちかまして反撃ののろしを上げてやるぜ、って。

それを見たとたん、汗と土埃《つちぼこり》の匂いが千歳のほうからぶあっと流れてきて熱気でむせ返りそうになった。

そっか、と思う。

私が千歳と同じ場所に立ってなかったから、あんまり自然にそういう気配をまとっているから気づかなかったんだ。

天才に見えるあいつも、きっと東堂舞《とうどうまい》だって、ただ全力で好きを追いかけてる。

なあんだ、ちゃんと私の延長線上にいるんじゃないか。

瞬間、ちろちろと頼りなく揺れていた私のハートに真っ赤な火が点《つ》いた。

だったら、追いつくまでこの道を行けばいいだけだ。

走って、走って、走り続けて。

跳んで、飛んで、飛び続けてやる。

そうやって熱くなることは、泥臭く頑張ることは、格好悪いことなんかじゃないって、目の前の気に食わなかった男が証明しているから。


ああ、なんてシンプルで、すかっとした気持ちのいい世界なんだろう。

こみ上げてくる気持ちを抑えきれなくて立ち上がる。

「打てー、千歳ーッ!!」

——カキーンッ。

まるでその言葉に応えるように、打球は高々と舞い上がった。

真昼の月みたいにきれいだな、と思う。

やば、ちょっと惚《ほ》れちゃいそうだよ。

＊

——千歳《ちとせ》、千歳、千歳千歳千歳ッ。

さっきから心のなかで何回そう叫んだだろう。

「いま何球目ッ?!」

私は隣の上村《うえむら》に向かって叫ぶ。

「知るかッ、十までしか数えてねぇよ！　くそ、イカれてんのかあの野郎は」

ファール、ファール、またファール。

ツーストライクと追い込まれてから、千歳はバットを振り続けていた。

ボール球を二回ぐらい見送ったけど、それ以外はずっと。

最初はいつもどおりだったフォームがいまは見る影もない。

肩で支えるように寝かせて、なんとかボールに食らいついてるという感じだ。

一回振るたび足から崩れ落ちそうになりながらも、バットを杖代わりにしてなんとかこらえていた。

ぜえぜえと肩で息をして、それでも立ち向かうことをやめない。

藤志高《ふじ》のベンチは全員が身動きひとつせずに、固唾《かたず》を呑《の》んでその様子を見守っていた。

さすがに観客ですら異変に気づき始めているようで、あちこちで呆《あき》れたような声が上がっている。

なかには次の試合に出場するチームの選手たちもいるみたいだ。

「あのバッターもう無理だろ」

「代打だしてやれよベンチも」

「あれよりマシなのがいないんだよ、藤志高だし」

「必死すぎてウケる」

「てか自分から下がれよな。足引っ張ってる自覚ねぇのか」

「あれ千歳《ちとせ》だろ、中学のとき県大優勝の」

「マジ？　あの千歳？」

「あーそりゃ俺様になるわ。自分で試合決めるとか思ってんじゃないの？」


——どいつもこいつも勝手なこと言いやがってッ。

「やめとけ、んなことしても意味ねぇ」

思わず立ち上がりかけた私の肩を上村《うえむら》が押さえる。

「この姿見てなにも響かないやつらなんか相手にすんな」

だって、だってだってだってだって。

とうとう立ってることすらままならなくなったのか、千歳が地面にひざを突く。

あいつが、あいつがいまどんな想いでバット振ってると思って——。

そこでふと、思考が止まる。


あれ、どんな想いだ？

祐介《ゆうすけ》のため？

平野《ひらの》のため？

他のチームメイトや監督のため？

もしかして、少しは私のためだったり？

――ちょっと待てよ、違うだろ。


あんたの野球はそうじゃない。

もっとピュアで熱くて真《ま》っ直《す》ぐで楽しくて、ああもう考えてるの煩わしいッ！

ダンッ、と私は立ち上がった。

くそなんでこんなの着てきたスカート邪魔ッ。

ワンピースの裾《すそ》をたくし上げ、だだっと飛ぶように観客席の階段を駆け下りる。

途中、夕湖《ゆうこ》やうっちーたちの声が聞こえてきた。

「もういいよぉ、朔《さく》」

よくないッ！

「朔くん、それ以上は……」

まだだ、立てッ！

「ちょっと千歳《ちとせ》くん死んじゃうって」

死なねぇよ、振れッ！

心のなかでそう叫ぶ。

走れ、走れ、ハシレ！

あいつに伝えなきゃいけないことがある、届けたい言葉がある。

あんとき約束したんだ。

最後は必ず笑顔にしてあげるって、情けないときは叱《しか》りつけて、立ち上がれないときには勇気をあげるって。

バッターボックスの真後ろに立ち、ネットをひっつかみ、

「——笑えええええええッ!!」

横っ面《つら》ぶん殴るつもりで叫んだ。

はっと、千歳が顔を上げてこっちを見る。

「なにバットにごちゃごちゃ余計な重りつけて振ってんだ。私の愛するあんたはもっと楽しそうに野球するあんただ！　好きなんだろ、全部かけてきたんだろ、引かないって腹くったんだろ、ずっとその場所に戻りたかったんじゃないのかッ！」

だったら、だったら、

「――こんなにオイシイ場面で辛気くさい顔してんじゃねぇよッ!!」

そう言って、全力でにかっと笑ってみせた。

へッと、千歳の口角が上がった気がする。

そのままタイムをかけて審判となにかを話し込み、ポケットから取り出したリストバンドを左の手首につけた。

身体《からだ》中から最後の力をかき集めるように大きく深呼吸をして打席に入り、どこまでも優雅に凛《りん》とバットを構える。

──ああ、もう大丈夫。

その横顔は一年前に見たのと同じ、私がハートを撃ち抜かれたのとおんなじ笑顔だった。

「ぶちかませぇッ!!」

私は拳《こぶし》を突き上げる。

パカーンッ!!

ったく、あんだけ余計な重り外せって言ったのに。

まるで誰かの願いを乗せた流れ星みたいな打球が、バックスクリーンに向かってぐんぐん伸びていった。

＊

スパルタだぜ、うちのお姫様《あいぼう》は。

もうほとんど感覚もなくなった左腕をぶら下げながら俺は一塁へと走る。

手応えはあった、けど弾道が低い。

十中八九スタンドまでは届かないだろう。

くそったれ。

この当たりなら一塁ランナーはホームに還《かえ》れる。

でも同点じゃ駄目だ。

ここで逆転しなきゃ、うちに延長を戦う余力なんざ残ってない。

ファーストベースを蹴《け》りながら必死に考える。

打球の行方を目で追った。

案の定、フェンス直撃だ。

幸運なことに、クッションボールがセンターの想定とは違う方向へ転がっている。

一か八かこのままホームを狙うか？

そう思って無意識のうちに左腕を振った瞬間、ビギィと神経をむしり取られているような痛みが脳天まで突き抜ける。

ぐらりと、体勢が崩れかけた。

っざけんなよ、美男子はまぬけにこけたりしねぇんだ。

ぐっと脚に力を込め、まだだ、とセカンドベースを蹴った瞬間、

「止まれえええええええええーッ‼」

ネクストバッターズサークルからでかい声が飛んできた。

とっさに俺はブレーキをかけ、二塁へと戻る。

「平野《ひらの》……」

声の主は、闘志に満ち満ちた表情でこちらを睨《にら》みつけていた。

「怪我《けが》人はおとなしく突っ立ってろ。俺が歩いて還《かえ》してやるッ‼」

「ヘッ、ほんとかよ」

あとは任せたぞ、と俺は肩の力を抜いた。

*

「怪我人はおとなしく突っ立ってろ。俺が歩いて還してやるッ‼」

私は声のほうを見て、

「――ッ」

思わず息を呑《の》む。

四番バッターの平野が、藤志高《ふじ》のベンチがごうごうと燃えていた。

さっきまでの諦《あきら》めムードなんてどこにもない。

いつのまにかチーム全員が千切れんばかりの声を出し、前のめりになりながらエールを送っていた。

ホームに帰還したランナーと平野がバヂンッと手を合わせる。

「ぜってぇ打てよ、平野ぉッ。死んでも朔《さく》にこのベース踏ませろ」

「当たり前だ。あんなの見せられて燃えなかったら男じゃねぇ！」

本物だ、と私は思った。

スタンドまで響くその言葉は、虚勢や勢いに任せた大言壮語なんかじゃなくて、本物の真っ赤な熱を発している。

なにがなんでも千歳《ちとせ》の本気に応える。

その想いがオーラみたいに藤志高を包み込んでぎらぎらと迸《ほとばし》っているようだ。

「っしゃあああああああ来いおらぁッ!!」

バッターボックスに立った平野《ひらの》が吠える。
空気が、変わった。
相手ピッチャーが動揺してる。

——ねぇ千歳《ちとせ》、そこからちゃんと見てる？
——あなたのところまで届いてる？

初球を力いっぱい振りにいった平野の打球がレフト前に飛ぶ。
「朔《さく》、走れぇッ!!」
……ったく、歩いて還《かえ》してくれるんじゃなかったのかよ。
とか言ってそうだな、あいつなら。でもナイスバッティング！
ランナー一・三塁。
あとヒット一本、なんならエラーでもいい。
それで藤志《ふじ》高のさよなら勝ち。
けど、次の五番バッターはこの試合で一本もいい当たりを打っていない。
私は祈るように手を合わせて、ぎゅっと目を瞑《つむ》る。

せっかくいい流れが生まれてるのに、あと少しなのに、誰か、誰か、誰か――ッ。

『選手の交代をお知らせします』

え……？

『――に代わりまして、バッ、ター、江崎くん』


江崎《えざき》、って、祐介《ゆうすけ》？

バッターボックスに立つその姿を見た瞬間、かぁっと目頭が熱くなった。

なんだよぉ、あんた出られるんならもっと早くそうしなさいよバカ。

そしたら千歳があんなにぼろぼろになることもなかったのに。

……ううん、違うよね。

あのときの私みたいに、あいつの熱が流れ込んだんだ。

まだ完全に回復してない足を、臆病に震える魂を、逃げ出してしまいそうな弱い自分を、狂おしいほどにまばゆい炎でたたき起こされたんだ。

――本気の情熱は、プレーは、生き様は、本当に仲間に届かなかったのか。誰の心も動かせなかったのか、ただの空回りや身勝手な押しつけだったのか。

ねえ千歳《ちとせ》、てめぇでたどり着いた結末ってやつ、ちゃんと見届けてる？
本気の情熱が、プレーが、生き様が、仲間のハートに火を点《つ》けたんだ。
繋《つな》がって、共鳴して、爆発しそうだよ。

あんたはみんなを照らす真っ赤な太陽だ。

バッターボックスに立った祐介《ゆうすけ》が雄々しく叫ぶ。

「道はッ！」

ベンチが、塁上の平野《ひらの》が、そして千歳がともに吠える。

「「作る」」

「壁はッ！」

「「「ぶっ壊す」」」

「行くぜえええええ!!」

「「「藤志高《ふじ》オオオオオオオオッ」」」


まるでグラウンドに熱風が吹き荒れているようだ。

我慢しようと思ってたのに、最後まで見届けてからにしようと思ってたのに、あいつがまだ戦ってるのに、ぼろぼろ、ぼろぼろぼろと、涙があふれ出してきて止まんないよ。

本当はこうなりたかったんだよね、千歳。

一年前のあのとき、あんたにだけはこの光景が見えてたんだよね。

仲間たちといっしょに、おんなじ気持ちで、おんなじ熱量で、頂点《てっぺん》まで駆け上がってやろうって、本気で思ってたんでしょ。

このチームならできる、って。

いまなら私にも見えるよ。

多分、この球場にいる人間みんなが同じ景色を見てると思う。

ほら、さっきまで嘲笑《ちょうしょう》してたやつらも言葉を失ってていい気味だ。

だって想像しちゃうよ、このまま突っ走って甲子園に立ってるあんたらを。

漫画みたいなサクセスストーリーたぐり寄せてるあんたらを。

千歳《ちとせ》はもうほとんどリードすらとらず、穏やかに微笑《ほほえ》んでいた。

あとはお前に託したぞ、って言ってるみたい。

やめてよそんなの、自分の役目は終わったって顔しないで、やっぱり抱きしめたくなる。

ずっと、ずっとずっと、そうやって仲間を信じ続けていたんだ。

その苦しみに、絶望に、気づいてあげられなくてごめんね。

天才だなんて卑怯《ひきょう》な言葉つかってごめん。

ぶち切れてあげるのが遅れてごめん。

私も受け取ったよ、答え。

このバトンを必ず繋《つな》ぐから。

中途半端に途絶えたあんたの夢、私が未来まで持っていって一番高いところに飾ってやる。

だから、だから、だから──、

カッキーンッ!!

祐介《ゆうすけ》の打球はまるで千歳のそれみたいに飛んでいく。

だから、胸を張れ。ふんぞり返ってホームに戻ってこい。

この、ホ、ー、ム、ラ、ン、は、あ、ん、た、の、ホ、ー、ム、ラ、ン、だ。

そんでもって。

あーあ、もう誤魔化《ごまか》せないや。

ごめんね夕湖《ゆうこ》、ごめんねうっちー、ごめんね西野《にしの》先輩、でもナナにだけは負けない。

——ねぇ、好きだよ千歳、私あんたを愛してる。

＊

「はは、ほんとに打ってやんの」

俺は祐介《ゆうすけ》の打球を見届けてから、ジョギングのような速度でホームへと向かっていた。

かつての、いや、仲間たちがいまかいまかと待ちわびている。

あせんなよ、もうそんなに速くは走れねぇんだ。
五、四、三、二、一――。
さよならのベースを踏んだ瞬間、鬱陶《うっとう》しい野郎どもが飛びついてきた。

「朔《さく》ー!!」

「お前、この、ほんともうっ」

「オイシすぎるだろ、スターかよ」

いてぇよばか、男に抱きつかれたってうれしくないっつーの。

そうこうしてると、平野《ひらの》が全速力で駆け寄ってくる。

「やったぜ、やったぜ朔ッ!!」

「やってねぇよ、誰だよ歩いて還《かえ》すって大見得切ったの」

「るっせぇ、見せ場はあいつに譲ってやったんだよ」

後ろから、ひょこひょこと足をかばいながら祐介が戻ってきた。

俺は黙って右手を掲げる。

「ったく、一年も待たせせやがって」

藤志高校
藤志高校

——バヂンッ。

力いっぱいハイタッチをしてから俺は続けた。

「悪化させてねぇだろうな。もう手伝わないぞ」

「立ってるのが精一杯なやつに心配されたくねーよ」

「ヘッ」

「なあ朔《さく》、このまま……」

俺は首を横に振ってその言葉を遮《さえぎ》る。

「いい試合だったな」

祐介《ゆうすけ》はふっと小さく笑った。

「あぁ」

「——これでやっと、去年の夏が終わったよ」

片手でヘルメットを脱ぎ、天を仰ぐ。

空はどこまでも青く澄み渡っている。

左手首のリストバンドにそっと触れ、最後の力をくれた太陽みたいな笑顔に向けてゆっくりと突き上げた。

ゆっくり考えていけばいいさ。

これまでのこと、そして、これからのこと。

だからいまはただ、次の夏を始めるために少しだけ休もう。

ホームの前に整列し、心からの感謝を込めて叫んだ。

祐介に、平野《ひらの》に、他のみんなに、監督に、小学校の仲間に、中学校の仲間に、夕湖《ゆうこ》に、優空《ゆあ》に、七瀬《ななせ》に、明日姉《あすねえ》に、和希《かずき》に、海人《かいと》に、健太《けんた》に、なずなに、亜十夢《あとむ》に、陽《はる》に。

——そして、野球に。

「ありがとうございましたッ!!」

＊

——翌日の日曜日、藤志《ふじ》高第一体育館。

今日は芦高との練習試合だ。

一週間ぶりに顔を合わせる女バスの仲間たちは、一様にどこか気まずい表情を浮かべている。

私は結局、話し合いの場を設けようとはしなかった。

きっと言葉だけじゃ伝わらない。

上っ面《つら》の和解に意味はない。

じゃあどうすればよかったのか。

その答えはもう、千歳《ちとせ》が見せてくれたから。

美咲《みさき》ちゃんは私の顔をまじまじと眺めたあとで、

「全部お前に任せる」

短く言った。

ナナが近寄ってきて、ぽんと肩を叩《たた》く。

「みんな身体《からだ》は動くよ。あとは気持ちの問題」

「ありがとね」

聞けばこの一週間、副キャプテンとしてみんなを集め、自主的に練習してくれていたらしい。

この子が同じチームにいてくれてよかったな、と心から思う。

でも、

「ねぇナナ」

私は言った。

「いつかさ、男の力借りないとその気になれない女には負けない、って言ったの覚えてる?」

「あったね、そんなこと」

「あれ取り消す、私も借りちゃった」

ナナは少し呆気にとられたあとで、挑発的にふっと微笑《ほほえ》む。

「へぇ?」

「だから舞《まい》だけじゃない。私はナ、ナ、ナにも、負、け、た、く、な、い、よ、」

「コートネームで宣言したってことは、それ真剣勝負でいいんだよね?」

頷《うなず》く代わりに、にっと笑う。

ナナは黙って拳《こぶし》を差し出してきた。

私はそこに自分の拳をこつんとぶつける。

「それじゃあウミ、とりあえず目の前の問題から片づけますか」

「おうよ。ナナとはそのあと、正々堂々ね」

「言っておくけど、昨日のあれで火が点《つ》いたの、あんただけじゃないから」

「情けない姿してるくせに、罪な男だねぇ」

二階のキャットウォークを見上げる。

千歳は左腕を三角巾で吊《つ》りながら、呑気《のんき》にサイダーを飲んでいた。

試合のあとで病院に行って状況説明したらめっちゃ怒られたらしい。

どうせ美人な看護師さんに鼻の下でも伸ばしてたんだろうからいい気味だ。

あ、てかあいつ私でもナナでもなくて舞《まい》のこと見てやがる、許さん。

一瞬も目を離せないぐらい魅せてやるから覚悟しとけよ。

アップを終えた仲間たちが円陣を組むために集まってくる。

私はセンとヨウのあいだに入って肩を組んだ。

「ウミ、あの……」

「この前のは……」

ふたりが同時に口を開いたけれど、両方の背中をばしっと叩《たた》いて遮《さえぎ》る。

「私は謝らないよ。だからあんたたちも謝らないで」

「「——ッ」」

「けどさ、みんながもしそうしてもいいと思えたときは、力貸してくんないかな？　芦葉高校《あいつら》をぶち抜くために」

返事は待たず、いくよ、と続けた。


ダンッと床を踏んで叫ぶ。

「愛してるかい？」

「「「愛してるッ！」」」

ナナが、センが、ヨウが、みんなが、ズダンッ、といっせいに床を踏む。

「その愛は本物かい？」

「「「骨の髄まで愛してるッ！」」」

「だったらハートに火を点《つ》けろッ!!」

「「「待ってるだけの女じゃない!!」」」

「欲しい男は」

「「「抱き寄せろ」」」

「振り向かないなら」

「「「撃ち落とせ」」」

「ウィーアー」

「「「ファイティングガールズ!!」」」

ズダダダダンッ、とまるで陣太鼓みたいに体育館の床を踏み鳴らす。


両チームがセンターサークルを挟んで並ぶ。

私と舞《まい》がそれぞれ中央に歩み寄り、代表として握手を交わした。

「陽《はる》、いい顔だ?」

「そう?」

「このあいだので凹《へこ》んでるかと思ったのに、なんかあった?」

「まあ、あったといえばあったかな」

私はちらっと千歳《ちとせ》のほうを見る。

舞が女子高生相応のいたずらっぽい表情を浮かべた。

「あ、男?」

「色恋にうつつを抜かすのはあんたをぶち抜いてから、って約束してるもんで」

「いいこと聞いた。ぼこぼこに叩《たた》き潰《つぶ》して私がもらっちゃお」

「恋する乙女舐《な》めんなよ」

パン、と軽く手を合わせて私はその場を離れる。

代わりにヨウがセンターサークルへ入り、舞と向かい合った。

しゅるしゅると、ジャンプボールが上がる。

さあ、私も結末を見に行くよ——ダーリン。

＊

——くそッ、気合いだけでかんたんに実力差が埋まれば苦労しないか。

第三クォーターを終え、水分補給をしながら私はスコアボードを睨《にら》む。

芦高が五十二、こっちが四十。

必死に食らいついてはいるけど、じりじりと差を広げられつつある。

問題はやはりディフェンスだ。

わかっちゃいたけど、とくにセンとヨウが試合に集中しきれていない。

ちらり、と気づかれないようにふたりのほうを見る。

なにを話しているのかはわからないけど、口許《くちもと》には薄い笑みが浮かんでいた。

あんなことがあったから余計に意識してしまっているのか、センはいつも以上にプレーが消極的だし、ヨウは動きが大雑把《おおざっぱ》。

だけど、と思う。

こうなるまで状況を改善できなかったのは私だ。

背中で見せるって、そんなに簡単なことじゃないな。

なかなかあいつみたいにはいかないよ。

千歳《ちとせ》はとくに声援を送るわけでもなく、静かに試合を見守っていた。

ったく、愛してるのひと声ぐらいないもんかね。

名前入りのはっぴと旗はどうした！

……なんて、嘘《うそ》。

必要なものは昨日全部もらったから、ちゃんと最後までそこで見ててよね。

二分間のインターバルが終わり、再びコートに戻る。

ま、さしあたってあの子たちのぶんも走るしかないか。

あいにくこの一週間、炎天下のなかでバカふたりに死ぬまで走らされてたんだ。

ちょっとやそっとのことじゃバテないかんね。

センからのボールを受け取り、脚にぐっと力を込める。

――さあ、燃え尽きるまでいってみよう。

センターラインのあたりから加速を始め、いっきに敵陣へと突っ込む。

ひとり、ふたり、フェイントやターンを駆使しながら抜いていく。

「来たな、舞《まい》！」

こいつがやっかいだ。

「悪いね、また行き止まり」

「上ッ等だこのォ！」

強引に突破しようとするが、ぴたりと張り付かれて振り切れない。

そうこうしているうちに、抜いたはずの相手にまで囲まれてしまう。

さっきからずっとこのパターンだ。

舞を突破しない限りは他を抜いても意味がない。

「くそ、センッ！」

いったんボールを戻そうとしたが、自分のところに来るとは思っていなかったのだろう。

センはこちらから目を離していてパスが出せない。

一瞬の戸惑いを狙って舞にスティールされた。

「っそ、返せこんにゃろう」

ミサイルみたいに遠ざかる背中を全力で追う。

「速い速い。でもあんただけだ、ついてきてるの」

ナナは奪われたときの位置が悪かった。

けど、他のみんなは……いい、私が倍走るッ。

「大変だね、釣り合わないってのは」

「余裕かましてっと舌噛《か》むぞ」

「そういうことは」

ふわっと舞《まい》が飛んだ。

私もそれに続くが、

「レイアップの一本でも止めてから言うんだね」

まるっきり届きやしない。

これで五十四対四十。

まだ駄目だ、もっと速く、飛ぶ前になんとかしないと私じゃ相手にならない。

ようやく戻ってきたセンが私に向けてボールを入れてくる。

ばっ、弱いッ。

すうっと、後ろから舞の手が伸びてきた。

「くッ！」

必死に死守しようとするもリーチで負け、そのままジャンプシュートを決められる。

五十六対四十。

はぁ、と舞がわざとらしくため息をついた。

そのまま大声で言う。

「あーあ！　これなら陽《はる》と１ｏｎ１してるほうが練習になったりして」

「舞ッ！」

冨永《とみなが》先生がぴしゃりとそれを遮《さえぎ》る。

はいはーい、と舞は退屈そうに背伸びした。

多分、この子なりに発破をかけてくれたつもりなんだろうけど、いまは逆効果だ。

センはますます自信をなくしたようにうつむいてしまう。

「じゃ、勝手にやっちゃお」

再びセンからボールを受け取ったところで、舞がそうつぶやいた。

その意図を理解した私が言う。

「よーい」

舞が笑って続ける。

「ドンッ！」

ダンッ、とふたりで同時に踏み切る。

速いッ、でも駆けっこなら負けるもんか。
舞《まい》が隣についてくれるならむしろ好都合。
あっという間にセンターラインを超える。
このままゴール下まで突っ切ってや——、

「あんまり」

すうっと私の横を美しい黒髪が横切った。
もう、手元にボールはない。
舞がそれに気づいてばっと振り返る。

「舐めんないよ、い、」

——しゅるるる、ぱしゅっ。

五十六対四十三。
すれ違いざまに私からボールを受け取ったナナが、目の覚めるようなスリーを決めた。

「そっか、あんたもいたっけ。名前は？」

舞が不敵に笑う。

「悠月《ゆづき》。でも覚えなくてもいいよ。あなたはそこのチビが潰《つぶ》すから」

「孤立無援でぼこぼこにされてるのに？」

「ここから先は私がひとりにさせない。それに……」

ナナが挑発的に口角を上げて告げる。

「引火まで、あと少し」

「へぇ、悪いことたくらんでる顔だ？」

味方からボールを受け取った舞が走る。

今度はふたりでそれを追った。

ナナが利き手の右側につき、球際のスティールを狙う。

舞の速度が落ちた。

瞬時に意図を理解した私はぐんと加速して進行方向に先回りし、ぴたと動きを止める。あえて、身体《からだ》の力を抜きながら。

――ズッダァンッ。

全力で走ってきた舞《まい》と衝突し、私のちんまい身体《からだ》がぶっ飛ばされる。

「っかはッ」

むき出しになった腕や脚が床との摩擦で焼けるように痛む。

けど、オフェンスチャージング。

「その手があったか」

「チビは簡単に飛ばされるからね、優しくエスコートしてよ」

これはディフェンスにおいてどうしようもなく無力な私に与えられた最後の手段みたいなものだった。

持ち前のスピードと野生の勘を生かして先にコースを潰《つぶ》す。

そこに突っ込んできたら、相手側のファウルだ。

ま、ディフェンスファウルと紙一重だから毎回うまくいくもんでもないけど。

いまのはナナが舞の集中をそいでくれたから助かった。

本当はセンがああいうプレーをしてくれると――そこまで考えてはっとする。

ここから先は私がひとりにさせない。

言われてみれば、今日のナナにはどこか違和感があった。

欲しいところにパスがこないとか、逆にヘルプが必要なときにいないとか。

チーム内がぎくしゃくしてるからだと思ってたけど……そっか、試合開始からいままでプレーを通じてみんなに伝えようとしてくれていたんだ。

わざとピースの欠けたパズルを見せることによって、もしセンが私のヘルプに入ってくれたらとか、ヨウがパスを繋《つな》いでくれたらとか、あの子たちが気づけるように。

多分それだけじゃ足りなかったから、今度は自分でお手本を見せようとしてる。

ふたりがこういうプレーをしてくれたら助かるんだよ、って。

あんにゃろ、粋《いき》な真似《まね》を。

ナナとパスを繋ぎながら、再び攻め上がる。

もちろん舞が準備万端で待ち構えていた。

私はボールをキープしながら時間を稼ぎ、

「そこっ！」

一気に左側から抜きにかかる。

当然舞は反応するが、気配を消して背後から近づいてきていたナナに進路を阻まれた。

「しまっ」

ワンテンポ遅れて追いかけてきたところで、

「ナナッ！」

すぐスリーポイントラインの外に出てフリーになっていた相棒にパスを出す。

「っ、ピックアンドロール」

ナナのもとには他のディフェンスが詰めてきている。

少し距離が遠い、いつもだったら狙いにいかない場面。

けど、

——ふあんっ。


ボールが優しい放物線を描く。

いくっしょ、今日は。

舞《まい》が悔しそうに笑う。

「へえ？　確実に決めれるときしか打たないのかと」

ナナがクールに応じた。

「負けてらんないのよ、私も」

五十六対四十六。

よし、射程圏に入ってきた。

いつのまにか大きく肩で息をしている自分とナナには気づかないふりして、ぐっと拳《こぶし》を握りしめる。

＊

——残り時間は五分強。

スコアは六十対五十。

十点差がいっこうに縮まらない。

「っつぁあ」

ちりちりと摩擦に肌を削られる。

相手にぶっ飛ばされるのもこれで何度目だろう。

ほとんどふたりで得点を重ねていた私とナナにも限界がきていた。

千歳《ちとせ》、と思わず二階を仰ぐ。

険しい表情をしてたくせに、目が合うとあいつはにっと笑った。

はいはいわかりましたよ、そうでしたね。

こういう場面こそ楽しめってか、スパルタな王子様《ヒーロー》だこと。

昨日、試合が終わったあと、あいつは大会関係者から譲ってもらったというホームランボールを私にくれた。

リストバンドの代わりってことらしい。

あのばか、それじゃ試合中に勇気もらえないじゃん。

おかげで昨日は枕元に置いて寝たっつうの。

なんなら興奮でなかなか眠れなかったから何回か撫《な》でなでしたわ、どうだまいったか。

しょうがないからいまは、その下手っぴな笑顔で我慢してやる。

バチン、と顔を叩《たた》いて気合いを入れ直す。

ボールを手にした舞《まい》が呆《あき》れたように言った。

「まだ諦《あきら》めないんだ？」

「おあいにくさま」

キュッと床を蹴《け》って叫ぶ。


「――劣等感とは長い付き合いなんでねッ!!」


くそ、足がもつれる、呼吸が定まらない、でも走れッ。

全身の筋肉が鳴いてる、骨がきしんでる、でも飛べッ。


昔っからそうだろ、私に要領よくできることなんてなにひとつなかった。

バスケでかんたんに勝てる相手なんてひとりもいなかった。

いつだって敵は私よりも高い。

ずっとずっと、一番低いところから空を眺めてた。

それでもなんとかここまで歯ぁ食いしばってきたんだろ。

世の中にゃ身長一六〇センチのＮＢＡ選手だっていたんだ。

本当に自分は努力しても報われない側だったのか。

その結末を見届けるまでは絶対に止まらない。


センターライン近くで一瞬、仲間の位置を確認しようと隙《すき》ができた舞のボールをバヂンと弾き出す。

その方向には──センン、駄目だ走ってない。

だったら自分でいってやる。

「っつぁらあああああああああ」

ラインを割りそうなボールに飛びつき、

「ナナぁッ!!」

コート内に戻す。

着地しようとしたけど力が入らず、そのままパイプ椅子《いす》に突っ込んだ。

派手な音が鳴り響き、全身を痛みが貫く。

ボールは？

さすがナナ、こっちに一瞥《いちべつ》もくれず冷静にスリー決めてやんの。

そゆとこ、やっぱ私の相方だわ。

「うぐっ」

立ち上がろうとすると全身に電流が走り、もう一度うずくまる。

昨日のあいつもこんな感じだったのかな、と呑気《のんき》に思った。

「「ウミッ」」

近くにいたセンとヨウが駆け寄ってくる。

心配そうなふたりに笑ってみせた。

「へへ、一分間だけ寝てていい？」

私がそう言うと、センが泣き出しそうな声を出す。

「なんで、なんでウミはそこまで頑張れるの？　どう考えたって勝ち目のない相手に何度も何度も向かっていけるの……？」

我慢しきれなかったのか、センの目の端からつうと涙が流れた。

私は手を伸ばしてそっとそれを拭《ぬぐ》う。

「やっぱ好きだから、かな。バスケも、あんたたちとプレーすることも」

「────ッ」

「それに、勝ち目ならあるよ。確かに私は未熟だ。選手としては明確な弱点抱えてるし、キャプテンとしても根性論みたいなことしか口にできない。だけどこのチームにはナナがいる、センがいる、ヨウがいる、他のみんながいる」

言葉の出てこないセンを見て、隣にしゃがみ込んでいたヨウが口を開く。

「けど、私なんかがいくら努力したところで……」

ぱちん、と私はやさしくその頰《ほお》を叩《たた》く。

「次そんな台詞《せりふ》口にしたらぶっ飛ばすよ。あんたは持ってるじゃん、でっかい才能を」

だから、と精一杯の想いを込めて、

「私に足りない二十センチを、みんなが埋めてくんないかな？」

にっと笑った。


「────ぁ、あああああああああああああああああああああああッ!!」

あのおとなしいセンがわなわなと唇を震わせ、聞いたことのないような声で吠える。

がつん、と固めた拳《こぶし》で自分の太ももを叩く。

「なにやってんだ私は！　なにがインターハイは小さい頃からの夢だ！　なにがあの日の誓いは忘れてないだ！　私なりに精一杯やってる？　ウミは才能があるから頑張れる？　全部自分が必死になってない言い訳だろおおおおおおッ!!」

ヨウがそれに続く。

「私も……おんなじだ。ウミが、他の選手が望んでも望んでも手に入らない二十センチを持ってるのに、よりにもよって、あんなことを……。くっそおおおおおおおおおおおおおおおおおおおおお」

ああ、もう大丈夫だ、と私は思う。
千歳《ちとせ》、ちゃんと見てるかな？
あんたに教えてもらった、ううん、ふたりでたどり着いた答えだよ。
だから、なにひとつ心配なんかしてなかった。
ただ、来るべき瞬間を待ってただけ。
ズキズキと疼《うず》く身体《からだ》にどこか心地よさを覚えながら私は言う。

「ハートに火は点《つ》いた？」

「「はいッ」」

「だったら、愛《いと》しい男《ボール》を抱き寄せに行こうか。なかなか振り向いてくれない男《ゴール》を撃ち落としに行こうか」

ぐっと拳《こぶし》を突き上げて微笑《ほほえ》む。

「——あたしたちゃ戦う女だ」

いつのまにか集まってきた他のメンバーも同時に叫ぶ。

「「「おおおおおおおおおおおおおおッ」」」

まるで昨日の光景をリフレインするように、熱が迸《ほとばし》る。

やっぱ寝てんのなし、いまコートに立たなきゃ夢見が悪くなる。

すっと、ナナが手を差し出してきた。

「待たせたね、エース。ぶち抜いてやんな」

私はその手を取って立ち上がり、

「背中は任せたよ」

へへっと笑った。

こちらのチームがコートに戻るのを見計らって芦高がボールを入れる。

私は舞《まい》に張りつきながら言った。

「悪いね、ゲーム止めてもらって」

「あのプレー見せられてがたがた言うほどやわじゃないよ」

「じゃ、お礼にぶっ飛ばしてあげる」

「そりゃ最高だ」

仲間からのパスを受け取った舞がぐんと加速する。

置いていかれそうになりながら食らいついていると、センがヘルプに入ってきた。

「死んでも行かせないッ！」

「ちっ、急に」

舞がそれを嫌がっていったんボールを戻す。

それだよセン、と私は思う。

身体《からだ》の入れ方が抜群にうまいんだ。ボールを華麗にスティールするタイプじゃないけど、ぴったりついてこられるとなかなかシュートチャンスが摑《つか》めない。すぐに諦《あきら》めるクセさえ抜ければ、いくら舞だって気持ちよくプレーはできないよ。

スリーポイントを狙った相手のシュートがリングに弾かれる。

「うおおおっらぁ!!」

バシッ、とヨウがリバウンドを奪った。

ほら見ろ、あんたもともと身長では舞にひけをとらないんだし、体幹の強さならこっちに分がある。ちぇっ、舞に空中戦で競り勝つなんてうらやましい。

そんなことを考えながらも、私は全速力で走り出す。

ヨウからパスとは思えない勢いでボールが飛んでくる。

私は空中でそれをキャッチし、着地の勢いでターンしてそのままひとりを抜いた。

リバウンドで跳んだ舞はまだ戻れていない、が、ゴール下に三人。

問答無用で突っ込んでディフェンスの注意を引き、サイドを走るナナにノールックでパスを出す。即スリーを狙うが……浅いッ。

ボールがリングに弾かれる。

「ヨウっ！」

「任せろッ!」

ふたたびリバウンドを制し、仕切り直しと言わんばかりにボールを戻してきたが、惜しいことに途中で相手ディフェンスに弾かれ外に出てしまう。

でも最高だよ、ヨウ。

その武器《リバウンド》があれば、ナナも確率の低い場面で躊躇《ちゅうちょ》なく打てる。

「っべ、ぞくぞくしてきた」

そう言うと、私の前で腰を落とした舞《まい》が笑った。

「ようやく本気出せるって顔だ?」

「わかっちゃう?」

べつにこれまで手を抜いてたわけじゃない。

ただ、センとヨウが機能していない状態ではとてもじゃないがオフェンスだけには集中しきれなかった。

ほら、いまもセンが他のディフェンスの動きを牽制《けんせい》してくれている。

「絶対にウミの邪魔はさせないぞ」、って全身全霊で叫んでるみたい。

ヨウも、ナナまでらしくない必死の形相しちゃってさ……ッ。

それを見た途端、かぁっと身体《からだ》の芯に火が入った。

──キュキュッ、キュキュキュキュッ。


これは、あんたたちのハートの音だ。

うれしいな、ちゃんと届いた。響いた。

ふと、千歳《ちとせ》のことを想う。

きっと、昨日はこういう気持ちだったんだろうね。

あんたからもらった熱、私がちゃんと頂点《てっぺん》まで持っていくから。

舞が挑戦的な瞳《ひとみ》で言う。

「でも、一対一に持ち込めたら勝てるんだっけ？」

「私はいまでも成長期まっさかりだって信じてるんだい」

私はキュっと踏み出してスローインを受け取った。

その瞬間、

「──ぶち抜け、ウミッ!!」


千歳の声が体育館に響き渡る。

あのさ、あんたずっと黙ってたくせになんなの？

どうして最高にイっちゃいそうなタイミングでそういうの挿《い》れてくるわけ？
初めてウミって呼ばれたし、きゅんときちゃうし。
それに、あの言葉を覚えてて言ってるんでしょうね、ダーリン？
うつつ抜かしちゃったら責任とってもらうかんな。
ドリブルしながらふうと小さく息を吐く。
頭のなかには、ここ一週間で胸に刻み込んだバッティングフォームがあった。
全然畑違いだけど、ひとつだけ参考になったことがある。
あいつ、打席に立ってるときはずっとゆらゆら構えてたっけ。
日本舞踊みたいに優雅な動きをイメージしながら、ボールを操る。
確か、１on１したときの舞《まい》もそうだった。
きっと、常に筋肉を緊張させてる必要はないんだ。
しびれを切らした舞が一歩踏み出してスティールにくる。
ああ、なるほど。
身体《からだ》がリラックスしてると目が研ぎ澄まされるや。
ゆるんとなめらかなターンでそれをかわす。

「っ、それあんときのッ」

舞が言う。

「違うよーん。私の男にもらったの、いいっしょ」

そんでもって、

――すぅダンッ。

静から動じゃなくて、緩やかな動からそのまま研ぎ澄ました動に繋《つな》げる。
一歩、二歩、舞はまだ一定の距離を保ってついてくる。
さすが、意表ついたはずなのに信じらんねぇやつ。
その身長でそんだけ速く動けるようになるまで、死ぬほど血反吐《ちへど》はいたんだろうね。
でも、それは私もおんなじ。
チビがスピードで負けるわけにはいかないんだ。
一回、二回、三回、もういっちょォッ！
右に、左に、何度も振り回す。

舞《まい》の上体がぐらついた。
悪いね、その身長じゃ切り返しのたびにかかる負担も半端ないっしょ。
次の一歩で舞を引き剝《は》がす。
って言っても、時間差はほんのコンマ数秒だ。
呑気《のんき》にシュートフォーム作ってたらソッコーでたたき落とされる。
まだリングは少し遠いけど力いっぱい踏み切った。

——あ、でも。

不思議なことに、その瞬間音が消え、まわりのみんながスローモーションに見える。
まるで透明なプールを泳いでいるようだ。
舞が飛んだ、こっちに手を伸ばしてる。
シュートコース塞《ふさ》がれるまでもうちょっとかかりそう。
他のディフェンスは？
みんなが押さえてる、誰も間に合わない。
まだ私のジャンプも最高到達点じゃないけど、入りそうだし打っちゃおうかな？

——ふあっ。

全然真上に飛べてないし身体《からだ》も流れてる、

——ぱしゅっ。

でも、なんかこうなるのが見えたんだよ。

地響きみたいな仲間たちの歓声が聞こえた。

「わーお、なにいまの。男なんかやめて死ぬまで私に付き合いなよ」

舞が言う。

「あいつより絶頂《イ》か》させてくれるならね」

私はくいっと親指でキャットウォークを示しながら答える。

「お安いご用さ」

「月までぶっ飛ぶ覚悟はある？」

「愛してるよ、陽《はる》」

「ありがとう舞《まい》、でも私の愛は売り切れ《ソールドアウト》」


ああ、最高にいい気分。

ナナがいる、センがいる、ヨウがいる、大切な仲間たちがいる。

目の前には乗り越えるべき相手がいて、愛《いと》しい男がそれを見ている。

幸せだな、私。

どうにかなっちゃいそうだよ。

もっと速く走りたい、もっと高く飛びたい。

どこまで行けるだろうか、なにを摑《つか》めるだろうか。

いつか遠くの未来に立つ私は、今日の私に笑われないでいられるだろうか。

その答えはきっと、まだ夏空の彼方だ。

だからいまはただ、

──ザンッ、と私たちはまた一歩を踏み出した。

熱く、生きていこうと思う。

*

「んがあああ、また負けたぁああああああッ」

俺こと千歳朔《ちとせさく》は帰り道、夕暮れの河川敷で隣を歩く陽の叫び声に思わず苦笑する。

一丸となった藤志高《ふじ》はあのあと怒濤《どとう》の攻撃を仕掛けて同点にまで追いついたが、残り時間三十秒を切ったところで東堂舞《とうどう》にスリーを決められ、結局そのまま三点差で負けてしまった。

「まあでも、惜しかったよ。最初っからあの調子だったら勝負はわからなかった」

けっしてお世辞を言ってるわけではない。

ラスト五分ぐらいの藤志高はちょっと寒気がするぐらいにすごかった。

とくに陽のプレーは覚醒《かくせい》としか言いようがない変貌《へんぼう》を遂げていたと思う。

細かなテクニックのことなんてわからないけど、まるで東堂舞と優雅に踊っているようで、とても美しく、そして楽しそうに見えた。

素直に感想を伝えたら陽はくすくす笑って、あんたのせいだよ、と短く言う。

それ以上の説明はなく、あーあとこれ見よがしにため息をついた。

「にしても、締まらないなぁ。ラムネで祝杯交わそうと思ってたのに」

「左手吊《つ》ってる俺にそのチョイスって悪質な八つ当たりじゃないよね？」

「なんかシャンパンっぽいじゃん。きゅぽんってさ」

そのきゅぽん、という響きが暮れゆく空にとてもよく似合っていたので、まあこういうのも悪くないかな、と思う。

試合が終わってから、陽《はる》はわんわんと泣くチームメイトたち、あとなぜかちゃっかりそこに混じった東堂舞《とうどうまい》に取り囲まれていた。

時間があればひと声かけようかと思っていたが、どうにもそういう雰囲気じゃない。

目が合ったので軽く手を上げてその場をあとにしようとしたところ、

「待ってて千歳《ちとせ》！　いっしょに帰りたい」

陽がキャットウォークに向けて大声で叫んだ。

ほんの一瞬前まで感動的な場面だったのに、とたん、チームメイトの女の子たちがきゃあきゃあと黄色い声を上げて色めきたつ。

おかげで七瀬《ななせ》に「今日だけは見逃してあげる」なんてコワイ顔で言い捨てられるし、なぜだか東堂舞にまでぎろりと睨《にら》まれてしまった。

結局両チームのクールダウンや後片付け、ミーティングが終わるまで待ち、こうしてふたり並んで帰っている。

穏やかな空気が流れていた。

なにかこの暑くて熱かった二日間のことを、たとえば昨日の試合中に考えたことや今日の試合中に感じたこと、あるいは直接言いそびれたありがとうやごめんねを伝えたほうがいいかと思ったけれど、そういうものは互いにプレーのなかで語り終えてしまったような気がする。

さっきからあまり口数の多くない陽も、きっと同じ考えなのだろう。

「ねえ千歳」

「んー？」

「私、ちゃんと東堂舞をぶち抜いたんだよね？」

「これ以上ないってぐらい鮮やかにな」

俺が言うと、そっか、と小さくガッツポーズをしてから続ける。

そのままかたんとクロスバイクを止めて、エナメルバッグからラムネを一本取りだした。

チーム用のクーラーボックスで冷やしていたのだろうか。

手にした瓶《びん》はどこか涼しげな汗をかいている。

「千歳、手」

俺が言葉の意味を測りかねていると、陽はラムネのラベルを剝《は》がし、玉押しをビー玉の上にそっと添えて差し出してきた。

「ひとりじゃ開けられないでしょ、手伝ってあげる」

ああ、そういう意味か。

瓶《びん》を受け取り、その上部を右手で握る。

「いい？」

どこか潤んだ上目遣いでそう尋ねてきたのが少し照れくさくて、おう、と軽く答えた。

「じゃあ」


――きゅぽん。

陽《はる》が左手でビー玉を押し込み、ぎゅっと強く俺の右手を握る。

そのままつんと背伸びして、

――ぴ、ちゅ。


触れたあとで軽く吸うように、小さな唇を俺の喉仏《のどぼとけ》のあたりに重ねた。

頭が真っ白になり慌てて呑《の》み込みそうになったつばが、なんだかとても恥ずかしいことのように思えてぐっとこらえる。

じりじりと、セミの鳴き声が茶化すように響く。

押し返そうにも、右手はしっかり摑《つか》まれ、左手は情けなく吊《つ》られたまま。

ちゅい、ちう、と陽《はる》は離れない。

立ち上る汗と制汗剤の香りに包まれてくらくらと目眩《めまい》がしそうだ。

やがて緩んだ玉押しの隙間《すきま》からしゅわしゅわと冷たい泡があふれ出してきて、ふたりの結び目を甘く濡らしていく。

誰かが時計の針にいたずらしたような何秒かが過ぎ、ようやく陽が一歩下がった。

言葉が出ずに固まってる俺を見てぺろっと唇を舐《な》め、「しょっぱ」とつぶやく。

「ちぇっ、唇狙《リング》ったのに私の身長じゃあと十センチ届かなかったか」

「っ……陽」

「でも、とりあえずひとつ目の撃墜マークはつけた」

「んなッ」


「——愛してるよ、千歳《ちとせ》」

陽はにかっと満面の笑みを浮かべた。

「残りの十センチは、いつかあんたに埋めてもらうから」

じゃあまた学校で。

それだけ言うと、陽が勢いよくクロスバイクにまたがる。

ぱちぱちと、いつかの放課後みたいに爽《さわ》やかな汗がはじけた。

風を受けてふくらんだシャツが、立ちこぎでぐんぐん走り去っていく。

ショートポニーテールは、まるで手を振るように右へ左へと揺れていた。

俺は、俺は――。

両手が塞《ふさ》がっているせいで火傷《やけど》してしまいそうな胸を押さえられないのがもどかしくて、ラムネをいっきに流し込んだ。

やがてからんと音が鳴り、中身が空っぽになったことを教えてくれる。

そうして見上げた空の半分は、あのとき俺を護ってくれた群青色。

片手でゆっくりとキャップを捻《ひね》って開け、ラムネのビー玉を手のひらに乗せた。

やけにきれいなもう半分の空に向けて、それを掲げてみる。

あのとき俺の背中を蹴飛《けと》ばしてくれた、熱くて、眩《まぶ》しくて、強くてやさしい――。

太陽の笑顔に、いつまでも見とれていた。

いつだって夏の入り口には、目印が転がっている。
きっとそれは、踏み出した一歩の先で見つけられる、大切な世界の秘密みたいなもの。
ちゃんと終わらせたあとには、ちゃんと始まりがやってくる。

――新しい夏は、サイダーの泡みたいにはじける女の子の汗が連れてきた。

エピローグ　見つけた青空

走って、走って、それでも走り続けて。

跳んで、飛んで、それでも飛び続けて。


追いついたんだ、届いたんだ。

まだかすったぐらいだけど、確かにこの指先が。


ねえ千歳《ちとせ》、気づいてる？

さっきの言葉《愛してる》にどれだけの想いが込められてるか、ってこと。

ふがいない、なんて偉そうに叱《しか》った天の川の下。

本当は不安に押し潰《つぶ》されそうな自分自身がいちばん泣きたかったのかもしれない。

去年の夏、くじけそうになっていた背中を力いっぱい蹴飛《けと》ばしてくれた男《ひと》が、ずっと探し続けてた大きな月みたいに見えた男が、真っ暗な夜に隠れてしまった。

まるで誰の心も照らせなかったって、ひとりぼっちでうつむくように。

だからこの胸のなかにあるありったけの情熱を叩《たた》きつけようと思ったの。

お願いだから全部受け止めて、いつかもう一度、美しく輝いてみせてよ。
この不格好な生き方は、間違いなんかじゃないと証明してみせてよ、って。

だけどね、千歳。
そんなことしなくたって、あんたの胸にはちゃんとあんたの炎がくすぶってた。
もしかして陽《はる》ちゃんのおかげ、とか考えてる？
勘違いさせておきたいのはやまやまだけどそれ、違うから。
仲間のために、きっと私のためにも、それよりなにより、てめぇのために。
狂おしいほど熱くて青臭いあんたは、どうせ同じ答えにたどり着いてたよ。
私の愛した男は、きれいな月なんかじゃなかったな。
うかうかしてたら、こっちのほうが名前負けしちゃいそ。
だからさ、負けないように置いていかれないように、いつまでも隣を走れるように。

このハートに火を点《つ》けて離さない、

——真っ赤な太陽に手を伸ばせ。

あとがき

お久しぶりです、裕夢《ひろむ》です。いきなり謝辞に移ります（本編後に読むのがおすすめ）。

まずraemz《レームズ》さん。今回も見ているだけで泣けてきそうな最高のイラストをありがとうございました！　LINEで「We are fighting girlsって英語の文法合ってますか？」とか中学一年生レベルの質問してごめんなさい（いやほんと神イラストレーターさんになにやってんのこの作者）。でもそれに対して、「yes! We are戦うガールズ！　三人で！」って返信もらってめっちゃ萌《も》えた♡　これからも担当編集氏と三人で戦っていきましょう。

そんな担当編集の岩浅《いわあさ》さん。いつもあとがきでは心のない赤字やメールを紹介するのですが、今回やたら反応が優しくてネタがありません、どうしてくれるんですか。

というわけで、少し真面目《まじめ》な話をします。

じつはこの四巻で描いた野球部の話、そして朔《さく》と陽《はる》の関係は小学館ライトノベル大賞の応募原稿、つまりは一巻のなかに含まれていたものでした。具体的に言うと公園で１ｏｎ１対決をしたあと、負けた朔が陽に告白するのは野球部に関することだったんです。

正直言って、当時の僕は野球について深掘りするつもりはゼロ。だからほんの数ページでさくっと終わらせてしまおうとしていました。

けれど岩浅さんは、「どうしてもこのシーンに感情移入できません。野球の話は巻数を重ねたあとに、それこそ丸一冊使ってやるべき内容じゃないですか?」（※当時はもっと心がなかったので、思い出補正でまろやかな言葉遣いになってます）と譲りません。

短いなりにシーンそのものは気に入っていたし、僕も頑固だったので何回も修正したのですが、結局すべてボツ。ぶっちゃけ「ラノベの青春ラブコメで丸一冊部活の話とか、やれやれ」って思ってたけどできちゃったネ！　しかも現時点のシリーズ最多ページ数で！

この四巻は担当編集が岩浅さんでなければ間違いなく世には出ていませんでした。

——僕に熱を届けてくれてありがとうございます。

とかなんとか、褒《ほ》めていい話で終わるのも癪《しゃく》なのでもうひとつ裏話をするね♪

岩浅さんは一巻のときからずっと明日姉《あすねえ》に対して「こういうヒロインは人気出ないんですよね〜」「不思議な存在のまままきれいに去っていくほうがいいんじゃないですか?」と言ってましたが、僕は断固として「絶対にその評価をひっくり返す」と譲りませんでした。

結果は……三巻を読んだみんなならわかるな?（担当編集氏に向けてムーンサルトドヤ顔）

僕たちは誰かひとりでも欠けたら成立しないチーム。これからも誰かのハートに火を点《つ》けるような熱い物語を綴《つづ》っていきたいと思います。

そのほか、宣伝、校閲など、チラムネに関わってくださったすべての方々、僕たちの熱を受け取り、繋《つな》いでくれる読者のみなさまに燃えるような感謝を。また五巻でね！

裕夢

クス、
続々
展開中!!
ドラマCD
ガガガショップオンラインにて、
好評販売中!!
ドラマCD「王様とバースデー」
原作・脚本／裕夢　ジャケットイラスト／raemz
CAST
千歳朔……… CV. 馬場惇平
柊夕湖……… CV. 阿澄佳奈
内田優空…… CV. 上田麗奈
青海陽……… CV. 赤﨑千夏
七瀬悠月…… CV. 天海由梨奈
西野明日風……CV. 奥野香耶
山崎健太………CV. 宮田幸季
水篠和希………CV. 西山宏太朗
浅野海人………CV. 木村隼人
岩波蔵之介……CV. 酒巻光宏

メディアミッ
コミカライズ
千歳くんはラムネ瓶のなか
1
コミックス1巻、好評発売中!!
マンガUP!にて、好評連載中!!
(スクウェア・エニックス)
漫画／ボブキャ 原作／裕夢
キャラクター原案／raemz

GAGAGA

ガガガ文庫

千歳くんはラムネ瓶のなか4

裕夢

発行　2020年9月23日　初版第1刷発行

発行人　立川義剛

編集人　星野博規

編集　岩浅健太郎

発行所　株式会社小学館
〒101-8001 東京都千代田区一ツ橋2-3-1
［編集］03-3230-9343　［販売］03-5281-3556

カバー印刷　株式会社美松堂

印刷・製本　図書印刷株式会社

Printed in Japan ISBN978-4-09-451866-5